Ananke
Eine Nachtmär

www.Elysion-Books.com

Ananke

Eine
Nachtmär

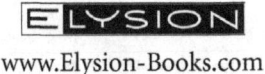

www.Elysion-Books.com

Elysion-Books
ELYSION-BOOKS TASCHENBUCH

1. Auflage: März 2016

VOLLSTÄNDIGE TASCHENBUCHAUSGABE

ORIGINALAUSGABE
© 12/2015 BY ELYSION BOOKS, LEIPZIG
ALL RIGHTS RESERVED

UMSCHLAGGESTALTUNG: © Ulrike Kleinert
www.dreamaddiction.de

FOTOS: © istock/AmmentorpDK
LAYOUT & WERKSATZ: Hanspeter Ludwig
www.imaginary-world.de
PRINTED IN POLAND
ISBN 978-3-96000-033-4

Mehr himmlisch heißen Lesespaß finden Sie auf:
www.Elysion-Books.com

Inhalt

Erster Teil:
Der Pakt

»Herr?« Sie räuspert sich. »Mein Name ist Linda. Ich bin gekommen.«

Eine unbekannte Stimme antwortet ihr von der Balustrade aus: »Dein Name ist nicht von Belang.«

Linda schluckt. Unsicher blickt sie zu dem Geländer auf der anderen Seite des Saals hinauf. Auch wenn ein großer Kronleuchter die Eingangshalle beleuchtet, verbleibt die Gestalt oben auf dem Gang doch im Halbschatten.

Noch einmal räuspert sich Linda und beginnt: »Ich bin wegen der Abmachung hier. Es hieß, ich sollte mich bei Ihnen melden …«

Die fremde Gestalt schneidet ihr mit einer Geste das Wort ab. Die Stimme des Hausherrn klingt kühl, geschäftlich. »Bist du Jungfrau?«

Linda schüttelt den Kopf. »Nicht mehr, seit …«

»Und hast du deinen Körper schon einmal verkauft?«

Für einen Moment taucht ein altes, langvergessenes Bild in Linda auf, von einem kleinen Mädchen, das einem Klassenkameraden einen Kuss gibt, und dafür etwas von seinen Süßigkeiten abbekommt.

Sie schüttelt die Erinnerung ab. »Nein, noch nie.«

Oben auf der Balustrade ist eine Bewegung zu erkennen, und Linda überlegt, ob es ein zufriedenes Nicken ist. »Also ist dies dein erstes Mal«, klingt es herab, so leise, als wären die Worte nicht an sie gerichtet. Lindas Muskeln verkrampfen sich.

Für einen Augenblick stehen sich die beiden Gestalten regungslos gegenüber, Linda offen in der Mitte des Saals und der fremde Mann oben im Schatten verborgen. Dann ertönt die Stimme erneut, dieses Mal vollkommen ohne Emotion.

»Zieh dich aus.«

Linda erstarrt. Wenn die Aufforderung auch ihren Erwartungen entspricht, so fühlt sie sich doch noch nicht bereit, sich diesem Fremden ohne weiteres zu ergeben. Störrisch schiebt sie Ihre Unterlippe vor.

»Entschuldigen Sie, aber ich dachte … Ich würde gerne genauer wissen, was in diesem Monat von mir erwartet wird.«

Das Geräusch, das von oben zu ihr herunterdringt, klingt wie ein trockenes Lachen. »Sei dir bewusst, es wird nichts von dir *erwartet* werden, aber alles *eingefordert*. Während der nächsten dreißig Tage wirst du in allem, was du tust und bist, unter meiner Kontrolle stehen, und du wirst meinen Befehlen gehorchen, wie immer sie auch lauten.«

Linda will etwas einwerfen, doch die kalte Stimme des Hausherrn erstickt ihre Einwände im Keim. »Du wirst an nichts, was in diesem Haus geschieht, dauerhaften Schaden davontragen – zumindest nicht im Verlauf der Zeit, für die du bezahlt wirst. Für die Spanne dieses einen Monats, beginnend mit dem heutigen Tag, bleibst du hier, in diesem Haus, als mein persönliches Spielobjekt. Und du wirst keine Gelegenheit haben, deine Entscheidung zu ändern, sollte dir danach sein. Bist du mit diesen Bedingungen einverstanden?«

Linda zögert, mehr aus Ärger denn aus wirklicher Überraschung. Sie hat gewusst, worauf sie sich einlassen würde, als sie sich auf den Weg hinaus zu der Villa gemacht hat. Doch gleich, was sie von dem Unbekannten und seinen Reden halten mag, sie muss an daheim denken, an ihren Vater und die Rechnungen, die sich zu Hause stapeln.

Mit einiger Überwindung senkt sie den Kopf. »Ich bin einverstanden.«

»Nun denn«, erklingt die Stimme von oben, »dann zieh dich aus.«

Linda trägt ein tiefausgeschnittenes schwarzes Kleid mit passender schwarzer Spitzenunterwäsche, doch nun, in der altehrwürdigen Halle, scheint ihr die Kleidung seltsam unpassend. Für einen Moment überlegt sie, ob sie eine Show abziehen sollte, einen Striptease, wie sie ihn in Filmen gesehen hat, aber dann entscheidet sie sich dagegen. Linda ist nicht geübt darin, sich auf solche Weise zu präsentieren. Stattdessen zieht sie das Kleid mit einer einfachen Bewegung herab, sie löst den Verschluss ihres BHs und lässt das Kleidungsstück zu Boden fallen, dann zieht sie den schwarzen Slip herunter. Sie bemüht sich, den Blickkontakt zu der Gestalt auf der Empore die ganze Zeit über zu halten.

»Die Schuhe auch.«

Mit leichtem Bedauern streift Linda die Pumps mit den hohen Pfennigabsätzen ab. Sie fühlt sich sicherer solange wenigstens ihre Füße bekleidet sind. Ohne eine zusätzliche Aufforderung nimmt sie auch Kette und Armband ab, alles bis auf die Spange, die ihre Haare zusammenhält – ein letzter Rest Ordnung in all dieser Fremdartigkeit. Sie legt ihre Habseligkeiten zu einem Haufen zusammen und schiebt ihn zwei Schritte zur Seite, dann richtet sie sich wieder auf, um zu der Gestalt auf der Balustrade hinaufzusehen. Vielleicht liegt es daran, dass ihre Augen sich an den Halbschatten dort oben gewöhnt haben, doch nun hat Linda das Gefühl, dass sie die verborgene Gestalt besser erkennen kann. Sie erkennt graue Haare, ein dunkles Hemd, den abschätzigen Blick heller Augen. Instinktiv wendet sie den Blick ab und schaut zu Boden.

»Nun knie dich hin.«

Ungelenk lässt Linda sich zu Boden sinken. Der Fußboden des Saals ist mit Marmorstein gefliest, kalt beißt der Stein an ihren bloßen Beinen. Sie braucht einen Augenblick, ehe sie die angenehmste Position gefunden hat, auf den Unterschenkeln zusammengekauert, das Körpergewicht so gut es geht auf die Länge der Beine verteilt. Sie blickt wieder auf, doch nun, aus ihrer kauernden Position heraus, kann sie hinter dem Geländer der Balustrade nichts mehr erkennen. Aus einem seltsamen Pflichtbewusstsein heraus senkt sie den Kopf, bis nur noch der grau-weiße Stein ihr Gesichtsfeld ausfüllt.

»So wirst du bleiben, bis ich dir erlaube, dich zu regen. Du wirst dich nicht rühren, wirst mit niemandem reden und niemanden ansehen. Hast du das verstanden?«

Linda nickt stumm. Es ist eine so geringe Geste, dass man sie von oben wohl kaum erkennen kann, doch dem unbekannten Hausherrn scheint sie zu genügen. Sie kann ein Rascheln hören, Schritte, dann der leise Klang einer sich schließenden Tür.

Stille. Linda ist alleine in dem großen Saal.

Irgendwo aus einem anderen Teil des Hauses hört Linda Töne herüberschallen. Sie braucht ein paar Sekunden, um das Musikstück zu erkennen: Es ist *Das Aquarium* aus dem *Karneval der Tiere*. Sie schluckt. Ihr ist, als wären die sanften Klavierklänge nur da, um sie einzulullen und ihren Geist in falsche Sicherheit zu wiegen.

Linda spürt, wie ein leichter Schauer ihren nackten Rücken entlangfährt. Es ist nicht die Kälte, trotz ihrer Größe ist die Eingangshalle gut beheizt. Es kann auch nicht an ihrer unangenehmen Position liegen, dafür kauert sie noch zu kurz in dieser Haltung. Doch Linda kann jetzt schon spüren, wie ihre Fußgelenke unter dem Druck ihres Körpers zu schmerzen anfangen. Vorsichtig testet sie aus, ob es ihr gelingt, ihr Gewicht etwas zur Seite zu verlagern – ganz langsam, Stück für Stück, auch wenn niemand mehr da ist, der ihre verbotene Bewegung sehen kann.

Unwillkürlich fährt Lindas Blick wieder hinauf, dorthin, wo die Gestalt vor wenigen Minuten im Schatten verschwunden ist. Wer sagt denn, dass der Fremde wirklich fortgegangen ist, dass er nicht immer noch dort steht und sie aus dem Schatten heraus beobachtet? Mit einem Mal wird Linda sich ihrer Blöße überdeutlich bewusst. Sie spürt den weiten, hohen Raum um sich herum, die offene Holztreppe am Ende des Saals, die verzierten Türen, die in alle Richtung fortgehen, bereit, jederzeit Menschen hereinzulassen. Dazwischen die hohen Spiegel, in denen sie sich selbst sehen kann, nackt und auf ihren Knien, unendlich verwundbar.

Linda erschauert aufs Neue, und irritiert stellt sie fest, dass das Gefühl der Scham nicht nur unangenehm ist. Sie kann fühlen, wie sich ihr Körper bei der Erkenntnis der eigenen Blöße in angenehmem Schauer windet. Die Frage nach ihrer Rolle in diesem Haus steigt mit einem Mal in aller Deutlichkeit vor ihr auf: Wird es die ganze Zeit so sein – sie als stummes Lustobjekt, das von dem fremden Hausherrn nach Belieben in Szene gesetzt wird? Der Gedanke bringt den Bereich zwischen ihren Beinen zum Pulsieren.

Da geschieht das Undenkbare: Sie hört Schritte näherkommen, und einen Augenblick später öffnet sich auf der rechten Seite der Halle die vorderste Tür. War Lindas Schauer vor einer Sekunde noch erregend, so erfasst sie nun die blanke Panik. Hastig will sie aufstehen, will sich bedecken, und nur mit Mühe gelingt es ihr, unbewegt zu verharren und zu erwarten, was da kommen mag.

Ohne sich zu bewegen schielt Linda zur Seite, und mit pochendem Herzen sieht sie, wie eine fremde Frau aus der Tür tritt. Es ist eine ältere Frau, einfach gekleidet und von fülliger Gestalt, die mit einem Tablett voll Porzellan in den Händen den Saal durchschreitet. Linda wagt kaum zu atmen, sie befürchtet, dass die fremde Frau bei ihrem Anblick auffahren und ihr Tablett fallenlassen wird. Doch die Haushälterin wirft ihr nur einen kurzen Blick zu, registriert die nackte Frau, die hier regungslos auf dem Fußboden kniet, und geht dann weiter zur anderen Seite des Raumes, wo sie das Porzellan in einen breiten Mahagonischrank einräumt.

Linda beobachtet die fremde Frau, die sich von ihrer nackten Anwesenheit nicht beeindrucken lässt, und mit einem Mal weiß sie nicht, ob sie erleichtert oder enttäuscht ist. Sorgsam räumt die Haushälterin das Geschirr in den Schrank – auf den Türen des schweren Möbelstücks erkennt Linda eine Art Rose, die von Ranken umgeben ist – dann macht sich die Frau mit dem leeren Tablett wieder auf den Weg zurück. Sie wirft Linda noch einmal einen kurzen, emotionslosen Blick zu, ehe sie erneut die Tür öffnet und in dem dahinterliegenden Zimmer verschwindet.

Linda atmet aus und zwingt ihre Muskeln, sich wieder zu ent-

krampfen. Jetzt erst stellt sie fest, dass ihre Unterschenkel angefangen haben, schmerzhaft zu ziehen. Die Fußgelenke, die flach
ausgestreckt unter Lindas Gewicht liegen, brennen mittlerweile wie
Feuer, und ihre Füße kann Linda kaum noch spüren. Sie versucht
sich unauffällig aufzurichten, um ihre Füße in eine andere Position zu bringen. Doch als sie auch nur versucht, ihre Fußgelenke
zu bewegen, werden die Schmerzen so stark, dass sie sich auf die
Lippe beißen muss, um nicht laut aufzustöhnen.

Wütend ballt Linda die Hände zusammen. Sie blickt zur Seite,
dorthin, wo der Haufen mit ihrer Kleidung immer noch unberührt
liegt. Sie könnte jetzt aufstehen, könnte sich die Füße massieren,
bis die Schmerzen aufhören, sich die Kleider wieder anziehen und
aus der Tür spazieren. Niemand würde sie aufhalten, und Linda
würde dieses seltsame Haus mit seinem unheimlichen Hausherrn
nie wieder betreten.

Die Tür zu ihrer Rechten geht wieder auf, und die Haushälterin bringt ein neugefülltes Tablett herein, auf dem nun eine
Blumenvase und mehrere Schüsseln stehen. Dieses Mal reicht die
Ablenkung nicht aus, um Linda ihren Schmerz vergessen zu lassen. Von Sekunde zu Sekunde brennen ihre Knöchel stärker und
sie ist sicher, dass sie ihre tauben Füße nun nicht einmal unter
Schmerzen bewegen könnte. Linda atmet tief ein, so als würde sie
sich für einen Sprung in tiefes Wasser vorbereiten, dann richtet sie
sich mühsam auf ihre Knie auf und spricht die fremde Frau an.

»Bitte … entschuldigen Sie, aber wissen Sie vielleicht, wo der
Hausherr hingegangen ist? Ich glaube, er hat mich hier … vergessen.« Sie versucht, verlegen zu lächeln, irgendetwas, um die
absurde Situation aufzubrechen. Aber wenn die Haushälterin sie
gehört hat, so lässt sie sich nichts davon anmerken. Ohne Linda
auch nur einen weiteren Blick zuzuwerfen, geht sie zu dem Regal
hinüber und sortiert das Geschirr ein.

Entmutigt lässt Linda sich wieder auf ihre Unterschenkel sinken
– die Knöchel tun mittlerweile so weh, dass es kaum noch einen
Unterschied macht. In dem Moment hört sie harte Schritte hinter

sich erklingen, und für einen Moment denkt sie, ihr Herz müsste stehenbleiben. Sie weiß, wem diese Schritte gehören. Es gibt eine bestimmte Art zu gehen, wie es nur der Herr eines Hauses tut. Und außerdem hatte Linda ja genau das erreichen wollen, sie wollte die Aufmerksamkeit ihres Auftraggebers wieder auf sich lenken. Aber dennoch – oder deswegen? – ziehen sich ihr nun Kehle und Unterleib zusammen, als sie den näherkommenden Klang seiner Stiefel hört.

»Du hattest klare Anweisungen«, klingt die Stimme hinter ihr, so sanft wie das Schnurren einer Katze. »Du solltest nicht reden und dich nicht bewegen. Bist du nicht im Stande, auch nur die einfachsten Anweisungen zu befolgen?«

Linda schluckt. Sie spürt, wie ihr das Herz bis in die Kehle schlägt, und zwischen ihren Schenkeln macht sich eine sonderbare Erregung breit, ungefragt und unerwünscht.

Sie schüttelt den Kopf. »Es tut mir leid, aber ich wusste nicht, ob Sie …«

Der Schlag trifft sie unerwartet, raubt ihr die Luft, noch bevor sie den Schmerz selbst überhaupt spürt. Es ist ein Schlag, wie sie ihn noch nie erlebt hat – grell, schneidend, überwältigend. Linda ist zu schockiert, um aufzuschreien, und ganz langsam spürt sie, wie ihr die Tränen in die Augen steigen.

»Das … das ist …«, keucht Linda, unfähig, einen klaren Gedanken zu fassen.

Der zweite Schlag kommt noch heftiger, und dieses Mal schreit sie auf. Für einen langen Moment durchzieht der brennende Schmerz ihren gesamten Oberkörper, wie ein rotglühendes Spinnennetz, das seinen Mittelpunkt zwischen Lindas Schulterblättern hat, dort, wo der grausame Hieb sie getroffen hat. Linda keucht angestrengt, wütend, doch dieses Mal sagt sie nichts. Sie hat verstanden.

Hinter ihrem Rücken spürt Linda eine Bewegung, und ängstlich verkrampft sie sich, um den nächsten Schlag zu erwarten. Doch es ist der Hausherr selbst, der sich zu ihr herunterbeugt.

»Ich habe dir gesagt, du sollst kein Wort sagen. Hast du das nun verstanden?« Er wartet eine Sekunde, ehe er hinzufügt: »Du darfst nicken.«

Linda nickt, mit zusammengebissenen Zähnen. Sie ist wütend, dass eine einzige Bewegung dieses Mannes bereits ausreicht, sie zusammenfahren zu lassen.

Ihr Auftraggeber geht langsam um sie herum, bis er in ihrem Sichtfeld steht. Hoch aufgerichtet ragt er vor ihr, sodass Linda den Kopf heben muss, um die Gestalt ganz zu erkennen. Sie sieht, dass der Mann älter ist, als es seine Stimme hätte vermuten lassen: Seine Haare sind eisengrau und seine Gesichtszüge sind von Falten durchzogen. Nur die Augen, mit denen er sie unverwandt mustert, sind klar, von einer durchdringenden, stahlblauen Farbe. Hastig senkt Linda den Blick wieder.

»Weißt du, was das hier ist?«, fragt der Mann und hält ihr etwas entgegen, das wie eine lange, schmale Schlange aussieht.

Linda schüttelt den Kopf, vorsichtig, wie um ein wildes Tier nicht zu verärgern.

»Das ist eine Bullwhip, eine Ochsenpeitsche. Man benutzt sie, um Tiere zur Ordnung zu rufen und zu disziplinieren. Tiere, die nicht gehorchen wollen.«

Er lässt das dünne Ende der Peitsche vor ihrem Gesicht baumeln. Linda erkennt, dass die Schlange aus schmalen, schwarzen Lederriemen zusammengeflochten ist, die sich zu einem immer schmaleren Band verdünnen. Ganz am Ende baumelt eine feste Verdickung, wie ein Knoten oder ein Schlangenkopf.

Linda spürt, wie sich ihr Magen verzieht. Natürlich war sie davon ausgegangen, dass sie in dieser Arbeitsstelle einiges würde aushalten müssen, dass sie Schmerzen und Demütigung über sich ergehen lassen würde. Aber nun, da die Peitsche vor ihr baumelt, da die Haut ihres geschundenen Rückens quälend brennt und ihre Erwartung zu einer dumpfen Gewissheit wird, spürt sie, wie ihr Körper zu zittern beginnt. Wie soll sie diesen Schmerz ein weiteres Mal ertragen?

Der fremde Mann kniet sich vor Linda auf einem Bein nieder, sodass er ihr gerade ins Gesicht schauen kann.

»Wirst du mir gehorchen?«

Die Ochsenpeitsche baumelt immer noch in seiner Hand, genau am Rand von Lindas Gesichtsfeld. Sie nickt hastig.

»Das ist gut«, sagt der Mann freundlich, beinahe aufmunternd. »Dann wirst du noch acht Schläge von dieser Peitsche ertragen, ohne aufzuschreien. Acht Schläge, ohne den geringsten Laut.«

Linda kann nicht antworten. Es ist, als wäre jeder Muskel ihrer Kehle festgefroren, als würde sich ihr Körper selbst weigern, sich an diesen Mann, diesen sadistischen Fremden auszuliefern.

Ich könnte immer noch gehen. Der Gedanke kommt ungefragt, ungebeten, und doch scheint er Lindas Körper mit einem Mal voll und ganz auszufüllen. Instinktiv, beinahe gegen ihren Willen blickt Linda zur Seite, zu dem Haufen mit ihrer Kleidung. *Ich könnte einfach nach Hause gehen …*

»Steh auf.« Die Stimme des Hausherrn klingt fest und hart, jede Spur von Freundlichkeit ist verschwunden. Mit dem Griff der Peitsche drückt er Lindas Kinn nach oben, wie um seinen Worten Nachdruck zu verleihen.

Instinktiv folgt Linda dem Druck des festen Leders, sie versucht, sich mit ihrem linken Fuß hochzustemmen und aufzustehen – dann fällt sie mit einem schmerzhaften Seufzer wieder zu Boden. Ihre Füße sind taub, ihre Knöchel brennen und fühlen sich angeschwollen an.

Linda öffnet den Mund um sich zu erklären, dann schließt sie ihn wieder, gerade rechtzeitig, ehe sie erneut gegen das Gebot verstoßen kann. Ängstlich sieht sie zu dem Herrn empor und zeigt auf ihre Fußgelenke.

»Steh auf.« Der Mann hat sich nun selbst wieder aufgerichtet und sieht mit ausdrucksloser Miene auf sie herab. »Jetzt.«

Linda schluckt hilflos, dann versucht sie es erneut. Vorsichtig dreht sie ihre Füße in die richtige Position, schiebt sie mit ihren Händen unter ihren Körper. Dann versucht sie sich aufzurichten, langsam, Zentimeter für Zentimeter. Sie ignoriert die Schmerzen, die nun wieder ungebremst durch Fußgelenke und Unterschenkel flammen. Für einen Augenblick beginnen ihre Beine zu schwanken und Linda ist sich sicher, dass sie stürzen wird, doch es gelingt ihr, sich im letzten Moment zu fangen.

Unsicher, schwankend, steht Linda nun aufrecht da. Sie tritt noch einmal abwechselnd mit den schmerzenden Füßen auf, um sicherzugehen, dass sie sie auch wirklich tragen. Dann blickt sie auf und mit unerwartetem Stolz im Blick sieht sie hinüber zu dem fremden Mann, der ihre Bemühungen bewegungslos mit angesehen hat.

Er nickt. »Und jetzt dreh dich um, beug dich vorne über und umfass' mit deinen Händen die Oberschenkel.«

Noch einmal blickt Linda nach der Ochsenpeitsche, dem grausamen schwarzen Instrument, das immer noch in der Hand des Mannes hängt. Sie schluckt trocken, dann dreht sie sich um und greift mit den Händen nach ihren Knien, gerade wie er es befohlen hat. Sie schließt die Augen und atmet tief ein, dann beißt sie die Zähne zusammen, so fest sie es kann. *Ruhig bleiben*, tönt es in ihrem Kopf wie ein Mantra, *nicht aufschreien*, während sie hinter ihrem Rücken hört, wie der Herr mit seiner Peitsche ausholt.

Der erste Hieb reißt Linda beinahe von den Beinen. Hart trifft die Peitsche auf ihren Rücken, mit einem Knall, der von den fernen Wänden der Halle zurückschallt.

Stille. Linda atmet keuchend ein und aus, die Zähne so fest zusammengepresst, dass sie meint, ihr Gebiss müsste zerspringen. Der Schmerz pulsiert in brodelnden Wellen über ihren Rücken, wie eine Woge, die von der einen wunden Stelle zur nächsten schwappt.

Ein zweiter Schlag kommt ohne Vorwarnung, treibt ihr die Tränen in die Augen, und noch ehe sie sich erholt hat, trifft sie der dritte Peitschenhieb, an exakt der gleichen Stelle, wie um ihren Schmerz zu verhöhnen. Linda überlegt wie in Trance, ob ihre Haut wohl schon in Fetzen vom Rücken hängt, ob ihr Fleisch offen liegt, blutig und roh – aber nein, dafür wäre mehr nötig, noch viel mehr als sie bisher erlitten hat – und sie vertreibt den

Gedanken, weil sie jedes Quäntchen Konzentration braucht, um nicht laut aufzuschreien.

Langsam, mit langen, schmerzdurchzogenen Pausen, lässt der Herr die Peitsche nun ein viertes, ein fünftes und sechstes Mal auf ihrem Rücken aufschlagen, jeder Hieb ein Donnerschlag, der dumpf in Lindas Fleisch nachklingt. Die Ochsenpeitsche hinterlässt keine langen Striemen, sie landet nicht mit ihrer gesamten Länge auf ihrem wunden Rücken. Nur der kleine Endknoten, der Wulst am Ende der Peitsche, der von Nahem so unbedeutend gewirkt hat, trifft auf ihren bloßen Schulterblättern auf. Dieser Knoten alleine trägt in sich die volle Kraft des drei Meter langen Lederzopfes.

Ein siebter Schlag, fester als die anderen, treibt schließlich ein schwaches Wimmern aus ihrer Kehle. Linda fühlt, wie die Wimperntusche ihr die Wangen herunterläuft, fortgespült von stummen, heißen Tränen der Verzweiflung. Ängstlich horcht sie hinter sich, darauf, ob der Herr ihren Schmerzenslaut gehört hat – ob er sie auch dafür noch strafen will. In ihrem Mund schmeckt sie Blut, und nun erst merkt sie, dass sie sich in ihren Bemühungen auf die Zunge gebissen hat. Gleichgültig. Es gibt noch einen Schlag auszuhalten, eine letzte Kraftprobe, und Linda braucht all ihre Energie, um sich vor diesem achten Schlag zu wappnen.

Ein letzter Hieb, dieses Mal nicht auf ihrem Rücken, sondern quer über ihre Beine gezielt, über die Oberschenkel, die noch brennen von der vorhergegangenen Tortur. Mit einem lauten Schrei bricht Linda zusammen – ihr Körper gibt schlichtweg auf und versagt ihr seinen Dienst.

Linda liegt seitlich auf dem kühlen Marmorboden, die Beine eng an den Körper gezogen, das Gesicht tränenverschmiert. Ihre Augen hält sie fest geschlossen, auch dann, als sie hört, wie sich die Schritte des Mannes nähern, als sie die herabhängende Peitsche fühlt, die über ihren Schenkel streift, und als sie seine Stimme hört.

»Das war die erste Lektion. Solange du in diesem Haus bist, wirst du mit niemandem sprechen, außer mit mir. Du wirst mich mit

‚Ihr' ansprechen, und das einzige Wort, das du jemals ungefragt an mich zu richten hast ist ‚Herr'.«

Seine Stimme klingt ruhig und distanziert. Linda spürt, wie ihr der Tonfall aufs Neue die Tränen in die Augen treibt.

Sachte fährt das Ende der Peitsche über ihren bloßen Körper, über den gequälten Rücken bis hinauf zu ihrem Haaransatz. »Mach deine Haare auf.«

Linda schluckt. Die Haarspange war das Einzige, was sie nicht zu den anderen Sachen auf den Kleiderhaufen gelegt hat. Nun kauert sie sich mühsam auf, sie zwingt sich, ihre Augen zu öffnen und zieht die Spange aus ihrem Haar, sodass die langen Flechten offen den Rücken herabfallen.

»Ich will, dass deine Haare offen bleiben«, sagt der Herr weiter. »Solange du bei mir bist, wirst du keine Kleidung brauchen – keinen Slip, keine Schuhe und kein Haarband. Du wirst dich nicht rasieren, weder deinen Schoß noch deine Arme. Und du wirst nackt bleiben, gleichgültig ob du alleine bist oder mit anderen, gleichgültig, ob du deine Regel hast, ob dir heiß ist oder kalt.«

Linda nickt, auch wenn es keine Frage gewesen ist. Wenn Nicken und Kopfschütteln die einzigen Ausdrucksformen sind, die ihr erlaubt bleiben, dann will sie zumindest davon Gebrauch machen.

»Clemens«, ruft der Herr.

Eine Tür an der Seite des Saals öffnet sich, so rasch, als hätte der Gerufene nur auf den Befehl gewartet. Herein kommt ein stämmiger Mann, vielleicht einen halben Kopf kleiner als Linda, dafür aber kräftig und sicher doppelt so breit wie sie. Mühsam zwingt Linda ihren geschundenen Körper, aufzustehen, um nicht vor den beiden Männern bloß auf dem Boden zu liegen.

Der Herr weist auf Lindas Füße und der Neuankömmling – Clemens – hockt sich vor ihr auf den Boden. Jetzt erst sieht sie, dass er in seiner Hand eine feste Fußfessel aus Bronze hält, die an einer langen, bronzenen Kette hängt.

Linda schauert und instinktiv zieht sie ihren Fuß zurück, als Clemens danach greift. Fragend blickt sie zu dem Herrn empor, doch der sieht sie nur abwartend an, einen undeutbaren Ausdruck in den Augen. Also atmet Linda noch einmal tief ein, sie hält dem Mann ihren rechten Fuß entgegen und lässt zu, dass er den bronzenen Ring an ihrem Knöchel befestigt. Es gibt einen hellen, klingenden Ton, als die Fessel einschnappt, dann ist ihr Fuß fest von dem kalten Band umschlossen.

Clemens hält dem Herrn das Ende der bronzenen Kette hin, die an der Fessel hängt, doch der schüttelt nur den Kopf. »Bring sie in die Kammer neben dem blauen Zimmer und schließ sie dort fest«, sagt er, ohne Linda weiter zu beachten. »Du kannst ihr etwas zu Essen geben.«

Clemens nickt und macht sich auf in Richtung der hinteren Treppe, die bronzene Kette fest in der Hand. Unsicher sieht Linda zwischen den beiden Männern hin und her, dann nimmt sie ihren Mut zusammen und sagt laut: »Herr?«

Clemens hält inne, um die Reaktion seines Herrn abzuwarten. Der Herr dreht sich zu Linda um und sieht sie mit erhobenen Augenbrauen an. »Was ist noch? Rede.«

Linda atmet tief ein. »Als Ihr mir befohlen habt, zu knien und auf Euch zu warten – ich hätte es nicht schaffen können, ist es nicht so? Ihr hättet mich dort hocken lassen, bis ich vor Erschöpfung umfalle.«

»Bis du mir einen Grund gibst, dich zu bestrafen, ja«, sagt der Herr ruhig. Er kommt einen Schritt auf Linda zu und schenkt ihr ein dünnes Lächeln. »Eine Sache, der du dir in diesem Haus bewusst sein solltest, ist Folgendes: Es geht hier nicht darum, *ob* du Schmerzen erleidest – die Frage ist höchstens, wann und aus welchem Grund.«

Damit nickt er seinem Diener zu, und Clemens führt Linda über die Treppe davon.

Das Haus ist noch größer als Linda von außen erwartet hat. Die breite Treppe am Ende des Saals mündet auf einen Gang, der sich weit in beide Richtungen erstreckt. Clemens führt Linda nach links, vorbei an einigen verschlossenen Türen und einem weiteren Treppenaufgang, der wohl zur Balustrade hinaufführt, weiter bis hin zu der vorletzten Tür des Ganges. Mittig an der Tür angebracht prangt ein blaues Wappenschild: Es ist die verschlungene Rose, die Linda schon auf dem Schrank in der Halle gesehen hatte, und darunter die stilisierte Zeichnung eines Spinnennetzes.

Linda hat nur einen kurzen Moment Zeit, das Bild zu betrachten, dann hat der Diener die Tür geöffnet und zieht sie ungeduldig an ihrer Kette hinein. Der Raum, der hinter der Tür liegt, hat keine Fenster und der Mann macht sich nicht die Mühe, das Licht anzuzünden, sodass Linda in dem Dämmerlicht, das durch die Tür zum Flur hereinfällt, nur grobe Schatten erkennen kann. Sie sieht hohe Balken, an denen feste Haken und Ösen befestigt sind, sie kann Ringe und Ketten erkennen, die von der Decke hängen, an der einen Seite ein breites Bett, und an der anderen einen schwarzen Stuhl, der mit festen Lederschnallen bestückt ist.

Am Rand des Raumes steht ein breites Regal, angefüllt mit verschiedenen Instrumenten und Gerätschaften, von denen sie Sinn und Zweck nicht erfassen kann. Überhaupt erkennt Linda nur das wenigste von dem, was sie hier vor sich sieht, und das, was sie erkennt, lässt sie schaudern.

Erst durch den Zug an ihrem Fuß merkt Linda, dass der Diener sie noch weiterführen will, zu einer niedrigen, hölzernen Tür, die an der rechten Seite des Raumes im Schatten liegt. »Da hinein«, drängt Clemens und öffnet die schmale Tür.

Linda schaut in den nächsten Raum hinein und erschauert. Sie kann nichts als Schwärze erkennen, aber auch wenn sie nichts sieht, kann sie doch spüren, dass sich hinter der Holztür kaum mehr als eine Abstellkammer befindet, nicht einmal groß genug, um darin zu stehen.

Wieder zieht der Mann an ihrer Kette, sodass der Reif schmerzhaft in ihr Fleisch schneidet. Linda schluckt trocken, dann folgt sie der drängenden Geste und tritt durch die dunkle Öffnung.

Der Raum hinter der Tür ist noch kleiner, als sie es erwartet hat. Linda kann in der niedrigen Kammer nicht aufrecht stehen, und wenn sie die Arme in beide Richtungen ausstreckt, kann sie mit den Fingerspitzen beide Wände berühren. Der helle Klang von Metall lässt Linda sich umwenden, gerade rechtzeitig, um zu sehen, wie Clemens das Ende ihrer Kette an einer Öse am Türbalken festschließt. Dann dreht er sich um und mit einem dumpfen Schlag fällt die Holztür ins Schloss.

Es ist dunkel. Lindas Atem klingt schwer und laut in der engen Kammer wider.

Nach einigen Sekunden erst merkt sie, dass sie immer noch halb gebeugt dasteht, den Kopf an der rauen Decke angestoßen. Sie setzt sich hin, langsam, zögernd. Noch einmal atmet sie tief ein und aus.

Der Boden unter ihren Füßen ist aus Holz, ebenso wie Wände und Decke. Der gesamte Raum ist vielleicht anderthalb Meter breit und zwei Meter tief und riecht muffig, nach Staub und Einsamkeit. An der Seite ist eine wollene Decke am Boden befestigt, zum Zudecken gibt es nichts. An der anderen Seite ertastet Linda ein einfaches Klosett, mit einer Spülung, die sie auch im Dunkeln bedienen kann. Daneben steht ein schwerer Keramiktopf mit frischem Wasser. An der Wand dahinter erfühlt sie einen Lüftungsschacht. Linda überlegt kurz, ob man sie wohl hören würde, wenn sie hier um Hilfe schreien würde – dann fällt ihr wieder ein, dass sie freiwillig hier ist, dass sie selbst aus freien Stücken hierher gekommen ist, um … warum eigentlich? Was könnte eine solche Tortur wert sein?

Geld, natürlich. Erschöpft fährt sich Linda bei dem Gedanken über die Augen. *Genug Geld, damit Vater seine Behandlung bezahlen kann und wir unser Haus behalten können.* Sie dreht den Kopf von der einen zur anderen Seite, so als könne sie mit genug Willensstärke die Dunkelheit durchdringen. Dann seufzt sie auf. Selbst wenn es ihrem Auftraggeber gefallen sollte, sie einen Monat lang hier in dieser Dunkelheit zu lassen, ihr kann es egal sein – Hauptsache, sie wird nach Ablauf der Zeit ihr Geld erhalten. Mit klopfendem Herzen erinnert sich Linda an die Schatten der sonderbaren Gerätschaften, die sie draußen erahnen konnte, an die Seile, die Ketten und Peitschen. In Wahrheit ist ihr klar genug, dass der Herr dort draußen einiges für sie geplant hat – auch wenn sie noch nicht abschätzen kann, worin dieses *einiges* bestehen wird. Wird es mehr sein, als sie in der Lage ist, zu ertragen?

Sie legt sich auf die Decke, vorsichtig, um ihren gepeinigte Rücken nicht noch weiter zu belasten. Dann blickt sie mit offenen Augen in die Dunkelheit, während die Stille in ihren Ohren rauscht.

Sie weiß nicht, wie lange sie schon in der Dunkelheit liegt und wartet. Zweimal ist eine Klappe in der Tür aufgegangen und eine Schale mit Brei wurde hereingeschoben. Für wenige Sekunden wurde die Kammer in dumpfes Licht getaucht, um dann wieder in umso tieferer Schwärze zu versinken. Immer wieder hat Linda sich aufgesetzt, um ihren Rücken ein wenig zu schonen, und um irgendetwas an ihrer Situation zu verändern – *selbst zu bestimmen* – aber wenn sie sich dann nach einiger Zeit wieder zurück auf den Boden legt, schnürt sie das Gefühl ihrer Ohnmacht nur umso stärker ein.

Anfangs hat Linda sich vorgenommen, nichts zu essen – zumindest so lange, bis sie der Hunger überwältigt. Aber dann hat sie die Schale doch jedes Mal in weniger als einer Stunde geleert, nicht aus Hunger, sondern aus Langeweile und aus dem Bedürfnis heraus, irgendetwas zu tun zu haben. Aus diesem Grund ist sie auch wieder und wieder zu dem Wassertrog gekrochen und hat etwas getrunken, mehr, weil sie etwas unternehmen wollte, als weil sie wirklich Durst hätte.

Das Klo hat Linda nicht benutzt, zu unangenehm ist ihr die Vorstellung, sich in der Dunkelheit zu erleichtern.

Irgendwann schläft Linda ein, aber als sie aufwacht, kann sie nicht beurteilen, ob in der Zwischenzeit eine Nacht oder nur fünf Minuten vergangen sind. Das Gefühl der gestörten Wahrnehmung ist so unheimlich, dass Linda sich seitdem bemüht, die Augen nicht mehr zu schließen.

Linda hat erwartet, dass sie sich mit der Zeit an die Finsternis gewöhnen würde, aber so ist es nicht. Die Tür schließt zu fest, als dass auch nur ein Schimmer Licht hereindringen könnte, und auch jetzt, nach vielen Stunden, vielleicht Tagen in diesem Verlies fühlen sich ihre Augen an, als wäre sie erblindet. Für ihre Ohren ist es nicht ganz so schlimm, wenigstens kann Linda selbst Töne erzeugen, um sich zu versichern, dass sie nicht taub geworden ist. Außerdem sind ihre Ohren in der Grabesstille so feinfühlig geworden, dass Linda immer wieder von den leisesten Geräuschen von draußen aufgeschreckt wird. Ab und an hört sie, wie auf dem Gang Schritte zu hören sind, unendlich gedämpft durch die zwei geschlossenen Türen, aber doch gerade noch zu hören. Und dann, irgendwann, klingen auch wieder Geräusche aus dem Nebenzimmer, schleifende Töne, so als würde jemand hin und her gehen und die Möbel durch das Zimmer schieben.

Linda beschließt, sich wieder aufrecht hinzusetzen. Sollte jemand zu ihr kommen, sollte jemand die Tür öffnen, so will sie zumindest nicht auf dem Boden liegend gefunden werden. Sie lauscht weiter nach den Schritten – mittlerweile ist sie beinahe sicher, dass es zwei Menschen sind, die dort drüben herumräumen.

Schließlich wird es still im Nebenzimmer, kein Laut ist mehr zu hören und instinktiv hält Linda den Atem an. Dann ein neues Paar Schritte, das sich durch den Flur nähert, und dieses Mal weiß Linda genau, wer es ist, der dort kommt und sich ihrer Zelle nähert. Auch wenn sie diese Schritte erst zweimal gehört hat, so hat sich ihr das Geräusch doch eingeprägt, ebenso wie der Klang der Stimme, die nun gedämpft durch die Holztür klingt.

»Holt sie raus.«

Die Zellentür öffnet sich und Licht dringt in Lindas Verschlag, so hell, dass sie die Augen zusammenkneifen muss, um auch nur Schattenrisse zu erkennen. Die dunkle Gestalt, die die Tür geöffnet hat, greift ungeduldig nach Lindas bronzener Kette und zieht daran. »Komm schon heraus.«

Diese Stimme kennt Linda noch nicht, aber hastig steht sie auf, sie bückt sich, um sich den Kopf nicht an der niedrigen Decke anzustoßen und krabbelt aus der engen Tür hinaus ins Helle.

Der Raum sieht anders aus, als Linda ihn in Erinnerung hat. Überall an den Wänden stecken Kerzen in Halterungen an der Wand und tauchen das Zimmer in flackerndes Licht. Es riecht nach Kerzenwachs und Leder. Die Geräte, die sie das letzte Mal nur im Vorbeigehen erahnen konnte, sind sorgsam in Szene gesetzt: Der schwarze Stuhl mit den Schnallen prangt offen an der hinteren Wand, das Regal hinter der Tür ist ordentlich eingeräumt, sodass Linda in den offenen Fächern verschiedene Gerätschaften erkennen kann – Stöcke und Peitschen, Klammern, Instrumente, die sie nicht einmal benennen könnte, die sie aber umso heftiger erschauern lassen. In der Mitte des Raums hängt ein Ring an einem Haken von der Decke. Dahinter, neben der Tür zum Flur, ist zwischen zwei hohen Balken ein Spinnennetz aus metallenen Ketten geflochten.

Links von ihr, neben dem breiten Spinnennetz, stehen zwei einfach gekleidete Männer, der kleinere, den der Herr als Clemens angesprochen hatte, und ein größerer Mann, der selbst den Herrn noch um fast einen Kopf überragt. Linda erschauert, unwillkürlich fahren ihre Hände zu ihrem Schoß, um ihre Blöße vor den fremden Männern zu bedecken. Dann wird ihr die Sinnlosigkeit ihrer Geste klar, und sie zwingt sich, sich aufrecht und ohne Scham hinzustellen.

Auf der anderen Seite des Raumes, zu ihrer Rechten, steht neben dem Bett ein schwerer hölzerner Stuhl. Dort sitzt der Herr und betrachtet Linda erwartungsvoll, wie der Zuschauer eines mittelalterlichen Spektakels. Sein Blick geht von Linda zu dem größeren der beiden Männer, dem, der die Tür zu ihrer Kammer geöffnet hatte, und er nickt dem Mann auffordernd zu. »Lorenz, du fängst an. Mach sie an der Decke fest.«

Der Mann nickt, und ehe Linda noch entschieden hat, ob sie dem impliziten Befehl folgen will, hat der Fremde sie schon an den Armen gepackt. Mit fachmännischer Geste schiebt er eine

Seilschlaufe über ihre Handgelenke und zieht den Strick durch den Ring an der Decke.

Der plötzliche Zug lässt Linda schwanken, mit ihrem linken Fuß stolpert sie über die Kette, die immer noch an dem rechten Fußgelenk baumelt und für einen Moment ist sie sicher, dass sie fallen wird. Doch ihre Arme sind bereits an dem Ring befestigt, und so fällt Linda nur in das Seil hinein, das schmerzhaft in ihre Handgelenke schneidet. Mühsam schluckt sie den Schmerzenslaut hinunter und stellt sich wieder aufrecht hin, dem Herrn gegenüber, der sie mit amüsiertem Lächeln betrachtet.

Wütend verzieht Linda den Mund. Sie hasst es, auf diese Weise ausgestellt zu werden, die Hände hilflos über dem Kopf gefesselt. Am liebsten würde sie ihrem Peiniger in ohnmächtigem Trotz die Zunge herausstrecken.

Als hätte der Herr ihre Gedanken gelesen, verschwindet sein Lächeln und er mustert sie mit aufrichtigem Interesse. »Du tust all das hier aus freien Stücken, nicht wahr?«, fragt er. »Du hast die Abmachung mit mir freiwillig und in vollem Bewusstsein getroffen?«

Linda nickt stumm, das Gesicht immer noch wütend verzogen.

»Und was meinst du, wofür ich dich hierher einbestellt habe?«, fragt er und mustert sie. »Was glaubst du, was ich von dir will?«

Linda zögert. Als sie antwortet, bemüht sie sich, ihre Worte langsam und mit Bedacht zu setzen. »Ich denke, Ihr erwartet von mir, dass ich Euch gehorche. Ich bin hier um Euch zu dienen, und Euch gefügig zu sein.«

Der Herr schüttelt den Kopf, und das Lächeln umspielt erneut seine Lippen. »Um genau zu sein, erwarte ich nur eine Sache von dir«, sagt er und blickt Linda direkt in die Augen. »Ich erwarte, dass du hier, bei mir und für mich *leidest*.«

Linda spürt, wie sie bei diesen Worten ein Schwindel überkommt, und für einige Sekunden muss sie sich anstrengen, aufrecht stehenzubleiben.

Zufrieden mit der Wirkung seiner Worte wendet sich der Herr

nun an Lorenz, der stumm am Rand des Raumes steht. »Hol den Rohrstock.«

Lorenz geht zu dem Regal an der Seite des Raums und nimmt einen langen, dünnen Stock vom oberen Regalbrett. Linda wundert sich, dass der Herr gerade diesen so unschuldig wirkenden Stock ausgewählt hat, aber dann lässt Lorenz das Werkzeug zweimal schnell durch die Luft pfeifen und das scharfe Sirren lässt Linda zusammenfahren.

»Nimm dir ihren Arsch vor«, sagt der Herr in gleichgültigem Tonfall.

Ängstlich schließt Linda die Augen, aber dann zwingt sie sich, sie wieder zu öffnen und den Herrn offen anzusehen. Noch hat er sie nicht so weit gebracht, dass sie alleine vor seinem Blick zusammenzuckt.

Lorenz lässt den Rohrstock auf ihren Hintern treffen, und wütend knirscht Linda mit den Zähnen. Jeder Hieb ist ein langer, durchgehender Schmerzensstrich, quer über beide Pobacken, als würde man ein glühendes Messer wieder und wieder über ihren Hintern ziehen. Einer nach dem anderen folgen die Hiebe aufeinander, zu schnell, um sich zu erholen, zu schnell, um sich gegen den nächsten Streich zu wappnen. Ab und an trifft ein Schlag daneben, trifft auf Lindas malträtierten Rücken oder auf ihre bloßen Oberschenkel, und der spezielle, unerwartete Schmerz lässt sie zusammenfahren. Mehr als einmal versagen ihr bei solch einem Streich die Beine, sie bricht zusammen und hängt nur noch an ihren festgebundenen Armen, sodass sie es vor dem nächsten Hieb kaum schafft, wieder auf die Füße zu kommen. Jedes Mal, wenn ihr Gesicht zu entgleisen droht, sieht sie, wie sich die Miene des Herrn für kurze Zeit zu einem Lächeln verzieht, um dann wieder in Ausdruckslosigkeit zu versinken.

Der Rohrstock ist nicht schlimmer als die Ochsenpeitsche, aber er zehrt schneller an Lindas Kräften. Schon spürt sie, wie ihre Beine schwach werden, wie ihr Atem keuchend wird und wie ihr der Schweiß den nackten Körper herunter rinnt. Müde schüttelt sie den Kopf, in einer ohnmächtigen Geste des Protests. Ein sonderbarer Satz kommt ihr in den Kopf – *so lange, wie es erregt, und dann noch weiter* – aber Linda kann nicht sagen, wo sie diesen Satz gehört hat, ob der Herr ihn gerade ausgesprochen hat, oder ob er alleine ihrer Erschöpfung entspringt. Mit letzter Kraft hält sie sich aufrecht, bemüht, Schmerzen und Blöße gleichermaßen still zu ertragen, *stehenbleiben, nicht schreien, stehenbleiben*, während die glühenden Striemen, die Blitze scharfen Schmerzes sie wieder und wieder überziehen.

Die Hiebe haben aufgehört. Linda braucht eine Weile, um es wirklich wahrzunehmen. Sie weiß nicht, ob der Diener von selbst aufgehört, oder ob der Herr es ihm befohlen hat. Am Ende spielt es keine Rolle.

Müde dreht sich Linda um, um über die Schulter nach ihrem Peiniger zu schauen. Lorenz ist zu dem Regal hinübergegangen, um den Rohrstock zurückzulegen, sein Kollege steht stumm daneben und betrachtet Lindas nackten Körper.

»Dreh dich wieder zu mir.«

Die Stimme des Herrn schneidet in Lindas Gedanken, in ihrer Härte beinahe mehr als sie ertragen kann. Aber gehorsam dreht Linda sich wieder herum, stellt sich das Gesicht zum Herrn gerichtet in die Zimmermitte, die Arme hilflos über dem Kopf erhoben.

Der Herr blickt hinüber zu Clemens. »Wie sieht es aus? Bist du geil auf sie?«, fragt er mit mildem Interesse.

Clemens nickt und mustert Linda begierig.

»Dann fick sie. Nimm ihre Fotze.«

Lindas Kopf fühlt sich seltsam taub an, als sie diese Worte hört. Natürlich hat sie damit gerechnet, dass so etwas geschehen würde, dass sich ihr Dienst auch auf diesen Bereich erstrecken würde. Aber das hier ist etwas anderes. Selbst in ihren abwegigsten Vorstellungen hätte sie doch erwartet, dass ihr geheimnisvoller Auftraggeber sie persönlich nehmen würde, zu seinem Vergnügen und seiner Befriedigung, und nicht, dass er sie beiläufig an seine Untergebenen weiterreicht, während er mit ausdrucksloser Miene zuschaut.

»Herr«, sagt Linda mit belegter Zunge. Sie traut sich kaum, dem Herrn in die Augen zu blicken.

»Ja?«, fragt der Herr und hebt die Augenbrauen. »Was willst du?«

Linda zögert, sie blickt von ihm zu dem Diener, der neben ihr steht und schon dabei ist, seine Hose auszuziehen. Unter dem Reißverschluss kommt ein geschwollenes, gierig aufgerichtetes Glied zum Vorschein.

Linda dreht sich wieder zum Herrn hinüber und schüttelt den Kopf.

»Meine Männer sind sauber und steril«, sagt der Herr, und sein starrer Blick scheint Linda zu durchdringen. »Oder ist es etwas anderes, das dir Sorgen macht?«

Linda schüttelt den Kopf. »Nichts, Herr«, sagt sie so leise, dass es kaum zu hören ist.

Der Herr nickt langsam, dann nickt er Clemens zu. »Nun mach schon. Schau nach, ob du Hilfe brauchen wirst.«

Mit herabgelassener Hose tritt Clemens hinter Linda. Unerwartet schiebt sich von hinten eine kalte Hand zwischen ihre Schenkel, so fordernd, dass sie sich nur mit Mühe zur Ruhe zwingen kann.

»Nein, Herr«, sagt Clemens mit einer Stimme, in der Linda das Lächeln geradezu hören kann. »Sie ist mehr als bereit.«

Lindas Wangen flammen auf. Bisher war sie davon ausgegangen, dass es Schweiß war, der ihr an allen Seiten den Körper herabgelaufen ist, aber nun wird ihr klar, dass die Feuchtigkeit zwischen ihren Beinen aus ihrem Schoß stammt. Wütend presst sie die Kiefer zusammen. Wenn die Behandlung der letzten halben Stunde sie auf physische Weise erregt hat, so ist das nicht ihre Schuld – es hat nichts damit zu tun, dass ihr in irgendeiner Weise gefällt, was hier geschieht.

Ohne auf ihren empörten Gesichtsausdruck zu achten, lehnt sich der Herr zurück und lächelt. »Das dachte ich mir.«

Ohne Zeit zu verschwenden, greift Clemens von hinten nach Lindas Hüften, er zieht sie zu sich und schiebt sein pralles Glied zwischen ihre Schenkel. Linda traut sich nicht, sich offen zu widersetzen, doch trotzdem bemüht sie sich, die Beine so fest wie möglich zusammenzupressen, um dem Mann seinen Triumph zumindest so schwer wie möglich zu machen. Aber umsonst: Sie ist zu feucht und der Ansturm des fremden Mannes kommt zu heftig, als dass sie sich widersetzen kann. Clemens braucht nur wenige Sekunden, um in sie einzudringen, und er ist so geil, dass er seinen Samen nach wenigen harten Stößen in ihrem Inneren verteilt hat.

Der Herr hat ihnen zugesehen. Nun hebt er die Hand, um ein beiläufiges Gähnen zu kaschieren.

Lindas Wangen brennen, gleichermaßen vor Scham und vor wildem Zorn – Zorn auf Clemens, der sich ihr aufgedrängt hat, Zorn auch auf Lorenz, der die ganze Zeit untätig daneben gestanden hat, doch mehr als alles vor Zorn auf den Herrn, der es wagt, sie und ihre Demütigung noch mit Gleichgültigkeit zu bedenken. Sie spürt den warmen Samen des fremden Mannes in ihrem Inneren, und sie kann fühlen, wie die ersten Tropfen des flüchtig verteilten Spermas an ihren verschwitzten Schenkeln herablaufen. Dazu kommt, dass der Schwanz beim Eindringen auf ihre Blase gedrückt hat, und nun macht es sich bemerkbar, dass Linda seit ihrer Ankunft nicht mehr aufs Klo gegangen ist. Ihre Blase ist voll und sie spürt, dass sie dringend zur Toilette muss.

»Clemens, mach du weiter«, sagt der Herr, sobald der Mann seine Hose wieder angezogen hat. Er weist auf eine Reitgerte, die neben dem Regal an der Wand lehnt.

Aus dem Augenwinkel sieht Linda, wie Clemens nach der Gerte greift. Der schwarze Stab ist etwas länger und dünner als der Rohrstock, und an seinem Ende hängt eine breite Lasche. Auf unheimliche Weise erinnert er Linda an die Ochsenpeitsche.

Linda atmet tief ein und aus. »Herr?«

Ohne sie zu beachten, nickt der Herr Clemens zu. Linda hört ein Sausen, dann schlägt das harte Ende heftig auf ihrem wunden Rücken auf. Stoßartig zieht sie die Luft ein.

»Herr?« Linda sieht den Herrn wütend an. »Ich muss aufs Klo.«

Der Herr rührt sich nicht. Wieder trifft die Gerte auf ihren Rücken, sie treibt Linda die Tränen in die Augen. Zornig beißt Linda die Zähne zusammen. Ihr wird klar, dass sie nicht beides kann, ihre Haltung bewahren und ihren Harndrang unter Kontrolle halten. Und wenn der Herr ihre Bitte weiterhin ignoriert, wer weiß, wie weit er sie noch treiben wird.

»Ich muss aufs Klo gehen, jetzt! Ich verlange, dass Ihr mich jetzt losmacht.«

Immer noch lässt der Herr mit keiner Geste durchblicken, dass er Lindas Aufforderung gehört hat, und doch ist sie sicher, dass sie in seiner Miene einen neuen Zug erkennen kann, ein neuerwachtes, gieriges Interesse.

Noch ehe die Reitgerte sie das nächste Mal trifft, hat sich Linda aufgerichtet, sie greift mit den festgebundenen Händen nach dem Ring an der Decke und befühlt den Knoten, mit dem ihre Hände festgebunden sind. Weiter und weiter treffen die Schläge auf ihrem Rücken auf, aber der Schmerz macht ihr nun kaum noch etwas aus. Ihre ganze Konzentration gilt dem Knoten über ihrem Kopf und dem Versuch, ihn aufzuflechten. Lindas Blick bleibt dabei starr geradeaus gerichtet, auf den Herrn, der ihre Bemühungen mit wachsendem Interesse beobachtet.

Noch ein Hieb mit der Gerte, und noch einer, und dann – endlich – hat Linda den Knoten geöffnet. Siegesgewiss lächelt sie dem Herrn zu, während sie das Seil von ihren Händen abschüttelt. »Ich werde jetzt aufs Klo gehen.«

Eine Geste des Herrn genügt, und die beiden Männer packen sie von beiden Seiten an den Armen. Mit verzweifeltem Schreck erkennt Linda, dass sie gegen die beiden Männer keine Chance hat, hilflos eingezwängt hängt sie zwischen den festen Händen, die sie von beiden Seiten packen.

Mit zornfunkelndem Blick sieht Linda den Herrn an. »Ich. Muss. Aufs. Klo.«

Als würde er ihre Worte gar nicht hören, sagt der Herr: »Macht sie dort drüben am Kettennetz fest. Und bindet die Füße auch an.«

»Nein!« Linda windet sich wie ein Tier, mit der Wut einer Wahnsinnigen versucht sie, dem Griff der Männer zu entkommen. Schon haben die beiden sie zu dem metallenen Spinnennetz hinübergeschleift, und während Lorenz sie von vorne gegen das Netz drückt, bindet Clemens ihre linke Hand mit einem neuen, dünneren Seil an den Kettengliedern fest. In den Augen des Herrn sieht sie ein gieriges Leuchten.

Linda holt tief Luft. Als Lorenz auch ihren rechten Arm mit dem Seil umschlingen will, zieht sie die Hand unerwartet zurück, und tatsächlich gelingt es ihr, den Arm aus dem Griff des Mannes zu befreien. Clemens, der ihren Kampf bemerkt hat, packt sie an der Schulter und presst ihren nackten Oberkörper gegen das Stahlnetz. Mit einem wütenden Schrei will Linda den freien Arm gegen ihre Peiniger erheben, da spürt sie, dass sie den Druck ihrer vollen Blase nicht mehr kontrollieren kann: Ihre Muskeln versagen und ohne dass sie noch etwas dagegen tun kann, öffnet sich der Strahl heißer Flüssigkeit zwischen ihre Beinen.

Ohne sich von dem Missgeschick beeindrucken zu lassen, fahren die beiden Männer fort, Linda an die Kettenglieder des Netzes zu binden. Heiße Tränen laufen Lindas Wangen entlang, heißer noch als der Urin an ihren Schenkeln, doch sie ist zu erschöpft, um noch etwas gegen ihre Peiniger zu unternehmen. Stumm und mit geschlossenen Augen hängt sie in ihren Fesseln, während die beiden Männer erst den zweiten Arm und dann ihre beiden Beine an den Kettengliedern des Stahlnetzes festbinden.

Erst als die beiden fertig sind, öffnet Linda ihre Augen und sieht den Herrn mit verachtungsvollem Blick an. »Die Abmachung ist abgeblasen. Sie können Ihr Geld behalten. Ich gehe nach Hause.«

Langsam steht der Herr auf, er schiebt den Stuhl beiseite und geht Linda entgegen. Der Ausdruck in seinen Augen ist unmöglich zu deuten.

»Was hast du gesagt?«

Der Blick des Herrn lässt Linda einen Moment innehalten, aber dann schüttelt sie zornig den Kopf. »Sie haben richtig gehört. Ich sage die Abmachung ab – unser Pakt ist null und nichtig!«

Langsam kommt der Herr Linda entgegen, bis er direkt vor dem Kettennetz steht. Einen Augenblick lang schämt sich Linda für den durchdringenden Uringeruch, der den Raum erfüllt, aber sofort wandelt sich ihre Scham in heißen Zorn.

Der Herr lächelt. »Du willst unsere Abmachung absagen, trotz allem, was für dich dabei herausspringen wird? Kannst du dir das leisten?«

Unwillkürlich hält Linda inne. Kann sie jetzt wirklich aufgeben, wo sie endlich eine Lösung für all ihre Probleme gefunden hat, nur weil es für sie selbst eine begrenzte Zeit voll Scham und Schmerz bedeutet?

Der Herr macht noch einen Schritt auf sie zu, so nahe, dass er ihren bloßen Körper beinahe berührt. In einer schnellen Bewegung streckt er seine Hand aus, er greift nach ihrem Schoß, feucht von Samen, Schweiß und Urin und lässt gegen alle Gegenwehr zwei Finger in ihr Inneres gleiten. Mit festem Griff quetscht er das Fleisch zusammen, ohne dabei ihren Blick loszulassen. »Kannst du das?«

»Und ob ich das kann!« Mit neuerwachtem Zorn blickt Linda den Mann vor sich an. Sie würde ihm ins Gesicht spucken, wenn er ihr nicht selbst dafür zu verachtenswert vorkäme.

Noch einmal quetscht der Herr das Fleisch zwischen ihren Beinen zusammen, so fest, dass ihr die Tränen in die Augen schießen. Sie sieht den Ausdruck auf seinem Gesicht: Es ist eine neuerwachte Gier, ein Blick, als wäre sie in seinen Augen jetzt gerade erst reif geworden.

Der Herr bewegt seine nackte Hand in ihrem Schoß hin und her, er reibt an ihren Schenkeln und in ihrem Innern entlang, bis die schwitzige Mischung aus ihrer Feuchtigkeit, dem getrockneten Samen und dem Urin ganz an seinen Fingern klebt. Dann zieht er die Finger aus ihr heraus und streicht ihr mit der besudelten Hand über die Wange, er fährt an ihrer bloßgelegten Kehle herab und lässt die Finger bis zu ihren Brüsten herabfahren.

»Oh nein, das kannst du nicht«, sagt er leise, zu ihrem Ohr herabgebeugt, während seine Hand ihre Brust quetscht. »Du hast zugesagt, bei mir zu bleiben, aus freien Stücken und ohne Zwang.

Wie kommst du auf den Gedanken, dass du diese Zusage nun einfach so zurückziehen könntest?«

Wie ein kalter Schauer brechen seine Worte über sie herein. Noch ehe Linda die Aussage wirklich verarbeiten kann, spürt sie, wie seine Hand erneut zwischen ihre Beine greift. Mit Entsetzen stellt sie fest, dass sich dort unten eine neue Feuchtigkeit entwickelt hat.

Ohne ein Wort über ihre Geilheit zu verlieren, zieht der Herr die Hand wieder aus ihrem Schambereich heraus und fährt ihr mit den benetzten Fingern über das Gesicht, über Augen, Nase und Mund.

»Ich frage mich wirklich, was dir einfällt. Wie kommst du nur auf die Idee, du hättest nun noch irgendetwas zu entscheiden?«

Wirr drehen sich Lindas Gedanken im Kreis, auf der Suche nach einer Erwiderung, irgendeinem Hilferuf, der sie nun noch retten könnte. Doch ehe sie noch auf eine Antwort gekommen ist, schiebt der Herr seine Finger zwischen ihre Lippen, er reibt die feuchten Finger über ihre Zunge, bis der süßlich-scharfe Geschmack ihren Mund ganz erfüllt und ihre Gedanken zum Erliegen bringt.

Lindas Ekel, ihr Abscheu und ihre Scham mischen sich mit etwas anderem, mit einer unerwarteten, unerwünschten Erregung, die ihren Körper schüttelt. Ohne seine Finger aus ihrem Mund zu nehmen, nimmt der Herr seine andere Hand, er schiebt die Finger zwischen ihre Schenkel, in die Mulde, die nun von Feuchtigkeit erfüllt ist. Mit kreisenden Bewegungen lässt er die Finger über Lindas Geschlecht streichen, so lange, bis sie sich ihm stöhnend entgegendrückt, gierig nach seiner Berührung und nach den Gefühlen, die er so ungebeten in ihr erweckt.

Dann, so plötzlich, wie sie gekommen sind, verschwinden die Finger wieder aus Lindas Mund und aus ihrem Schoß. Mit einer abrupten Geste geht der Herr zwei Schritte zurück, er betrachtet Linda von oben bis unten und lächelt, in seinen Augen eine tiefe Genugtuung.

»Du wirst hier bleiben«, sagt er, ohne seine Stimme zu heben. »Du bleibst mindestens für den vereinbarten Monat hier – und wenn du mir in dieser Zeit gefällst, vielleicht auch länger. Und du wirst meinen Befehlen gehorchen.« Er wendet sich an Clemens, der immer noch stumm neben ihr steht. »Mach sie sauber und bring sie wieder zurück«, sagt er in beiläufigem Ton. Ohne noch einmal zu Linda herüberzusehen, geht er an dem Kettennetz vorbei und verschwindet durch die Tür zum Flur.

Betäubt erträgt Linda, dass Lorenz sie losbindet, dass Clemens ihr mit einem feuchten Tuch den Schoß und die Beine abwäscht, und dass die Männer sie schließlich zurück in die kleine Kammer führen. Die Tür zum blauen Raum schließt sich, und aufs Neue versinkt Lindas Welt im Dunkeln.

Wieder Finsternis, wieder Einsamkeit und Warten. Dieses Mal ist Linda wirklich eine Gefangene, unfähig, sich frei zu bewegen, unfähig, über ihren eigenen Körper zu entscheiden.

Immer wieder versucht sie sich klar zu werden über das, was mit ihr geschehen ist. Wie kann es sein, dass sie, die noch vor wenigen Tagen ein ganz gewöhnliches Leben geführt hat, nun hier sitzt – in Dunkelheit und Einsamkeit, als Opfer eines sadistischen Wahnsinnigen? Wieder und wieder spielt sie die vergangene Begegnung durch, sie sucht nach einer Stelle, an der sie ansetzen kann, einem Punkt, an dem sie sich anders hätte verhalten können. Hätte sie ihre Position dem Herrn gegenüber deutlicher klarstellen sollen? Hat sie sich gegen seine Männer zu wenig gewehrt, oder vielleicht zu viel? Wieder und wieder schüttelt sie den Kopf: Der einzige Fehler, den sie begangen hat, war der, überhaupt hier herauszukommen und sich in die Hände dieses Monstrums zu begeben.

Linda stellt sich vor, wie sie in einem Monat hier herausgehen wird, wie sie sich an dem Herrn und seinen Spießgesellen rächen wird, doch alles Nachdenken ändert nichts an ihrer Situation: Hier und jetzt ist sie eine Gefangene, ihrem grausamen Auftraggeber wehrlos ausgeliefert. Zum ersten Mal in ihrem Leben fühlt sie wirkliche Ohnmacht.

Das nächste Mal, als sich die Tür der Kammer öffnet, weigert Linda sich, herauszukommen. Stur verkriecht sie sich in der hintersten

Ecke ihrer Zelle und hört weder auf die Stimmen der Diener, noch auf den Herrn, der ihr schließlich in barschem Ton befiehlt, zu ihm zu kommen. Es braucht die vereinigte Kraft von Lorenz und Clemens, um sie schließlich aus ihrer Kammer herauszuzerren und ihre Hände an dem Ring an der Decke festzuschnüren. Immer noch wendet Linda ihre ganze Kraft auf, um nach den Dienern zu treten, nach ihnen und allem anderen, was sie in ihrem verzweifelten Wahn erreichen kann. Schließlich greift Lorenz nach der bronzenen Kette, die von ihrem Fußgelenk zu dem Eingangsbalken des dunklen Raums führt. Mit festem Griff zieht er ihren rechten Fuß zu sich her, um ihn an einem Haken am Fußboden festzubinden, während Clemens sich um das andere Bein kümmert.

Der Herr sieht sich das Schauspiel stumm an, ohne eine Miene zu verziehen, ganz so als sei nichts Ungewöhnliches vorgefallen. Erst als Linda hilflos gebunden vor ihm steht, der nackte Körper vor Anstrengung zitternd und die Augen dunkel vor Zorn, nickt er seinen Männern zu.

»Es reicht für heute. Bringt sie wieder zurück.«

Ehe Linda noch ganz begreift, was geschehen ist, öffnen die beiden ihre Fesseln bereits wieder, Clemens packt sie am Oberarm und schleift sie zu ihrer Zelle. Dann wird Linda zurück in die Dunkelheit gestoßen, und die Tür der Kammer schließt sich aufs Neue hinter ihr.

Der zarte Triumph, der schwache Sieg ihres Widerstands reicht aus, Linda grimmig auflächeln zu lassen. Auf so geringe Weise, wie es ihr möglich ist, hat sie sich dem Herrn widersetzt – mehr noch, sie hat ihn verärgert und zum Aufgeben bewegt. Sie denkt an das missmutige Funkeln, das sie in seinen Augen gesehen hat, und ihr Herz pocht in fiebriger Erregung. Erschöpft, aber zufrieden lässt sie sich auf ihre Liegestatt fallen und schließt die Augen.

Erst viele Stunden später, als Linda zum dritten Mal nach dem leeren Wasserkrug greift und ihr Magen zu knurren beginnt, wird ihr klar, dass diesmal niemand kommen wird, um ihr Essen und neues Trinkwasser zu bringen.

Als sich irgendwann – einen Tag, zwei Tage später? – endlich wieder Schritte ihrer Zelle nähern, ist Linda vor Hunger erschöpft, und ihre Zunge klebt schmerzhaft trocken am Gaumen. Die letzten Stunden hatte sie sich nur mit Mühe davon abhalten können, sich in ihrem Durst an dem Toilettenbecken zu vergreifen. Nun, da sie von draußen die Stimme des Herrn hört und die Tür zu ihrer Behausung wieder geöffnet wird, haben Verzweiflung und Durst jeden Trotz besiegt – der schale Abglanz ihrer Rebellion ist dem Bewusstsein einer ruhmlosen Niederlage gewichen. Ohne zu zögern, krabbelt sie aus dem Versteck heraus, sie stellt sich vor dem Herrn auf seinem Stuhl auf, und senkt demütig den Kopf.

Der Herr lächelt. »Das nächste Mal wirst du, wenn sich die Tür öffnet, neben dem Ausgang knien und darauf warten, dass ich dich herausrufe.«

Linda zögert nur einen Moment, dann nickt sie. Hunger und Durst sind zu groß.

Als sie zwei Stunden später in ihre Zelle zurückkehrt, wundgeprügelt und schambefleckt, bekommt sie neues Wasser und eine Schale mit Essen. Nicht viel, aber genug zum Überleben.

Der Zorn, der in Linda erblüht, füllt sie bald weiter und weiter aus, wie eine dunkle Pflanze, die sich durch ihr Inneres wuchert. Jedes Mal, wenn sich die Türe nach außen öffnet, jedes Mal wenn sie auf wunden Knien auf dem Boden hockt und demütig darauf wartet, dass der Herr sie zu sich hinaus ruft, verabscheut sie ihn mit größerer Hitze und malt sich ihre Rache in blutigeren Farben aus.

Ihr Zeitgefühl hat Linda schnell vollkommen verloren. Essen und Trinken erhält sie in unregelmäßigen Abständen – oder vielleicht scheint ihr die Zeit auch nur unregelmäßig zu vergehen. Kurze Phasen von Kerzenschein, Demütigung und Schmerz wechseln sich immer wieder ab mit endlos langen Stunden voll Dunkelheit und Apathie.

Linda könnte nicht sagen, ob sie mehrmals am Tag nach draußen in das Gemach gerufen wird, ob es alle paar Tage oder nur einmal in der Woche geschieht. Manchmal glaubt sie, dass sie schon seit Monaten, seit Jahren als Gefangene in diesem Haus lebt – dass der Herr nicht vorhat, sie je wieder gehen zu lassen. Nur um sich die Zeit auf irgendeine Weise einzuteilen, überlegt sie sich, dass sie der Herr wohl jeden Tag um sieben Uhr abends, vielleicht gerade vor seinem Abendmahl, zu seinem Vergnügen herausbeordert. Sie weiß, dass diese Einteilung nicht stimmen kann, zu lang und unregelmäßig sind dafür die Abstände zwischen den Schmerzenszeiten. Aber die Vorstellung alleine hilft ihr, wenigstens eine Art von Grundordnung in ihrem Dasein zu bewahren.

Irgendwann in der Dunkelheit ihrer Zelle stellt Linda fest, dass ihre Regel einsetzt. Im ersten Augenblick ist sie verblüfft, sie hätte nicht gedacht, dass etwas so banales wie die weibliche Menstruation in diesem Umfeld überhaupt existiert. Doch das Blut, das in ihren neu gewachsenen Schamhaar klebt, ist ein Beweis dafür, dass die Zeit weitergeht, dass sich ihr Aufenthalt in diesem Haus irgendwann einmal seinem Ende nähern wird. Als kurze Zeit später im Raum nebenan Schritte erklingen, kniet sich Linda aufrecht und mit einem schmalen Lächeln auf den Lippen neben die Tür und erwartet den Herrn. Das Blut, das zwischen ihren Schenkeln klebt, ist nichts, weswegen sie sich schämen muss.

Auf den Befehl des Herrn hin bindet Clemens Linda die Hände auf dem Rücken fest. Dann geht Clemens zu dem Regal hinüber, und als er zurückkommt, kann Linda zwischen seinen Fingern ein Paar silberner Brustklammern glänzen sehen.

Linda erschauert, sie hat die Wirkung der scharfen Klammern bereits kennengelernt. Mühsam presst sie die Lippen aufeinander, während Clemens die kleinen Krallen in ihre weichen Brustwarzen treibt. Probeweise zieht Clemens an dem Lederband, das die Klammern verbindet. Scharf und schmerzhaft graben sich die Krallen in Lindas Brüste, doch die metallenen Klammern halten fest. Clemens nickt zufrieden.

Nun hängt der Diener eine Kette an einen der Haken an der Decke ein, er greift nach dem Band zwischen Lindas Brüsten und hängt es straff in die metallene Kette ein. Linda zieht die Luft ein, als ihre Brüste an den Klammern rau nach oben gezogen werden und sie stellt sich auf die Zehen, um den Druck wenigstens ein wenig abzumildern.

Auf ein Zeichen des Herrn greift Clemens nach der Reitgerte und tritt hinter Lindas Rücken. Als ihr klar wird, was er nun vorhat, schließt sie die Augen. Clemens will sie mit der Gerte schlagen, und Linda weiß, dass sie dabei nicht regungslos stehenbleiben wird: Unter den peitschenden Gertenhieben wird sie wohl oder übel zusammenfahren, und bei jedem Schlag werden sich die scharfen Klammern weiter in ihre wunden Brustwarzen graben.

Mit zusammengepressten Zähnen hört Linda, wie Clemens mit der Gerte ausholt, da ertönt unerwartet die Stimme des Herrn: »Warte.«

Als Linda zögernd die Augen öffnet, sieht sie, dass sich der Herr von seinem Stuhl erhoben hat. Mit einem sonderbaren Funkeln in den Augen – ist es Spott? Gier? – kommt er ihr entgegen.

»Du blutest.«

Jetzt spürt auch Linda das warme Blut, das ihre Schenkel hinunterläuft. Entnervt verdreht Linda die Augen. Sie würde mit den Schultern zucken, wenn sie nicht zu viel Angst um ihre festgeklemmten Brüste hätte.

Langsam streckt der Herr die Hand nach ihren Schenkeln aus, er befeuchtet seine Finger mit ihrem Regelblut und führt die blutigen Finger an seine Nase. Dabei lässt er Lindas Gesicht nicht aus den Augen.

Er wünscht sich, dass ich mich für meine Regel schäme, schießt es Linda durch den Kopf. *Er will, dass ich zusammenzucke, so wie ich es beim ersten Mal getan habe.* Gespannt mustert sie die Miene des Herrn, sie sieht seine Erwartung und seine unerfüllte Gier. Nur um ihn noch weiter anzustacheln, verzieht sie den Mund zu einem Lächeln.

Der Herr sieht ihren zur Schau getragenen Gleichmut, und seine Lippen verziehen sich. Ohne sich weiter um das Blut an seinen

Fingern zu kümmern, geht er zu dem Bett hinüber, und mit einer knappen Geste zieht er den dunkelblauen Überzug zur Seite. Ein weißes, blütenreines Bettlaken kommt darunter zum Vorschein. Ungeduldig dreht sich der Herr zu den beiden Dienern. »Macht sie auf dem Bett fest.« Er sieht mit verschränkten Armen zu, wie Lorenz Lindas Arme losbindet, doch als Clemens ihre Brüste von den Klammern befreien will, schüttelt er den Kopf. »Die Klammern bleiben.«

Unter dem aufmerksamen Blick des Herrn führen die beiden Linda zum Bett. Weit ausgestreckt soll sie sich auf das weiße Laken legen, Arme und Beine vom Körper abgespreizt. In dieser Lage wird sie von Clemens und Lorenz am Bett festgebunden, jedes Glied mit einem Seil an ein Bein des Bettes gefesselt.

Linda bemüht, sich, all das ungerührt über sich ergehen zu lassen und sie zwingt sich, nicht zurückzuzucken, als ihr blutverschmierter Schoß das reine Bettlaken besudelt. Die scharfen Klammern beißen immer noch in ihre Brustwarzen. Schließlich liegt sie ausgestreckt auf dem breiten Bettgestell, nackt und bloß, die Beine durch die rauen Seile so weit auseinandergespreizt, dass die Muskeln in ihrem Schoß schmerzhaft ziehen. Starr blickt Linda zur Decke hinauf, zu den alten Holzpanelen, die schwach vom Kerzenschein beschienen werden. Sie konzentriert sich auf ihren Atem.

Von der Seite nähern sich Schritte, und dann schiebt sich das Gesicht des Herrn in ihr Gesichtsfeld. Linda bemüht sich, nicht zu ihm hinüberzuschauen, aber aus dem Augenwinkel kann sie sehen, dass er sie nachdenklich mustert. Eine unerwartete Berührung lässt Linda erschauern, und sie braucht einige Sekunden um zu realisieren, dass es die Hand des Herrn ist, die an ihrer Seite entlangstreift – sachte, sanft, als wollte er sie abschätzen. Unwillkürlich blickt sie zu ihm hinüber und sieht, dass seine Miene immer noch grübelnd verzogen ist.

»Was fühlst du?«, fragt der Herr mit leiser Stimme, so als würde er zu sich selbst sprechen.

Linda ist nicht sicher, ob der Herr eine Antwort erwartet. Sie beschließt, seine Frage zu ignorieren. Wenn es ihre Indifferenz ist, die den Herrn nun so irritiert, so ist sie in der Lage, ihm noch sehr viel mehr davon entgegenzubringen.

Die Finger des Herrn fahren an ihrem Körper entlang, über die gespannten Muskeln zwischen ihren Beinen, und wieder zurück zu ihrer Brust. Beinahe spielerisch zupft er an dem Lederband, an dem die Brustklammern hängen und Linda muss die Lippen zusammenpressen, um nicht laut zu wimmern.

Der unterdrückte Schmerzenslaut lässt den Herrn lächeln, und noch einmal zieht er an dem dünnen Band. Er hält das Lederband nun gespannt, sodass Lindas wunde Brustwarzen in einem steten Schmerzenszug erbeben. Währenddessen fühlt sie, wie seine andere Hand an ihrem Körper entlangfährt, den schweißbenetzten Oberkörper hinab, bis hinunter zu ihrem Schoß, um dann an ihren gespreizten Beinen entlangzufahren. Dann fährt seine Hand wieder hinauf, bis zum Ansatz von Lindas empfindlichen Brüsten. Wieder und wieder streicht der Herr mit seiner Linken an ihrem angespannten Körper entlang, jedes Mal knapp an ihrem gereizten Geschlecht vorbei, während er mit der rechten Hand die Klammern an ihren Brüsten sorgsam gespannt hält. Linda kann sehen, wie sein Blick die ganze Zeit unverwandt an ihrem Gesicht hängt, bemüht, jede Nuance ihres Ausdrucks in sich aufzunehmen. Trotzig schließt Linda die Augen. Sie spürt, wie ihr der Schweiß die Seite herabläuft, sie kann den Blick des Herrn auf ihrem Körper spüren, fordernd, unnachgiebig, sie spürt seine Hand zwischen ihren Schenkeln, und mit einem Mal scheint sich der Schmerz an ihren Brustwarzen umzukehren: Aus Marter wird Genuss, aus Schärfe wird Süße, und dann gibt es plötzlich nichts Erregenderes mehr, als diesen steten, beißenden Schmerz, der ihre Brüste liebkost.

Ihre Atmung, ihr Gesichtsausdruck scheint sie verraten zu haben, denn mit einem Mal verschwindet die Hand an Lindas Beinen, und auch der so schmerzhafte und doch süße Zug an ihren Brustwarzen lässt nach. Linda bemüht sich, ihre Atmung unter

Kontrolle zu halten und eine gleichgültige Miene aufzusetzen, um sich nur ja nicht anmerken zu lassen, wie sehr die Berührung sie erregt hat. Mit geschlossenen Augen und zusammengepressten Lippen liegt sie da, während pulsierende Wellen der Erregung ihren Körper durchströmen.

Ein seidiges Tuch nähert sich Lindas Gesicht und sie spürt, wie eine feste Augenbinde um ihren Kopf gebunden wird. Hat sie bisher selbst entschieden, die Augen geschlossen zu halten, so ist die Dunkelheit um sie herum nun das Werk des Herrn. Eine kurze Pause, und dann ein neuer Schmerz – stechender, brennender als alles, was Linda bisher gefühlt hat. Erschrocken keucht sie auf, doch noch bevor der Laut ihre Lippen verlassen hat, ist der Schmerz abgeklungen, hat sich verwandelt in eine liebkosende Wärme, die ihren Leib entlang fließt. Durch das Tuch hindurch kann Linda ein flackerndes Licht erahnen, das der Herr über ihren Körper hält – eine Kerze, deren heißes Wachs er über ihre Haut vergossen hat. Das Licht bewegt sich, und ein neuer siedender Schmerz tropft auf Linda herab, dieses Mal auf ihren linken Oberschenkel, sodass sie fühlen kann, wie das Kerzenwachs, vermischt mit ihrem Blut, zwischen den Schenkeln auf das weiße Bettlaken rinnt.

Linda keucht stumm auf, während sie versucht, sich über die Natur dieser neuen Folter bewusst zu werden. Der Schmerz dieses heißen Stroms ist scharf und brennend, aber gleichzeitig ist da etwas an diesem brennenden Gefühl, das Linda zu sich zieht und ihr Herz erbeben lässt. Das Wachs beißt nur für einen Augenblick, dann ist es schon auf ihre Körpertemperatur heruntergekühlt und schmiegt sich warm und liebkosend an Lindas Fleisch.

Sie hört ein seltsames Geräusch und sie braucht einen Augenblick, um zu erkennen, dass es der Herr ist, der neben ihr leise auflacht. Er hat es gesehen, er hat bemerkt, dass seine Taten die Fassade der Gleichgültigkeit durchbrochen haben.

»Gefällt es dir, auf diese Weise zu leiden?«, fragt er, sein Mund nahe an ihrem Ohr. »Durch meine Hand?«

Linda will trotzig die Lippen zusammenziehen, doch da ergießt sich ein neuer Strom von Wachs über sie, direkt zwischen ihre Brüste, sodass das erkaltende Wachs zu beiden Seiten an ihrem Busen herab fließt. Sie schnappt nach Luft, gleichermaßen vor Erregung und Wut.

»Tststs … still«, sagt der Herr und sie spürt, wie sich seine freie Hand ihr über Mund und Nase senkt. Für einen Moment steigt Panik in ihrem Innern auf, als sie spürt, dass sie keine Luft mehr bekommen kann, und mühsam zwingt sie sich zur Ruhe. Die drückende Hand hebt sich wieder, der Herr lässt Linda aus- und einatmen, ehe er ihre Atemwege erneut mit seiner Hand verschließt. Die andere Hand hält immer noch die leuchtende Kerze, und nun lässt er einen neuen Feuerstrahl über Lindas Unterleib fahren, sodass das erkaltende Wachs sich über ihren Schambereich ergießt. Wieder lässt er sie zu Atem kommen, gerade ehe der Mangel an Luft zu schmerzhaft für sie wird.

Wild schlägt Lindas Herz, während sie mit weit aufgerissenen Augen in die Dunkelheit der Augenbinde blickt. Sie spürt, dass er sie dieses Mal nicht quälen wird, dass er ihr die Atemluft immer wieder rechtzeitig zurückgeben wird. Und dennoch, oder gerade deswegen, fühlt sie, wie das harte Gewicht seiner Hand sie in vollkommener Ohnmacht zurücklässt. Jedes Mal, wenn er sie aufs Neue mit dem heißen Kerzenwachs begießt, die Hand fest auf ihrem Mund, wird sie von heißen Wellen geschüttelt – Wellen der Erregung, die Linda nicht mehr verleugnen kann. Trotzig versucht sie weiter, ein unnahbares Gesicht zu zeigen, doch sie spürt, dass ihr Körper längst aufgegeben hat, dass sie nichts weiter will, als sich dieser brennenden Lust hinzugeben.

Das Licht, das Linda durch die Binde hindurch erahnt hat, verschwindet. Stattdessen greift die unbekannte Hand nun wieder nach dem Lederband zwischen ihren Brüsten. Das Band ist längst in eine Schicht aus halbgetrocknetem Wachs eingebettet und Linda kann spüren, wie die erkaltete Masse bei dem Zug seiner Hand aufbricht. Sie ist nun so gereizt, dass sie selbst dieses Gefühl mit einer Welle der Lust überspült.

Der Herr zieht an dem Lederband, vorsichtig, sodass die Klammern sanft an ihren wunden Brustwarzen ziehen. Der Schmerz lässt Linda unter seinen Fingern aufseufzen.

Wieder löst sich die Hand von ihrem Mund und gibt ihr Gelegenheit, aufzuatmen, doch dieses Mal kann Linda spüren, wie die Finger stattdessen nach ihren Beinen greifen und an ihrem freien Schoß entlang streifen. Als sich die Hand wieder auf ihren Mund legt, riecht Linda den metallenen Geruch ihres eigenen Blutes, und der scharfe Duft nimmt ihr beinahe die Sinne.

Erneut zupft der Herr an dem ledernen Band, dann beugt er sich zu ihr herunter. Leise, sodass sie es nur mit Mühe verstehen kann, flüstert er ihr ins Ohr: »Sag mir, gefällt es dir, auf diese Weise zu leiden?«

Linda seufzt ungeduldig auf. Der Herr kennt die Antwort auf seine Frage gut genug, ihr schwacher, erregter Körper hat sie längst verraten. Die Gleichgültigkeit, die sie so bemüht aufrecht gehalten hatte, ist gebrochen.

»Sag es mir.« Sachte fahren die kühlen Finger über ihren Schenkel und Schoß. Noch einmal zieht er an dem ledernen Band, sodass sie vor Erregung nach Luft schnappt. »Sag mir, was du empfindest, wenn ich dich berühre. Wenn ich dir wehtue.«

Ein Teil von Linda will stark bleiben, trotzig und stumm, doch sie spürt, dass sie dafür nicht mehr die Kraft hat. Sie will mehr, mehr von diesem Gefühl in ihrem Körper, mehr auch von dem Herrn, dessen Grausamkeit ihren Leib nun so erzittern lässt.

Noch einmal flüstert der Herr in ihr Ohr: »Gib zu, dass du es willst, und ich werde dich zum Höhepunkt kommen lassen.«

»Ja … ich … bitte, ja«, flüstert Linda ins Dunkel hinein, unfähig, mehr als die kurzen Worte auszusprechen.

»Gut so«, sagt der Herr. Seine Stimme klingt fest und zufrieden.

Sie spürt, wie die Hand in ihrem Schoß drängender wird, wie sie sich rhythmisch über ihr Geschlecht bewegt, schneller und schneller, während die andere Hand im gleichen Rhythmus an den harten Klammern zieht. Zwischen den Lauten ihres eigenen

Keuchens hört sie bekannte Schritte, die sich durch den Raum entfernen, doch sie ist nicht mehr fähig, ihre Gedanken zu sortieren. Unter dem Druck der drängenden, treibenden Hände folgt ihr Körper längst seinem eigenen Plan.

Da hört Linda die Stimme des Herrn mit einem Mal von der Tür herübertönen. »Wenn du fertig mit ihr bist, bring sie zurück«, sagt er in unbeteiligtem Ton, »und Lorenz: Leg ein neues Laken auf.«

Sie erstarrt. Fremde Hände an Lindas Brust, zwischen ihren Beinen, in ihrem Schoß.

Linda bäumt sich auf, sie versucht, sich von den Händen zu befreien, jenen Händen, die *nicht die des Herrn* sind, doch es ist zu spät. Wenn ihr Geist sich nun auch mit aller Kraft gegen den fremden Ansturm wehrt, so hat sich ihr Körper doch längst der Begierde ergeben. Von ihrem Zorn, von ihrem Empörungsschrei gegen dieses demütigende Spiel bleibt nichts übrig als ein wütendes Orgasmusstöhnen.

Noch ehe der Ton ihrer eigenen Befriedigung ganz verklungen ist, hört Linda, wie die Tür zum Flur ins Schloss gefallen ist. Der Herr ist verschwunden.

Das nächste Mal, dass sich die Tür zu ihrer Zelle öffnet, steht Linda vor der Öffnung, die Haltung so aufrecht, wie sie es in der niedrigen Kammer nur sein kann. Ihre Lippen sind wütend aufeinandergepresst, ihre Hände sind zu Fäusten geballt. Sie wird nicht mehr vor dem Herrn knien, das hat sie sich in den einsamen Stunden in der Dunkelheit wieder und wieder geschworen. Soll er sie bestrafen, soll er sie hungern und dursten lassen, aber sie wird sich nicht noch einmal seinem Spott ausliefern.

Linda blinzelt ein paar Mal, um sich an das Kerzenlicht zu gewöhnen, dann tritt sie an Clemens vorbei aus der Kammer heraus ins Licht. Mit verschränkten Armen geht sie vor den Stuhl, auf dem der Herr sitzt und sie mit zusammengezogenen Augenbrauen betrachtet.

»Knie nieder«, sagt der Herr leise. Seine Stimme soll gefährlich klingen, aber Linda ist viel zu zornig, um sich darum zu kümmern. Stumm schüttelt sie den Kopf und blickt ihn weiter mit verachtungsvoller Miene an.

Der Herr nickt den beiden Männern hinter Linda zu, und keine Sekunde später spürt sie, wie sie von schweren Männerhänden gepackt und zu Boden gedrückt wird. Sie versucht sich zu wehren, soweit es ihr möglich ist, aber sie hat keine Chance. Schon liegt sie hilflos auf dem Parkett, das Gesicht auf den Boden gepresst, Arme und Beine in dem unbarmherzigen Griff von Lorenz' und Clemens' Händen festgehalten. Sie muss daran denken, dass es ebendiese Hände waren, unter deren Berührung sie sich einige Tage zuvor in Wollust gewunden hat, und der Gedanke lässt sie würgen.

Der Herr steht auf und geht einen Schritt auf sie zu, sodass seine Schuhe direkt vor Lindas Gesicht zu stehen kommen. Benebelt riecht sie den Geruch frischer Schuhwichse.

»Küss meine Schuhe.«

Linda rührt sich nicht. Unbeteiligt betrachtet sie die Musterung des Parkettbodens vor ihrem Gesicht.

Der Herr hebt den linken Fuß und schubst Linda an, die Spitze seines Schuhs an ihrer Wange. »Küss den Schuh.«

Wie betäubt lauscht Linda ihrem eigenen Puls, der in ihren Ohren widerrauscht. Sie ist überrascht, wie ruhig sie sich fühlt. Die Angst, die sie während der langen Stunden in der Dunkelheit heimgesucht hatte, ist nun ganz und gar einer tauben Gleichgültigkeit gewichen.

Linda kann das Gesicht des Herrn nicht sehen, doch nun spürt sie, wie Clemens und Lorenz ihre Arme und Beine auseinanderziehen, wie sie ihre Gliedmaßen mit dünnen Seilen festbinden, sodass Linda schließlich hilflos gefesselt auf dem harten Boden liegt. Sie hört, wie einer von ihnen – Clemens – zum Regal hinübergeht, und in mildem Interesse wendet sie den Kopf, um zu sehen, was er dort holen wird. Es ist die neunschwänzige Peitsche, die an der Seite des Regals hängt: ein Prügel mit neun Lederriemen, die in zähen Knoten enden.

Linda hatte sich schon lange gefragt, wie sich dieses furchterregende Instrument wohl anfühlen würde.

Wie ein hämmernder Trommelregen prasseln die neun Enden der Peitsche gleichzeitig auf ihren Rücken. Heute macht sie sich nicht erst die Mühe, ihre Schreie zu unterdrücken, sie weiß gut genug, dass der Herr sie so oder so zum Äußersten treiben wird. Aber der stumpfe, in den Boden geschriene Laut lässt Clemens nicht innehalten, im Gegenteil. Schon landet der zweite Schlag des wuchtigen Geschützes, wieder treffen neun harte, kantige Peitschenenden auf einmal auf ihren Rücken auf, und noch ehe Lindas Schrei verklungen ist, holt der Diener mit seiner Peitsche schon zu einem neuen Schlag aus.

Es dauert nur wenige Minuten, und Lindas Körper ist schweißüberströmt. Ihre Wangen sind nass, gleichermaßen von Tränen der Wut und des Schmerzes. Ihre wütenden Schreie haben sich zu einem keuchenden, unartikulierten Gejaule gewandelt.

Dann, die unerwartete Erleichterung: Clemens hat innegehalten. Linda schluchzt leise weiter, unfähig, an das Ende ihrer Marter zu glauben. Sie spürt, wie blutige Rinnsale ihren Rücken entlanglaufen, dort, wo die Lederknoten sich in ihr Fleisch eingegraben haben.

»Küss meinen Schuh«, schneidet die Stimme des Herrn in Lindas blutig-rote Gedanken. Sie bemüht sich, die Augen zu öffnen und sieht seinen Schuh, wenige Zentimeter vor ihrem Gesicht. Müde schließt Linda die Augen wieder und wartet auf die nächsten Schläge der unbarmherzigen Peitsche.

Wieder und wieder geht Clemens mit der Neunschwänzigen auf sie los, er schlägt ihren Rücken blutig, dann ihren Hintern, er lässt die grausigen, knotenbesetzten Riemen auf Arme und Beine einschlagen, und dann wieder auf den rohen, blutverkrusteten Rücken. Immer wieder hält der Herr ihn zurück, er wendet sich an Linda, schiebt ihr seinen Fuß entgegen und befiehlt ihr, sich ihm zu unterwerfen. Dann lässt er seinen Folterknecht aufs Neue auf ihren Körper los.

Der Ablauf der Zeit hat für Linda keine Bedeutung mehr. Sie

spürt Schmerz, Blut, auf ihrem Rücken, überall. Sie hört ihre eigenen Schluchzer, rau und heiser mit der Zeit, sie schmeckt ihre Tränen, vermischt mit Rotze und Schweiß. Ab und an sieht sie den schwarzen Schuh vor ihrem Gesicht, nur wenige Zentimeter vor ihrem Mund, und doch Ewigkeiten entfernt. Es ist, als würde dieser Schuh zu einer anderen Welt gehören, eine Welt, die sie theoretisch von ihren Schmerzen befreien könnte – aber nicht dieselbe Welt, in der Linda ausgebreitet in ihrem Leiden liegt und fühlt, wie ihr Leben aus ihr herausgeprügelt wird. Sie muss sich nicht anstrengen, dem Befehl des Herrn zu widerstehen, sie muss überhaupt nichts tun, als hier vor dem Herrn ausgebreitet liegen und leiden. Es gibt nichts zu denken, nichts zu fühlen und zu erleben als nur den allumfassenden Schmerz, der Linda erfüllt.

Irgendwann endlose Zeit später hört die Peitsche schließlich auf, ihren Rücken zu zerfleischen. Die beiden Diener binden Linda los, sie schubsen sie mit den Füßen an und schließlich, als klar wird, dass sie nicht aufstehen wird, schleppen die beiden sie an Armen und Beinen zurück in die Dunkelheit ihrer Zelle. Auf ihrer Decke liegend, die Sinne nur bruchstückweise beieinander, nimmt Linda wahr, dass Lorenz ihren Wasserkrug neu auffüllt. Sie hat gerade genug Energie, sich über diese Geste zu wundern, ehe sie die Augen schließt und in einen traumlosen Schlaf der Erschöpfung versinkt.

Es dauert lange, ehe Linda wieder aus ihrer Kammer herausgelassen wird, länger, als sie es bisher erlebt hat. Anfangs ist sie erstaunt, dass die unbekannte Hand ihr regelmäßig frische Nahrung und Wasser hereinreicht – sie hatte erwartet, dass ihr Trotz eine neue Zeit des Hungerns und Durstens heraufbeschwören würde. Doch was auch immer der Herr sich überlegt, um sie für ihren Widerstand zu bestrafen, offensichtlich ist es tiefgreifender als ein paar Tage ohne Wasser und Brei. Wenn Linda darüber nachdenkt, was sie wohl das nächste Mal dort draußen erwarten wird, überfährt sie ein Frösteln und sie zwingt sich, die Gedanken auf etwas anderes zu richten.

Anscheinend kann Clemens mit der Neunschwänzigen umgehen: Soweit Lindas Finger es abschätzen können, hat er zwar jede erreichbare Stelle ihres Körpers wund geschlagen, aber es sind nur wenige wirklich blutige Striemen auf ihrem Rücken geblieben, und keiner von ihnen so tief, dass er eine Narbe hinterlassen wird. Mit bitterem Lächeln denkt Linda an das Versprechen, das der Herr ihr am ersten Abend gegeben hat: *Du wirst an nichts, was in diesem Haus geschieht, dauerhaften Schaden davontragen.* Damals ist ihr nicht klar gewesen, wie viel ihr Körper bereit sein würde, zu ertragen.

Als sie endlich nach Tagen – oder Wochen? – hört, dass sich draußen im blauen Zimmer wieder etwas tut, spürt Linda, wie ihre Glieder von einem panischen Zittern geschüttelt werden. Ungefragt muss sie sich vorstellen, wie es wäre, wenn sie sich nun vor die Tür knien würde, ebenso wie es der Herr von ihr verlangt hat, wenn sie ihm ehrerbietig entgegentreten und sich für ihr Verhalten entschuldigen würde. Er würde sie schlagen lassen, das mit Sicherheit, und wahrscheinlich würde er sie wieder seinen Männern überlassen, aber diese Behandlung ist Linda längst gewohnt. Vielleicht würde nichts Schlimmeres als das geschehen, wenn sie sich ihm jetzt unterwirft.

Über den Flur nähern sich die harten, allzu bekannten Schritte. Eilig steht Linda auf und stellt sich vor die Tür, aufrecht, so stolz wie sie es in ihrer Lage vermag. Die Tür öffnet sich, das Kerzenlicht schimmert herein, und mit erhobenem Kopf tritt Linda aus der Kammer heraus.

Dieses Mal sitzt der Herr nicht wie gewöhnlich neben dem Bett. Er steht vor ihr am Rande des Zimmers, direkt neben dem sonderbaren schwarzen Stuhl mit den Schnallen und sieht sie mit undurchdringlicher Miene an. Neben ihm steht ein niedriges Tischchen, auf dem Linda verschiedene Werkzeuge erkennen kann: Messer, Klammern, etwas, das aussieht wie eine schmale metallene Gerte, und verschiedene dünne Spritzen.

Linda erschauert. Sie hatte sich gefragt, wozu der Stuhl da sein mochte, mit seiner sonderbaren Form und den festen Lederschnallen. Und ja, sie hatte sich auszumalen versucht, wozu der Herr in seiner schlimmsten Wut wohl fähig sein mochte. Nun, da sie die Antworten erfahren soll, wünscht Linda nur noch, sich in ihre dunkle Kammer zu verkriechen, um nie wieder herauszukommen.

»Setz dich hin«, sagt der Herr.

Linda zögert. Natürlich kann sie sich ihm widersetzen, kann es auf eine Kraftprobe ankommen lassen, so wie sie es schon die ganze Zeit getan hat, aber wozu? Es würde die beiden Diener nur wenige Sekunden brauchen, sie gegen ihren Willen an dem unheimlichen Stuhl festzuschnallen. Schon sieht Linda, wie Clemens sich nähert, um den Befehl seines Herrn zu verstärken. Mit einem tiefen Atemzug geht sie aus eigenem Willen zu dem Herrn hinüber und nimmt auf dem schwarz lackierten Holz Platz.

Die Sitzfläche des Stuhls ist V-förmig ausgelegt, sodass Linda ihre Beine weit spreizen muss, um den hölzernen Beinschienen zu folgen. Sofort ist Clemens zur Stelle, um ihre Beine mit festen Schnallen an den Stuhlbeinen zu fixieren. Ihre Arme werden auf die gleiche Weise vom Körper gespreizt, an zwei weiten Streben entlang, die rechts und links zur Seite abstehen. Eine letzte Schnalle fixiert ihren Oberkörper an der Rückenlehne des Stuhls. Nun ist Linda aufs Neue fest angebunden, ihren Körper dem Herrn hilflos entgegengestreckt.

Der Herr hat sich während dieser Prozedur nicht bewegt. Regungslos steht er neben dem Stuhl, das Tischchen mit den Gerätschaften neben sich aufgebaut. Erst als sie mit Händen und Füßen festgebunden ist, geht er einen Schritt auf den Stuhl zu und sieht mit fragendem Blick auf Linda herab.

»Die Peitschenhiebe reichen dir also nicht?«, fragt er in scheinbar beiläufigem Tonfall. »Du willst dich weiter widersetzen?«

Linda antwortet nicht, stumm blickt sie an der unheilschwangeren Gestalt empor.

Der Herr nickt, dann wendet er sich nach dem Tisch und greift nach einer langen Spritze, die mit einer öligen Flüssigkeit gefüllt ist. Beim Anblick der Kanüle mit der scharfen Nadel am Ende spürt Linda, wie sie ein plötzlicher Schwächeanfall überkommt. Stumm schüttelt sie den Kopf.

Der Herr winkt Lorenz herbei, und mit geübter Hand schnürt Lorenz einen festen Gurt um Lindas linken Unterarm. Innerhalb weniger Sekunden drücken sich Adern und Venen deutlich sichtbar heraus, ein einfaches Ziel für die scharfe Kanüle.

Linda zwingt sich, langsam ein- und auszuatmen. »Ich kann das nicht«, flüstert sie schließlich leise, beinahe unhörbar. »Nicht das.«

Mit einem Knall trifft sie der Handrücken des Herrn auf der Wange. Es ist das erste Mal, dass er die Hand auf diese Weise gegen sie erhoben hat. Linda kann spüren, wie ihre Wange unter dem Hieb anschwillt.

Ohne weiter auf ihre Tränen und ihre Panik zu achten, nimmt der Herr nun die Spritze, er hält die Kanüle hoch und klopft die letzten Luftbläschen heraus. Dann geht er zu dem ausgestreckten Arm hinüber und lässt die lange Nadel in ihre Vene gleiten.

Linda will den Kopf abwenden, doch sie kann den Blick nicht von der Spritze in der Hand des Herrn lassen. Mit panischer Faszination beobachtet sie, wie sich das kalte Metall in ihre Haut bohrt, Zentimeter um Zentimeter, bis die halbe Nadel in ihrem Fleisch verschwunden ist. Dann drückt der Herr auf die Spritze, um den Inhalt in Lindas Vene zu verteilen. Tropfen für Tropfen drückt sich die ölige Flüssigkeit in ihren Arm, wird eins mit dem dunklen Schatten ihrer Blutbahn.

Linda atmet schwer. Schwarze Flecken wabern am Rande ihres Gesichtsfelds. Sie schließt die Augen und atmet tief ein und aus, so lange, bis ihr Herzschlag nicht mehr in ihren Ohren dröhnt.

Ein kühles Gefühl an ihrer Haut lässt Linda aufhorchen. Der Herr hat die Spritze beiseite gelegt und stattdessen nach der stählernen Gerte gegriffen. Nun streicht er mit dem kalten Metall an ihrer Seite entlang, den festgeschnürten Oberkörper herunter und über ihren bloßen Schenkel.

»Du meinst, du kannst dich widersetzen?«, murmelt der Herr, den Blick ganz auf das Instrument in seiner Hand gerichtet. »Du meinst, ich könnte dir nichts antun, um dich zu brechen?«

»Nein … ich meine … ich kann nicht …«, murmelt Linda heiser. Ihr Mund fühlt sich pelzig an, und ihr Herzschlag scheint zu rasen. Mit einem Mal scheint es ihr schwerer und schwerer, einen klaren Gedanken zu fassen.

»Was meinst du?«, fragt der Herr, immer noch ganz auf die Gerte konzentriert, die nun ihren Unterschenkel entlangfährt.

Linda atmet schwer. Sie spürt, wie ihr Körper auf die sonderbare Empfindung reagiert, wie ihre Haut bei der Berührung des kalten Stahls wohlig erschauert. Schwach tönt eine leise Stimme in ihrem Hinterkopf und warnt sie, dass sie sich nicht so einfach ergeben darf.

»Die Spritze«, murmelt Linda mit glasigen Augen. »Was … was war in der Spritze?«

Der Herr lächelt, ohne sie anzusehen. »Ein Extrakt von Belladonna. Schwarze Tollkirsche. Ich will sichergehen, dass du das, was ich nun mit dir vorhabe, wirklich ganz direkt erleben wirst.«

Damit hebt er die Stahlgerte, er sieht Linda in die Augen und lässt das Werkzeug mit einem scharfen Zischen auf ihrem ausgestreckten Oberschenkel landen.

Ein Schauer überfährt Linda, während sie versucht, die Wirkung des Schlags wirklich zu begreifen. Da ist der Schmerz, natürlich – sie kann sehen, dass die Gerte einen dunkelroten Striemen auf ihrem Bein hinterlassen hat. Aber ebenso wie auf ihrem Schenkel spürt sie den Hieb tief in ihrem Schoß, sie spürt, wie ihre Scham unter dem brennenden Striemen gierig pocht, und sie spürt, wie ihr Schoß auf der hölzernen Sitzfläche feucht wird.

Der Herr hat ihren Gesichtsausdruck genau beobachtet und seine Miene verzieht sich zu einem Lächeln. Er schlägt noch einmal zu, dieses Mal nur wenige Fingerbreit von ihrem Geschlecht entfernt.

Stärker als zuvor spürt Linda ihren Schoß feucht werden. Sie fühlt den rotglühenden Hieb der Gerte wie einen brennenden Strich über ihrem Bein, doch der Schmerz ist mit einem Mal nichts Unangenehmes mehr, im Gegenteil: Linda ist es, als hätte sie nie zuvor solch eine süße Pein empfunden.

Der Herr beugt sich zu ihr, er hebt seine andere Hand, um ihren Oberkörper zu liebkosen. Seine Finger fahren an ihrem Schlüsselbein entlang, die Halsschlagader hinauf und bis zu ihrer Kehle. Dort streicht er einmal zärtlich über ihre bebende Haut, dann schließen sich seine Finger und schneiden ihr die Luft ab.

Folgsam lässt sich Linda von seiner festen Hand leiten. Wieder trifft die scharfe Gerte auf ihren Oberschenkel auf, und erst als Linda unter dem Hieb aufseufzen will, spürt sie, dass ihr die Luftzufuhr genommen ist. Sie will geduldig darauf warten, dass der Herr ihr wieder Raum zum Atmen lässt, doch schon spürt sie, wie ihre Kehle zu brennen beginnt, wie der Drang nach Luft ihren Körper nun seinerseits pulsieren lässt. Unwillig will sie sich unter dem festen Griff winden, will dem Herrn klar machen, dass es genug ist, dass er ihr Luft lassen muss, doch seine Finger bleiben starr um ihren Hals geschlossen.

Der nächste Hieb trifft Lindas Arm, und mit einem Mal verwandelt sich die schmerzliche Erregung in nackte Panik. Ihr Körper bäumt sich auf, verlangt nach Luft, doch so sehr sie sich auch windet, sie kann dem stählernen Griff des Herrn nicht entkommen. Sie spürt, wie seine Finger ihren Hals weiter und weiter zusammenpressen, wie ihre Glieder kalt werden, während ihre Lunge immer verzweifelter nach Luft giert. Verzweifelt, in tödlicher, drogenvergifteter Panik, reißt sie die Augen auf und erblickt vor sich die düstere Gestalt des Herrn, die dämonische Fratze, die ihr Gesichtsfeld ganz auszufüllen scheint, seinen Arm, der ihren Körper in unerbittlichem Würgegriff gepackt hält.

Für einen Augenblick lässt der Herr Linda atmen, er gibt ihr Luft und Leben zurück, nur um sie im nächsten Moment wieder mit der gleichen starren Todeskralle zu erdrücken. Weiter schlägt er mit der stählernen Gerte ihre Schenkel und Arme, er sendet

Strahlen der Lust und der verzweifelten Gier durch ihren Körper, vergewaltigt sie mit seiner Übermacht, während er ihr die ganze Zeit weiter den Lebensodem verweigert. Irgendwo am Rande ihres Gesichtsfeldes kann sie Clemens und Lorenz erkennen, die wie leblos neben der Tür stehen und ihrem Herrn bei der Arbeit zusehen. Sie weiß, dass diese Männer ihr nicht helfen werden, nicht einmal, wenn er sie hier, vor ihren Augen erwürgen würde. Linda spürt, wie ihr der kalte Angstschweiß den Körper entlang rinnt, sie kann fühlen, wie die Hitze ihres aufgegeilten Unterkörpers auf die Todeskälte in ihrem Schädel trifft und sie hört ihr Fleisch an der ätzenden Trennlinie dazwischen verzweifelt ächzen. Krampfhaft würgt sie auf, während Schauer um Schauer ihren Hitze und Kälte geplagten Geist überlaufen.

»Nicht«, krächzt sie das nächste Mal, da er ihr für einen Augenblick Luft lässt, mit trockenem Mund. »Bitte nicht weiter … bitte.«

Die Finger, die sich schon wieder um ihren Hals schließen wollten, halten inne und der Herr betrachtet sie mit nachtschwarzen Dämonenaugen. »Was willst du tun, damit ich aufhöre?«, fragt er sie und seine Stimme scheint direkt in Lindas fröstelnden, verwirrten Geist zu fahren.

»Ich … alles«, sagt Linda lallend. »Ich küsse Eure Schuhe … ich tue, was Ihr wollt.«

»Ja, das habe ich mir gedacht«, sagt der Herr und sieht sinnend an ihrem gepeinigten Körper entlang. Er legt die Stahlgerte beiseite und greift nach den beiden Klammern, die auf dem Tischchen liegen. Sorgsam klemmt er die beißenden Klammern an ihren Schamlippen fest und zieht an dem Lederband, das sie verbindet. Linda keucht auf, vor Schmerz, aber mehr noch vor der heißen, alles überschwemmenden Geilheit, die ihren Körper ungefragt erfüllt.

Mit einem monsterhaften Lächeln sieht der Herr Linda wieder in die Augen. »Aber siehst du, der Belladonna-Extrakt, den ich dir eingeflößt habe, wird noch wenigstens eine Stunde anhalten. Und es wäre eine Verschwendung, diese Zeit nicht voll und ganz auszukosten, nicht wahr?«

Damit schließen sich seine Finger wieder fest um ihren Hals, so lange, bis die Panik Lindas Körper ganz und gar überflutet, bis sie sich mit der fremden Wollust mischt, und Feuer und Eis in gemeinsamer Tollheit durch ihren Körper und ihren geschundenen Geist rasen.

Linda schluchzt alleine im Dunkeln. Die Schwärze, die sie dieses Mal umfangen hält, ist keine einhüllende Dunkelheit, sondern eine grausige Finsternis, erfüllt von den gesichtslosen Dämonen ihrer Angst und Lust. Sie weiß nicht, ob es an der Droge liegt, die noch nicht ganz abgeklungen ist, oder an der Folter, die sie hinter sich hat – sie weiß überhaupt nicht mehr, was um sie herum real ist, und was die Ausgeburt ihrer Fantasie. Die Schmerzen ihrer Beine, die aufgesprungene, blutige Haut ist real, so glaubt sie zumindest. Bei ihrem angeschwollenen, schmerzenden Hals ist sie sich nicht ganz so sicher. Und was ist mit dem süßlichen Verwesungsgeruch, der die Kammer durchzieht? Mit den Strömen von Pein, von Lust und Tod, die sich in ihrem Innern vermischen und ihre Eingeweide verglühen, wo immer sie sich treffen? Linda schließt die Augen, fest hält sie ihre Beine an den Oberkörper gepresst, in einem vergebenen Versuch, die Schatten damit fernzuhalten – als ob die Schatten der Nacht sie nicht schon längst ganz und gar durchdrungen hätten.

Mühsam, keuchend, atmet Linda ein und aus, ein und aus. Sie wird sich dem Herrn nicht mehr widersetzen, das weiß sie nun – nicht um den Preis dieser alles versengenden Pein, dieser grauenvollen Orientierungslosigkeit, die sie durchflutet, als hätte die Dunkelheit selbst sich Zugang zu ihrem Körper geschaffen.

Linda kniet vor der Tür, wann immer sie die Schritte des Herrn hört, die sich ihrer Kammer nähern. Wenn sich die Tür öffnet, geht sie hinaus, die Augen zu Boden gesenkt, in folgsamer Erwartung dessen, was da kommen mag. Einmal erwischt die Ankunft des Herrn sie im Schlaf, erst seine fordernde Stimme weckt sie auf und ruft sie von ihrem Lager. Mit heftig schlagendem Herz kommt sie an diesem Tag aus ihrer Zelle hervor, sie wirft sich vor dem Herrn zu Boden, um nur seinen Zorn nicht erneut auf sich zu lenken.

Wenn sie den Herrn während dieser Zeit weiter verabscheut, so lässt Linda sich diese Gefühle nicht anmerken. Sie verbirgt sie tief in ihrem Innern, tief genug, um sie sogar vor sich selbst zu verstecken. Stumm lässt sie sich von den Dienern des Herrn martern und sie widersteht dem Drang, ihren Geist währenddessen vor ihm zu verstecken. *Für ihn leiden, wie er es wünscht.* Sie lässt sich von seinen Männern nehmen, wann immer er es will, in die Fotze und in den Arsch, ganz wie der Herr es befiehlt. Einmal fragt der Herr Clemens, ob er sie gerne in den Mund ficken würde, und Linda spürt eine sonderbare Erregung, wie ein lang vergrabener Funke der Rebellion, der neu in ihr erwacht. Gierig blickt sie hinüber zu Clemens, der sein schweres Glied stolz vor sich herträgt, und sie denkt daran, was ihr Gebiss mit seiner Männlichkeit anstellen könnte. Aber ob der Herr nun den Funken in ihrem Blick erkannt hat, oder ob er schlicht keine Lust auf dieses Schauspiel hat, auf jeden Fall befiehlt er Clemens, seine Hose wieder anzuziehen und trägt stattdessen Lorenz auf, Linda durch das stählerne Netz hindurch von hinten zu nehmen.

Der Verlauf der Zeit ist für Linda zu einem ungreifbaren, abstrakten Konzept verkommen. Sie kann nicht einmal abschätzen, wie viel Zeit zwischen ihren kurzen Ausflügen in das Reich von Helligkeit und Schmerz vergeht, umso weniger, wie viel Zeit seit ihrem Eintauchen in diese Welt der Perversion vergangen sein mag. Als der Herr sie eines Abends fragt, wie lange sie ihren Aufenthalt bei ihm einschätzt, sieht sie ihn mit verständnislosem Blick an. Es ist lange her, dass sie das letzte Mal ernsthaft an ein Ende ihrer Leidenszeit hier gedacht hat – die Vorstellung einer Rückkehr in die Welt der Menschen scheint ihr so abstrakt, als handele es sich dabei um ein ungreifbares Traumprodukt.

Der Herr steht von seinem Stuhl auf und geht ihr entgegen. »Heute Abend um zehn Uhr ist es genau einen Monat her, dass du dieses Haus betreten hast. Verstehst du, was ich da sage?«

Angestrengt versucht Linda, nachzudenken. Ihre Hände sind an dem Stahlring an der Decke festgebunden, gerade so wie an dem ersten Abend, den sie in diesem Zimmer verbracht hat.

»Ich … mein Dienst ist zu Ende«, sagt Linda leise, so als würde ihr der Sinn der Worte erst beim Sprechen selbst klar. »Ich darf nach Hause gehen?«

Der Herr nickt. »In drei Stunden. Aber was wichtiger ist, du darfst hier bleiben, wenn du es willst. Dein Dienst hat mir gefallen.«

Lindas Augen verengen sich zu Schlitzen. »Ich *darf* bleiben?« Sie will einen Schritt nach vorne machen, doch die Seile an ihren Händen halten sie fest. Stattdessen schnaubt sie wütend. »Wie könnt Ihr denken, dass ich eine Sekunde länger als notwendig in diesem Haus bleiben würde – *Herr*?«

Mit ungerührter Miene sieht der Herr sie an. »Es ist deine Entscheidung. Du hast noch drei Stunden Zeit, über mein Angebot nachzudenken.«

Fassungslos schüttelt Linda den Kopf, dann sieht sie den Herrn aus schmalen Augen an. »Herr?«, fragt sie mit gewohnheitsmäßiger Ergebenheit, und dann, als er ihr auffordernd zunickt: »Was sollte mich davon abhalten, Euch anzuzeigen, für das, was Ihr mit mir gemacht habt?«

Ihr Herz schlägt heftig, während sie die Worte ausspricht, doch der Herr scheint nicht beleidigt. Seine Lippen verziehen sich zu einem dünnen Lächeln. »Wir hatten einen Pakt. Du hast deine Seite der Abmachung eingehalten, und ich halte die meine. Ich glaube nicht, dass du gegen mich angehen willst.«

»Also …« Linda schluckt trocken. »Was wird nun geschehen? Werdet Ihr mir meine Kleidung wiedergeben und mich gehen lassen – einfach so?«

»Deine Sachen habe ich bereits zu dir nach Hause schicken lassen, zusammen mit dem verabredeten Geld. Sie werden daheim auf dich warten.« In seinen Augen spielt ein amüsiertes Funkeln, während er ihren nackten, unbedeckten Körper betrachtet.

Mühsam verkneift sich Linda jede wütende Antwort, diese Befriedigung will sie dem Herrn nicht geben. Stattdessen atmet sie tief ein und nickt nach oben, zu ihren angebundenen Händen. »Dann ... werdet Ihr mich losbinden lassen? Bin ich frei?«

Der Herr schüttelt den Kopf. »Du hörst nicht zu. Ich habe gesagt, in drei Stunden kannst du gehen. Die Zeit bis dahin gehörst du noch voll und ganz mir. Und ich habe vor, diese Stunden zu nutzen.«

Er nickt Lorenz zu und weist auf das Regal. Als Linda sieht, mit welchem Werkzeug der Diener wiederkommt, muss sie scharf die Luft einziehen: Es ist die lange schwarze Schlange, die Ochsenpeitsche, die sie am allerersten Abend in diesem Haus zu spüren bekommen hat.

»Wir werden hiermit anfangen. Erinnerst du dich noch?« Zärtlich fahren die Finger des Herrn über das schwarze Leder. »Vor dreißig Tagen hat die Androhung von zehn Schlägen dieser Peitsche ausgereicht, um dich erzittern zu lassen. Du wirst sehen, heute wirst du weit mehr als das ertragen. Von dieser Peitsche und von allen anderen.«

Linda spürt, wie sich ihr die Kehle zusammenschnürt. Unsicher zuckt ihr Blick hinüber zu dem Regal, zu all den Werkzeugen, die dort säuberlich aufgereiht liegen und nur auf einen Befehl warten.

Der Herr hat ihren Blick bemerkt und lacht leise. »Oh ja, dort drüben wartet noch so viel mehr auf dich. Sei versichert: Heute Abend wirst du durch meine Hand leiden.« Er geht einen Schritt auf sie zu und greift mit der linken Hand nach ihrem Kinn. In seinen Augen spiegelt sich eine dunkle Vorfreude. »Wie du dich später auch entscheiden magst: Heute hast du zum letzten Mal das Privileg, zu wissen, dass das, was ich dir antue, wirklich gegen deinen Willen geschieht.«

Die Abendluft schneidet kalt in Lindas entblößtes, wundes Fleisch. Mit einem dumpfen Schlag schließt sich die Tür hinter ihr und lässt sie alleine auf der Veranda vor dem Anwesen zurück. Linda atmet tief ein. Sie spürt, wie sich ihr Körper bei jeder Bewegung zusammenzieht, wund und blutig roh von ungezählten alten und frischen Wunden. Der Herr hat recht gehabt: Noch vor einem Monat hätte sie sich nicht vorstellen können, dass sich ihr Körper in solch einem Zustand befindet – dass sie solche Schmerzen empfinden und weiter aufrecht stehen kann.

Vorsichtig macht sie einen Schritt nach vorne, dann noch einen. Auch wenn sie nun völlig entblößt im kühlen Septemberwind steht, so fühlt sich Linda doch nirgendwo so nackt und ungeschützt wie an ihrem rechten Knöchel – dort, wo sie bis vor wenigen Minuten das Gewicht des bronzenen Rings gespürt hatte, des einzigen Kleidungsstücks der letzten dreißig Tage. Sie hält sich an dem hölzernen Geländer fest, um die Treppe der Veranda hinunterzugehen, hinunter zu der langen Landstraße durch den Wald. Sie fühlt, wie ihr die Haare offen über den Rücken hängen, ungewaschen nun seit über einem Monat, und wie ihr Schamhaar beim Gehen an ihren Schenkeln entlangstreicht. Noch einmal sieht sie sich um und betrachtet das altehrwürdige Haus, mit einer Mischung aus Verachtung und müder Wehmut. Sie schüttelt den Kopf. Wie um sich in ihrer Abscheu zu bestätigen, spuckt sie wütend aus, direkt vor die hohe Eingangstür des Anwesens. Nichts auf der Welt könnte sie weiter an diesem verfluchten Ort halten.

Linda dreht sich um. Schritt für Schritt geht sie die kalte Straße entlang, fort von dem verwünschten Haus mit seinem diabolischen Hausherrn, hinunter in die Richtung der Stadt, deren Lichter von Ferne zu ihr herauf leuchten.

Zweiter Teil:
Die Rückkehr

Linda ist wieder in ihrem alten Leben angekommen.

Kaum dass sie nach Hause gekommen ist, macht sie sich daran, sich die Körperhaare zu rasieren, sich die Haare zu waschen und zusammenzubinden, und sich etwas zum Anziehen zu suchen. Erst als sie gewaschen und gekleidet vor dem Spiegel steht und sich betrachtet, hat sie wirklich das Gefühl, dass sie dem Bannkreis des Herrn entkommen ist – dass sie seine Befehle hinter sich gelassen hat.

Als Linda an diesem Abend ihrem Vater gegenübersteht, haben sie sich beide nichts zu sagen. Linda kann die Spuren nicht verdecken, die ihre Arme, ihre Schultern und ihr Gesicht bedecken, all die roten Striemen und die dunklen Flecken, Überbleibsel der vergangenen Zeit. Stumm schaut ihr Vater sich die Male an, er stellt seiner Tochter keine Fragen und sie hat nicht vor, von sich aus etwas zu erzählen. Nicht über die Spuren auf ihrem Körper, nicht über das, was ihr in der vergangenen Zeit geschehen ist.

Der Herr hat die Wahrheit gesagt: Zwei Tage nach Lindas Dienstantritt ist bei ihnen Zuhause ein Umschlag mit dem vereinbarten Geld eingetroffen – genug, dass sich der Vater alle Hilfe und Unterstützung leisten kann, die er braucht. Ihm und Linda fehlt es nun an nichts: Wenn sie wollte, könnte sie die Tage müßig in ihrem Haus verbringen, auf dem Sofa liegend und in moderatem Luxus schwelgend. Aber Linda ist unruhig. Rastlos streift sie wieder und wieder durch das Haus und sie ergreift jede Möglichkeit, nach draußen zu gehen und sich persönlich um die Notwendigkeiten des Haushalts zu kümmern. Sie spürt sehr wohl die fragenden Blicke, die sie von allen Seiten verfolgen, wegen der blauen Flecken auf ihrem Arm, wenn sie der Bäckerin das Geld in die Hand drückt, wegen der Kratzer an ihrem Hals, wenn sie ins Kino geht oder alleine in einem Café sitzt. Aber anders als noch vor einigen Wochen scheinen die fremden Menschen mit ihrer Missbilligung Linda nun kaum noch zu berühren.

Natürlich bemüht sie sich, sich mit anderen Menschen zu treffen und zu unterhalten. Sie besucht alte Bekannte, verabredet sich mit Freundinnen und versucht, unverbindliche Gespräche zu führen. Zu Beginn hört sie viele Fragen nach dem vergangenen Monat und dem unverhofften Geldsegen – alles, nur nicht nach den Spuren an ihrem Leib. Doch als ihre Freundinnen verstehen, dass Linda über das Geschehene nicht sprechen wird, fragen sie nicht weiter und erzählen stattdessen von ihren eigenen Problemen, von ihren Kindern, ihrer Arbeit und ihrem eingetrockneten Liebesleben. Als ihre beste Freundin sie fragt, ob sie wieder anfangen will zu arbeiten, zuckt Linda unentschlossen mit den Schultern. Sie denkt an den engen Blumenladen, an den muffigen Geruch sterbender Pflanzen und an die nörgelnde Stimme ihrer Chefin. Was für einen Grund hätte sie, in diese Welt zurückzukehren?

Auf den Rat ihrer Freundin hin nimmt sich Linda vor, mehr aus dem Haus zu kommen und sie beschließt, sich mit einem netten jungen Mann auf ein Date zu treffen. Anfangs läuft es gut, es stört Linda nicht einmal, dass der Mann die Druckstellen an ihrem Dekolletee errötend mustert. Aber der Abend wird länger, der nette junge Mann versucht sich ihr auf schüchterne Weise zu nähern, und irgendwann erträgt sie den Blick seiner Dackelaugen einfach nicht mehr. Sie steht auf, legt einen Schein neben den Teller und geht nach Hause.

Zu Hause stellt sich Linda in ihrem Schlafzimmer in die Mitte des Raumes und reckt die Hände nach oben, so weit, wie sie sie nur ausstrecken kann. Sie stellt sich vor, ihre Arme würden mit

Gewalt hinaufgezogen werden, an einer metallenen Kette oder einem Seil. Linda spürt, wie die Vorstellung ihr die Feuchtigkeit zwischen die frisch rasierten Beine treibt. Wütend legt sie sich ins Bett, sie masturbiert heftig und fällt schließlich in einen schwitzigen, zornig-feuchten Schlaf.

Linda ist seit einer Woche wieder zuhause, als ihr auffällt, dass die verräterischen Male auf ihren Armen nachlassen. Die Striemen sind nur noch als dünne Linien zu erkennen, und die blauen Flecken sind zu gelblichen Schmutzmalen verblasst. Linda zieht vor dem Spiegel den Kragen ihres T-Shirts weiter nach unten: Die Striche auf ihren Schultern sind noch gut zu erkennen und über ihrer linken Brust ist eine dunkle Quetschung zu sehen.

An diesem Tag trägt Linda ein tief ausgeschnittenes Oberteil, als sie sich auf den Weg macht, die täglichen Besorgungen zu erledigen. Es ist Ende September und draußen wird es von Tag zu Tag kälter, aber Linda ist es gleichgültig. Nicht einmal sich selbst gegenüber gibt sie Rechenschaft für ihre Kleiderwahl ab. Mit einer sonderbaren Euphorie registriert sie die verwunderten Blicke um sie herum, spürt sie die kühle Luft auf ihren verschorften Wunden.

Zwei Tage darauf begegnet Linda auf dem Heimweg vom Kino im Hauseingang ihrem Vater. Sie trägt ein aufreizend kurzes Top, und dazu einen Minirock, der die letzten Prügelflecken auf ihren Beinen offen zur Schau stellt. Lindas Vater sagt nichts zum Auftritt seiner Tochter, er mustert sie nur mit fragendem Blick. Wütend stürmt Linda an ihm vorbei in ihr Zimmer, um sich unter der Bettdecke zu vergraben.

Etwa eine halbe Woche später wacht Linda morgens auf einem blutbefleckten Bettlaken auf. Ärgerlich seufzt sie auf. Die Ereignisse der letzten Zeit haben ihren Terminkalender so durcheinandergeworfen, dass sie nicht daran gedacht hat, sich rechtzeitig vorzubereiten. Linda will aufstehen, um ein neues Bettlaken zu holen, aber etwas an dem roten Fleck zwischen ihren Beinen hält sie zurück. Wie hypnotisiert schaut sie auf den Blutfleck, der das weiße Bettlaken besudelt, ein sonderbares Déjà-vu, an das sie sich doch nur allzu genau erinnert.

Mit langsamen, träumerischen Bewegungen schiebt Linda die Bettdecke vom Bett, sodass sie alleine auf dem weiten Laken sitzt. Sie legt sich auf den Rücken, Arme und Beine ausgestreckt, so als würden ihre Glieder an unsichtbaren Stricken auseinandergezogen. Stumm genießt sie das Gefühl in ihren Schultern, den Zug, der ihre Sehnen und Muskeln durchdringt, und sie muss sich vorstellen, wie es wäre, nun einen Peitschenschlag auf ihre hilflos dargereichten Glieder zu erhalten. Linda verzieht den Mund und sie spürt, wie Tränen ihre Wangen herunterlaufen.

Drei Tage später, am frühen Nachmittag, steht sie aufs Neue vor den Türen des hohen Anwesens über der Stadt. Sie denkt daran, wie es war, als sie das erste Mal hier gewartet hat, unsicher und aufgeregt, bereit, alles zu wagen, um sich und ihren Vater zu retten. Und sie erinnert sich daran, wie sie von hier fortging, nackt und bloß, in ihrem Herzen den finsteren Schwur, niemals zurückzukommen. Nicht einmal zwei Wochen sind seit diesem Schwur vergangen.

Noch einmal blickt Linda zurück, hin zu der Landstraße, der sie hierher gefolgt ist, und hinab auf die Stadt, die so unschuldig daliegt – unschuldig und ganz und gar gewöhnlich. Dann wendet sie sich wieder zu der Tür mit dem eisernen Türklopfer. Sie atmet noch einmal tief ein, dann streckt sie die Hand aus und schlägt zweimal fest mit dem Klopfer gegen die Tür.

Nichts geschieht. Sie spürt, wie ihr das Herz bis zum Hals schlägt, während sie auf die fest geschlossene Tür blickt. Hatte es beim letzten Mal ebenso lange gedauert? Linda meint sich zu erinnern, dass die Tür bei ihrem ersten Besuch sofort aufgegangen war, kaum dass sie angeklopft hatte. Allerdings war ihr Besuch an jenem Abend auch erwartet gewesen.

Ein kühler Wind kommt auf und zieht an ihren zusammengebundenen Haaren. Es müssen schon einige Minuten vergangen sein, seit sie an die Tür geschlagen hat. Suchend schaut Linda umher, wie um eine Erklärung, irgendeine Anweisung zu erhalten. Dabei bemerkt sie das große Wappenschild, das vor ihr, direkt über dem eisernen Türklopfer, in das Holz eingelassen ist. Es ist das gleiche Wappen, das sie in diesem Haus schon zweimal gesehen hat, einmal auf dem Regal in der großen Halle und dann an der Tür zum blauen Raum. Dieses Mal hat Linda Gelegenheit, das Bild der verschnörkelten Blume genauer zu betrachten: Sie erkennt Dornenranken, hart und spitz, die sich um eine große, voll erblühte Rose winden, und in die Ranken eingewebt sieht sie den Buchstaben V, hart und unbeugsam unter der entblößten Rosenblüte.

Linda erzittert. Es ist, als hätte es nur dieses Zeichens bedurft, um ihr klarzumachen, was nun von ihr erwartet wird.

Ohne sich noch einmal umzusehen, ohne zu schauen, ob um sie herum Menschen zu sehen sind, greift sie nach dem seidenen Tuch um ihren Hals und lässt es zu Boden fallen. Sie zieht ihre Haarspange heraus, sodass ihr die Haare offen über den Rücken fallen, und auch die Schuhe streift sie ab und stellt sie achtlos neben die Tür. Schließlich greift sie nach dem Saum des weißen Kleides, dass sie sich für den heutigen Tag angezogen hat, und mit einer einzigen Bewegung zieht sie sich das Kleidungsstück über den Kopf. Sie trägt keine Unterwäsche: Nackt und ungeschminkt steht sie im Septemberwind auf der Veranda und blickt nach der verschlossenen Türe hin. Noch einmal beugt sie sich vor, noch einmal lässt sie den Türklopfer schwer auf das eisenbeschlagene Eichenholz fallen, dann kniet sie sich neben der Tür auf den Boden, den Blick gesenkt, die Hände im Schoß gefaltet, so wie sie es während ihrer Zeit in diesem Haus ungezählte Male getan hat.

Es dauert kaum zwei Sekunden, da kann sie hören, wie sich die schwere Tür vor ihr öffnet. Den Blick gesenkt, hört sie, wie sich Schritte nähern, dann legt eine zerfurchte Hand etwas vor ihr auf den Terrassenbrettern ab. Es ist der bronzene Reif, den sie so lange an ihrem Fußgelenk getragen hat. Die Schritte verschwinden, die Tür schließt sich wieder, und sie bleibt alleine mit dem Bronzering zurück.

Der Ring ist offen.

Vorsichtig greift sie nach dem Ring. Das Metall liegt kühl und schwer in ihrer Hand. Ihre Finger fahren über das bewegliche Gelenk und sie sieht, dass es ein offener Schnappverschluss ist, bereit, sich erneut um ihr Fußgelenk zu schließen. Sie zögert nur einen Augenblick, dann hebt sie den rechten Fuß und legt das Metall um den Knöchel. Das helle Klicken, das das Schließen des Mechanismus' anzeigt, klingt dröhnend in ihren Ohren, wie ein lange ersehnter oder gefürchteter Gruß. Sie kniet sich wieder auf ihren Platz neben der Tür, das Gewicht des Rings ein vertrauter Druck an ihrem Fußgelenk.

Die Zeit vergeht langsam und schmelzend, wie ein Lied. In der Luft liegt ein Geruch nach Herbst. Es ist still hier oben, kaum ein Laut ist zu hören außer den Geräuschen der Vögel und einem gelegentlichen fernen Autobrummen. Ein oder zwei Male hört sie einen Esel blöken, und sie wundert sich über den ungewohnten Laut. Der Wind zieht auf, die Septemberluft schneidet scharf in ihre nackten Glieder und lässt ihren Körper erbeben. Sie blickt zum Himmel hinauf, von dem eine fahle Septembersonne zwischen fliehenden Wolken scheint. Mit einem ergebenen Seufzer fragt sie sich, wann sie den Anblick des Himmels wohl wieder erleben wird.

Sie muss daran denken, wie sie das erste Mal auf ihren Knien in der Halle hockte, wie der Druck ihr innerhalb weniger Minuten so unerträglich schien, dass sie aufgeben musste. Seitdem hatten ihre Knie genügend Zeit, sich an diese Stellung zu gewöhnen, die Haut ihrer Unterschenkel ist verhornt. Doch das ist nur ein Teil der Wahrheit: Auch jetzt schmerzen ihre Knie vom Druck der harten Terrasse, der Abdruck der Holzdielen presst sich scharf in ihre Unterschenkel und ihr Rücken erschauert in der kalten Luft. Nein, der Unterschied zu jenem Abend liegt darin, dass sie gelernt hat, diesen Schmerz zu ertragen, still und ungebeugt. Sie hat gelernt, zu warten.

Als sich die Haustüre das nächste Mal öffnet, geschieht es, um eine Gruppe Besucher hinauszulassen. Vorsichtig hebt sie ihren Blick, um zu sehen, wer dort das Haus verlässt. Sie kann die Beinpaare von zwei Frauen und einem Herrn erkennen, die mit ziel-strebigem Schritt aus dem Haus hervortreten. Die Vorstellung, dass diese fremden Menschen sie hier vor der Haustüre sehen, nackt und kniend, erfüllt sie mit einem altvertrauten, süßen Schauer.

Die ersten beiden Beinpaare gehen zielstrebig an ihr vorbei, etwas zu schnell, um gleichgültig zu wirken, doch die dritte Gestalt bleibt vor ihr stehen. Sie sieht weiße Damenschuhe und ein luftig-blaues Sommerkleid und sie muss sich konzentrieren, den Blick gesenkt zu halten. Eine weiche Hand fährt ihre Wange entlang, die Finger ziehen ihren Kopf nach oben, und langsam, widerstrebend gibt sie nach und sieht an der fremden Besucherin empor. Es ist ein junges Mädchen, das da vor ihr steht, dem Aussehen nach kaum zwanzig Jahre alt, auch wenn ihre Augen älter wirken. Ihr puppen-haftes Gesicht ist von langem, blondem Engelshaar umgeben und ihr Mund ist zu einem Ausdruck kindlichen Staunens verzogen, während sie die nackte Frau zu ihren Füßen betrachtet.

In dem Moment hat die andere Frau – ihre Mutter – sich zu-rückgewendet, sie greift das junge Mädchen am Oberarm und zieht sie mit sich fort. Folgsam folgt die Jüngere ihren Eltern hi-nüber zu der Verandatreppe, doch auf der Treppe noch dreht sie sich erneut um und lächelt der Gestalt vor der Tür vertraulich zu.

Rasch senkt die den Blick wieder und sie konzentriert sich da-rauf, stumm auf das Muster der Holzdielen zu blicken. Sie hört, wie wenige Meter entfernt ein Auto gestartet wird und lauscht auf das Brummen des Motors, das sich in der Ferne verliert.

Wieder bleibt sie in der Nachmittagsstille zurück, alleine mit sich selbst und ihren tauben, ungeordneten Gedanken.

Endlich öffnet sich die Tür des Anwesens aufs Neue, und dieses Mal liegt der Eingang offen vor ihr. Angespannt hält sie den Atem an: Ohne sich zu rühren, lauscht sie auf jeden Laut, der aus dem Haus zu ihr herausdringen könnte.

»Komm herein.«

Es ist die vertraute Stimme, *seine* Stimme. Sie fühlt, wie ihr ein

Schauer über den Rücken fährt, eine Mischung aus Angst und erregter Erwartung. Trotz ihrer Aufregung zwingt sie sich, langsam aufzustehen um ihre gepeinigten Knöchel nicht zu überlasten. Vorsichtig, Schritt für Schritt, stützt sie sich an der Wand entlang zur Tür hinüber, und zum zweiten Mal durchschreitet sie die hohe Tür zur Eingangshalle des Hauses.

Dort, in der Mitte der Halle steht der Herr und erwartet sie mit verschränkten Armen. Sorgsam schließt sie die Tür hinter sich, dann wendet sie sich um und geht zu ihm hinüber. Sie überlegt, ob sie vor ihm hinknien sollte, doch dann entschließt sie sich, stehenzubleiben, den Blick gesenkt, die Hände vor dem Körper gefaltet.

»Herr.«

»Du bist fortgegangen. Ich hatte dir erlaubt, hier zu bleiben, und du bist gegangen.« Seine Stimme klingt nicht wütend oder streng. Sachlich stellt er die Tatsachen fest.

»Es tut mir leid. Ich …«

Der Schlag, den er ihr mit dem Handrücken versetzt, hallt im weiten Saal wieder. »Ich habe dir nicht erlaubt zu reden. Ob freiwillig oder nicht, solange du in meinem Haus bist, wirst du dich an meine Regeln halten.«

Unwillkürlich hat sie die Hand zu der pochenden Wange gehoben, doch dann lässt sie die Finger wieder sinken. Ein altbekanntes Gefühl der Demütigung durchzieht ihren Körper, während sie stumm auf den Boden vor ihren Füßen blickt.

»Also«, sagt der Herr, immer noch mit unbewegter Stimme. »Was willst du von mir?«

Sie holt Luft. »Ich will … ich *hoffe*, Herr, dass Ihr mir vergeben könnt und mich wieder bei Euch aufnehmt. Das ist alles.«

»Das ist alles?«, wiederholt der Herr, und sie kann spüren, wie sein durchdringender Blick sie zu durchbohren droht.

Für einige Zeit sagt keiner von ihnen einen Ton. Schließlich greift der Herr nach ihrem Kinn und zieht ihr Gesicht zu sich herauf, ebenso wie es das Mädchen vor der Tür getan hatte. Er blickt ihr in die Augen.

»Ich werde dich nicht wieder bei mir aufnehmen. Aber ich werde dir gestatten, hier zu bleiben.« Er weist auf den Ring um ihren Fuß. »Du trägst meinen Ring, aber an dem Ring hängt keine Kette. Du wirst die Freiheit haben, dich in meinem Haus frei zu bewegen. Du wirst selbst nach deinem Essen sehen, und du wirst dich säubern – in der Küche oder im Hof, das ist mir gleichgültig. Die einzige Einschränkung ist, dass du keine Tür in diesem Haus selbsttätig öffnest, und dass du ohne meine Erlaubnis das obere Stockwerk nicht betrittst.«

Unwillkürlich blickt sie an dem Herrn vorbei hinüber zu der großen Treppe, dann sieht sie ihm wieder in die Augen. Hastig nickt sie, um ihr Einverständnis klarzumachen.

Ungerührt fährt der Herr fort: »Du wirst meinen Männern jederzeit zu Diensten sein, ebenso wie du es bisher warst. Du wirst jedem zu Diensten sein, der irgendetwas von dir verlangt, ganz gleichgültig, wer es auch sein mag. Und ich werde dich sterilisieren lassen, so wie ich es mit jedem Mitglied meines Haushaltes mache.«

Sterilisieren. Sie spürt, wie ein pelziges Gefühl ihre Zunge überzieht, doch sie bemüht sich, zu nicken, noch ehe etwas von ihren Gefühlen auf ihrem Gesicht sichtbar wird.

Der Herr lächelt. »Denk daran: Du bist keine Gefangene. Du kannst jederzeit zu mir kommen, um den Reif um deinen Fuß aufschließen zu lassen. Doch wenn du noch einmal durch diese Tür hinausgehst, dann wirst du dieses Haus nicht wieder betreten.«

Noch am gleichen Abend kommt ein Doktor herauf, um sich um die Sterilisation zu kümmern. Das Gespräch mit dem Herrn ist gerade einmal zwei Stunden her, und diese zwei Stunden über hat sie Zeit gehabt, sich Gedanken zu machen – Gedanken über ihr Leben, über ihren Körper und darüber, wie groß das Opfer ist, das sie dem Herrn zu machen gedenkt.

Linda hatte keine speziellen Pläne, was die Frage nach Kindern angeht – nicht, seit sie sich von ihrem letzten Freund getrennt hat. Es ist eine Frage, die für sie immer weit in der Zukunft lag, ein Problem, für das ihr noch endlos viel Zeit übrigblieb. Nun ist diese Zeit zu Stunden herabgeschrumpft, und diese Stunden zu Minuten. Noch könnte sie gehen, noch könnte sie alles streichen und nach Hause zurückkehren. Dieses Mal gibt es nicht einmal das Druckmittel des Geldes, das sie zwingt, hierzubleiben. Und dennoch lässt sie sich stumm von Lorenz in das gefliest Behandlungszimmer führen, das zur Linken der großen Halle liegt, sie lässt sich von dem alten Doktor, der dort bereits auf sie wartet, auf vorhandene Krankheiten überprüfen und hört zu, während er ihr den Ablauf der Prozedur erklärt.

»Es ist eigentlich ganz einfach: Ich werde Ihren Körper von der Lende abwärts betäuben, dann werde ich einen kleinen Einschnitt an Ihrem Unterleib vornehmen und mit dieser Gummimasse die beiden Eileiter verstopfen. Sie werden danach weiter Ihre Regel haben, und auch sonst wird sich kaum etwas ändern – nun ja.« Er räuspert sich unbehaglich. »Der Vorteil dieser Methode ist, dass ich sie gleich hier, lokal vornehmen kann. Dafür ist die Operation allerdings nicht wieder rückgängig zu machen. Haben Sie das verstanden?«

Ihr Kopf fühlt sich taub an, während sie dem alten Mann zunickt. Der Geruch von Desinfektionsmitteln erfüllt den Raum. Sie sieht sich um, mustert das steril eingerichtete Zimmer und den in einen Ärztekittel gekleideten Mann vor ihr, und mit einem Mal fühlt sie sich so armselig und entblößt, dass sie am liebsten aufgeschluchzt hätte. Mit aller Kraft presst sie die Kiefer aufeinander.

Das offizielle Schriftstück, das der Arzt ihr in die Hand drückt, überfliegt sie nur flüchtig, ehe sie unten auf der Linie ihre Unterschrift einträgt. Sie muss einen Augenblick innehalten, ehe sie mit vollem Namen unterschreibt. Dann zeigt der Arzt zu der metallenen Liege, die wenige Meter neben ihnen steht, und mit unsicheren Schritten geht sie hinüber, um sich hinzulegen. Das Gefühl des kalten Metalls an ihrem Fleisch scheint sie zu betäuben. Während sie sich auf die Liege legt, bemerkt sie, dass auf Brusthöhe und unten an den Beinen feste Lederschnallen herabhängen, und unwillkürlich fragt sie sich, für welchen Zweck die Bahre sonst noch genutzt wird.

Als sie flach und schutzlos auf der metallenen Fläche ausgebreitet liegt, zieht der Doktor einen kleinen Wagen heran, auf dem eine Reihe an Tiegeln und medizinischen Gerätschaften aufgereiht stehen. Sie sieht, wie er eine Spritze vom Tisch nimmt und kann einen leisen Schauder nicht unterdrücken.

Der Doktor muss ihre Bewegung bemerkt haben, denn beruhigend wendet er sich zu ihr hinüber. »Es ist nur die Betäubung«, erklärt er, »danach werden Sie nichts mehr spüren.«

Auf sein Zeichen hin dreht sie sich auf die Seite und wendet ihm ihren entblößten Rücken zu, und mit einem gezielten Stich bohrt sich die lange Nadel in ihre Wirbelsäule.

Es ist, als wäre dieser Schmerz nur der letzte Impuls, der sie dazu bringt, die Augen zuzukneifen und sich endlich in ihre eigene Welt zurückzuziehen. Sie lässt die Augen geschlossen, während sie sich wieder auf den Rücken drehen lässt, während sie spürt, wie ihre Beine, ihr gesamter Unterkörper innerhalb von Minuten gefühllos werden, und auch während der Doktor nun beginnt, an ihrem tauben Unterleib herumzuschneiden. Irgendwann während der Prozedur hört sie ein sonderbares Zischen und vorsichtig öffnet sie ein Auge, doch der Anblick des weißhaarigen Mannes, der sich mit unverständlichen Geräten an ihrem Körper vergreift, lässt sie es schnell wieder schließen. Mit geballten Fäusten und fest aufeinandergepressten Zähnen erwartet sie das Ende der Operation – dieser Operation, in der ihre Eierstockleiter mit unlöslichem Gummi verklebt werden sollen.

Irgendwann wird es still im Raum und sie bemerkt, dass das unheimliche Gefühl des Zuges an ihrem tauben Fleisch nachgelassen hat. Sie öffnet ihre Augen, aber sie traut sich nicht, den Körper zu bewegen. Starr blickt sie hinauf zu der hohen, holzverkleideten Decke, jener Decke, die so gar nicht zu der klinisch-sauberen Einrichtung des Raums passen will.

Das Rauschen des Bluts in ihren Ohren lässt nach und sie hört, dass am anderen Ende des Raumes jemand Wasser laufen lässt – der Doktor, der sich von seiner Operation die Hände wäscht.

»Es ist alles ohne Probleme verlaufen«, sagt der Doktor mit neutraler Stimme, auch wenn sie meint, einen Funken Missbilligung in seinem Ton zu spüren. »Die Substanz ist eingefügt, aber es wird noch etwa drei Monate dauern, bis das Ergebnis verlässlich ist. Solange müssen Sie also noch vorsichtig sein, haben Sie verstanden?«

Sie nickt müde. Drei Monate – die Zeitspanne trägt eine Langfristigkeit in sich, die sie frösteln lässt. Zum ersten Mal seit ihrer Rückkehr fragt sie sich, wie lange sich ihr Aufenthalt in diesem dunklen Haus wohl hinziehen soll.

»Natürlich, Herr Doktor. Ich danke Ihnen für Ihre Mühe.«

Es ist die Stimme des Herrn, und jetzt erst wird ihr klar, dass der Doktor seine Frage nicht an sie gerichtet hat. Sie dreht den Kopf zur Seite und sieht den Herrn, der neben der Tür steht und den Doktor mit verschränkten Armen ansieht. Nun sieht er zu ihrer Liege herüber und sein Blick trifft auf den ihren.

Der Doktor ist fertig damit, seine Hände zu waschen. Sorgsam packt er seine Instrumente in einen großen Ärztekoffer und nimmt die Tasche in die Hand. »Ich bin fertig hier«, sagt er mit distanzierter Höflichkeit. »Wenn das dann so weit alles ist?«

Der Herr blickt immer noch unverwandt zu ihr herüber, seine Augen fahren über ihren ausgebreiteten Körper und zurück zu ihrem Gesicht. Er lächelt. »Nein, ich denke, da wäre noch etwas. Herr Doktor, ich möchte, dass Sie ihr einen Zahn ziehen.«

Sie ist müde, zu müde, um noch eine große Bewegung zuzulassen, und so beobachtet sie ohne Regung, wie der Doktor die Augenbrauen zusammenzieht und den Herrn ansieht. »Ich bin Gynäkologe. Ich kann nicht einfach …«

Eine knappe Geste des Herrn lässt ihn verstummen. »Sie können gut genug, das wissen wir beide«, sagt der Herr, ohne die Stimme zu heben. »Links oben, der zweite Zahn von der Mitte aus.«

Noch einen Moment schaut der Doktor den Herrn wütend an,

dann wendet er sich mit einem Seufzer zu ihr herüber. »Und ich nehme an, Sie sind mit diesem Auftrag voll und ganz einverstanden?«

Sie spürt, wie ihr eine Träne die Wange herunterläuft, während sie leise nickt. Sie sieht den ungläubigen, verständnislosen Ausdruck in den Augen des alten Manns, und sie fragt sich, wie sie selbst wohl für ihn erscheinen muss – schwach, willenlos, verachtungswürdig? Auch wenn dieser fremde Mann für ihre sonderbare Ergebenheit nur Verständnislosigkeit übrig hat, so ist ihr das nun gleichgültig. Nein, mehr noch: Sie spürt, dass ihr der Ausdruck in seinen Augen gefällt, so als würde sie selbst ein Geheimnis umfassen, zu dem der alte Doktor keinen Zutritt hat – und vielleicht nicht einmal der Herr selbst.

Der Doktor wendet sich wieder zu dem Herrn. Mit einer Stimme, in der die Niederlage bereits mitschwingt, fragt er: »Und ich kann wohl davon ausgehen, dass eine Betäubung in diesem Fall nicht nötig sein wird?«

»Nein, ich denke nicht. Sie wird mit den Schmerzen umgehen können.« Das Lächeln, das der Herr ihr schenkt, ist das eines Raubtiers, das sein erstarrtes Opfer vor sich sieht.

Noch einen Augenblick scheint der Doktor zögern zu wollen, doch dann zuckt er mit den Schultern. Er stellt die Arzttasche wieder ab und zieht zwei neue Instrumente heraus: eine lange Beißzange und eine metallene Klammer, groß genug, einen menschlichen Mund fest aufzusperren.

Nachdem er die Instrumente sorgsam desinfiziert und auf dem Metalltisch abgelegt hat, geht er wieder zu der Liege. Mit einem verständnislosen Kopfschütteln blickt er auf sie herab, dann macht er sich daran, die festen Lederschnallen um ihre Brust, um ihre Arme und die immer noch gefühllosen Beine zu binden. Seine Bewegungen sind routiniert, ganz so als wäre das hier nicht das erste Mal, dass er jemanden an dieser Bahre festschnallt.

»Nur zur Sicherheit«, murmelt er, während er die letzte Schnalle um ihre Stirn befestigt. »Wir wollen ja nicht, dass ein Unglück passiert.« Er sieht ihr während dieser Worte nicht in die Augen.

Wieder spürt sie, wie ihr stille Tränen die Wangen herunterrinnen. Sie kann den Kopf nun nicht mehr drehen, aber aus dem Augenwinkel kann sie noch erkennen, wie der Herr am Rand des Raumes steht und sie mit gierigem Blick betrachtet. Sie spürt, wie ihr dieser Anblick alleine eine brennende Feuchtigkeit zwischen die Schenkel treibt.

Der Doktor kommt nun mit der großen Metallspange, und vorsichtig schiebt er ihr das Gerät in den Mund – bemüht, ihr nur ja keine Schmerzen zuzufügen. Beinahe hätte sie aufgelacht. Er dreht an den Schrauben an der Seite, und sie fühlt, wie die Spange ihre Kiefer weiter und weiter auseinanderzieht, solange bis ihr Mund offen vor ihm liegt, die Zähne hilflos preisgegeben.

Noch einmal dreht sich der Doktor zu dem Herrn hinüber, er weist auf den Zahn, um wirklich ganz sicher zu gehen. »Dieser hier? Wirklich ganz vorne?«

»Links oben, der Zweite von der Mitte aus«, wiederholt der Herr ruhig. Seine Stimme klingt ungerührt, und wenn das Glitzern in seinen Augen nicht wäre, könnte sie meinen, er wäre ganz ohne Emotion.

Mit einem Schaudern wendet sie die Augen von ihm ab, von ihm und dem Doktor und allem, was um sie herum geschieht und wendet den Blick hinauf zu der hohen Decke. Sie betrachtet die hölzernen Paneele und das Muster der Holzbretter, so intensiv, dass sie die Bewegung der großen Zange in ihrem Mund beinahe nicht mitbekommt. Sie spürt, wie sich die Zangenblätter um ihren Zahn schließen, fest und unnachgiebig. Sie hört, wie der Doktor noch einmal tief Atem holt. Und dann versinkt alles um sie herum in einem roten Strom.

Später. Sie liegt auf dem Rücken, stumm, und spürt, wie der Schmerz ihren Schädel in dunkelroten Wellen durchfährt. Der Geschmack von Blut füllt ihren Mund. Ihre Augen bleiben regungslos auf die Decke gerichtet, ohne irgendetwas zu erkennen. Irgendwann bemerkt sie, wie sich ein Schatten über sie beugt und die Schnallen um ihre Gelenke öffnet. Im Hintergrund hört sie Stimmen reden, leise und unverständlich. Vielleicht ist eine von ihnen die Stimme des Herrn und unwillkürlich versucht sie zu verstehen, was die Stimmen sagen, aber da ist das Geräusch schon verebbt. Die Tür zum Zimmer öffnet sich, Schritte huschen hinaus, dann schließt sie sich wieder. Sie schließt die Augen.

Irgendwann, eine Minute, eine Stunde später, spürt sie eine ungeduldige Berührung an der Schulter, und mühsam öffnet sie die Augen. Es ist der Herr, der neben ihrer Liege steht und sie mit abschätzendem Blick betrachtet. Vielleicht hat er etwas zu ihr gesagt, denn ungeduldig nickt er ihr nun zu.

»Steh auf.«

Eilig versucht sie, sich aufzurichten. Es ist kein Befehlsgehorsam, es ist einfach die intuitive Reaktion ihres Köpers auf seine Worte. Ihr Zahn – *nein*, korrigiert sie sich, ihr *blutiges Zahnfleisch* – pocht wütend auf, aber mit zusammengepressten Kiefern ignoriert sie den Schmerz. Schon sitzt sie aufrecht auf der Liege, schwankend, bemüht, dem Befehl des Herrn zu folgen. Sie setzt die nackten Füße auf dem Boden auf, sie versucht, ihre Gewicht auf ihre Beine zu verlagern – da gibt ihr Körper unter ihr nach und sie fällt als hilfloses Bündel zu Boden. Die Betäubung der gerade erst vergangenen Sterilisation ist noch nicht ganz abgeklungen. Mit demütigem Blick wendet sie sich zum Herrn empor, sie schüttelt den Kopf. Eine Träne fließt an ihrer Wange entlang – ob wegen ihrer verlorenen Fruchtbarkeit oder wegen ihrer Unfähigkeit, den Befehl des Herrn auszuführen, weiß sie nicht zu sagen.

Der Herr scheint die Situation anzuerkennen. Er dreht sich zur anderen Seite des Raumes, und nun erst sieht sie, dass Lorenz dort steht und den Herrn erwartungsvoll anblickt. Sie weiß nicht, ob er schon die ganze Zeit dort gestanden hat, ob er ihre Qualen und ihre Demütigung stumm mit angesehen hat. Sie weiß nicht einmal, ob es einen Unterschied macht.

»Bring sie hinaus«, sagt der Herr zu Lorenz.

Sofort kommt der Diener herbei, um ihren schwachen, unfähigen Körper vom Boden hochzuziehen. Halb stützend, halb zerrend, schleppt er sie voran, Schritt für Schritt, durch die Tür, die zurück zur weiten Eingangshalle führt.

»Lorenz?«

Mitten in der Tür dreht Lorenz sich um, und lässt sie in der Bewegung beinahe zu Boden stürzen.

Der Herr nickt zu ihr herunter. »Wenn ihr wollt, könnt ihr sie jetzt auch in den Mund ficken. Sie ist so weit.«

Lorenz zögert nur einen Moment, dann nickt er, mit einem breiten, zufriedenen Grinsen. Er dreht sich wieder zur Tür um und zieht ihren Körper weiter hinaus, in den freien Raum des offenen Saals. Sie kann hören, wie sich die Tür des Behandlungszimmers hinter ihnen schließt.

Diese Nacht verbringt sie zusammengerollt am Rand der großen Treppe, am hinteren Ende des Raumes. Lorenz hat sie hergenommen, erst in den Mund und dann, eine Weile später, noch einmal in ihren tauben, unfruchtbaren Schoß, ehe er sie hier am Rande des Saals zurückgelassen hat. Sie ist wieder so weit beieinander, dass sie spürt, wie ihr Magen knurrt – sie hat nichts gegessen, seit sie das Haus erneut betreten hat – aber sie weiß nicht woher sie etwas zu Essen bekommen könnte. Alle Türen um den Saal herum sind geschlossen, sie ist alleine in der weiten Halle. Also bleibt ihr nichts übrig, als sich in die Nische hinter dem Treppenaufgang zu verkriechen, eng zusammengerollt, wie um ihrem zerschundenen Körper wenigstens das Gefühl von Schutz zu geben, und hier schließlich vor Hunger und vor Müdigkeit gleichermaßen einzuschlafen.

Die Nische hinter der Treppe, direkt unter der Balustrade, wird für die nächsten Tage und Wochen das Nächste, was sie an eigenem Raum besitzt. Wenn sich morgens eine nach der anderen die Türen zur Eingangshalle öffnen und das Leben im Haus beginnt, nutzt sie die Gelegenheit, um durch die Zimmer zu streifen. Sie schleicht an der alten Haushälterin vorbei in die Küche und erbettelt sich mit aufgerissenen Augen etwas zu essen, dann geht sie durch die Dienstbotenpforte hinaus zum Innenhof mit den Ställen, der hinter dem rechten Flügel des Hauses liegt. Hier steht eine Wasserpumpe, und auch wenn das Wasser einen starken Grünstich hat, so reicht es doch aus, um sich damit das Gesicht und den Körper zu waschen. Sie erschauert, während sie das eisigkalte Wasser über ihre Haut fließen lässt, aber es ist ein guter Schauer – ein Schauer, der zeigt, dass sie trotz allem noch am Leben ist.

Wenn sie Glück hat, ist die Tür zum kleinen Klo hinter der Küche geöffnet, oder auch die Tür zum Gästebad, das neben der Eingangshalle liegt. Wenn sie in ein Badezimmer gelangt, dann nimmt sie sich Zeit, sich die Haare zu waschen, und sich mit dem Finger die Zähne zu putzen. Manchmal reicht es sogar dazu, sich den Körper mit Seife abzuwaschen. Nur die Schamhaare darf sie sich nach wie vor nicht schneiden, in dem Punkt hat sich der Befehl des Herrn nicht geändert.

Wenn sie wirklich ein Badezimmer gefunden hat, so muss sie sich hinter der offenen Tür beeilen, damit sie fertig ist, ehe jemand anderes Zugang zu dem Zimmer fordert. Es gibt eine Reihe an Angestellten in diesem Haus, und jeder hat eine höhere Position inne als sie. Von Lorenz und Clemens, die sie ohne zu zögern verprügeln, wenn sie ihnen im Wege ist, über die Haushälterin, die ihr, wenn sie schlechte Laune hat, weniger Essensreste übrig lässt, bis hin zu dem Zimmermädchen oder den seltenen Besuchern, die sie mit irritierten Blicken mustern wie ein wildes Tier: Jeder Hausbewohner hat das Recht, sich an ihr und ihrem nackten Körper zu vergreifen, auf welche Weise es ihm gefällt.

Der Einzige, der sie seit ihrer Rückkehr in das große Haus nicht ein Mal berührt hat, ist der Herr. Sie hat ihn von ihrem Platz an der Treppe ein paarmal gesehen, wie er mit eiligen Schritten die große Halle durchquert, oder wie er mit Clemens über Geldgeschäfte redet, und einmal hat sie bemerkt, wie er sie bei ihrem morgendlichem Bad im kalten Brunnenwasser durch eines der oberen Fenster beobachtet hat. Aber seit ihrer Operation durch den Doktor hat er keinerlei Interesse mehr an ihr gezeigt. Sie erinnert sich an seine Worte, er würde sie nicht aufnehmen, sondern höchstens in seinem Haus dulden, und sie fragt sich, was das bedeuten mag. Soll es nun immerzu so bleiben, sie wie ein Hund an seiner Treppenschwelle, kaum dass sich der Herr über ihre Gegenwart bewusst wird? Sie versucht sich zu sagen, dass dies das Beste ist, was ihr geschehen kann – wann hätte sie von diesem Mann je etwas anderes empfangen als Brutalität?

Unwillkürlich fährt ihre Hand zu ihrem Unterleib, dorthin, wo die Narbe der Operation noch frisch zu spüren ist. Es ist ein Opfer, dass sie gebracht hat, ohne sich die Zeit zu nehmen, darüber nachzudenken, und das sie nun nicht die Kraft hat, zu bereuen. Ungewollt schießen ihr die Tränen in die Augen – Tränen um sich selbst und um ihren Körper, um all die Möglichkeiten, die ihr nun für immer verschlossen sind. Und doch, trotz allem muss sie spüren, wie ihr Leib sie jeden Tag aufs Neue verrät: Sie sehnt sich nach dem abschätzigen Blick des Herrn, nach seiner Aufmerksamkeit, selbst wenn diese Aufmerksamkeit neue Schmerzen und neue Demütigung bedeutet. Ihr Körper, jede Faser ihres Fleisches giert nach seiner Herrschaft, und alleine dieses Wissen reicht aus, sie mit glühendem Hass zu erfüllen, gegen den Herrn und gegen seine unumschränkte Macht über sie.

Es ist später Nachmittag, eine knappe Woche seit ihrer Rückkehr in das alte Anwesen. Draußen ist es kalt geworden, und so hat sie sich ein verstecktes Plätzchen an der Seite der großen Eingangshalle gesucht, einen Winkel, wo kein frischer Luftzug aus der Küche zu ihr herüberziehen kann. Die Haushälterin ist gerade dabei, das Regal mit dem guten Geschirr einzuräumen, ebenso wie sie es am ersten Abend von Lindas Ankunft hier getan hatte.

Die Erinnerung an jenen ersten Abend bringt sie zum Schaudern. Mit trockenem Mund beobachtet sie die alte Frau, die an dem Regal herumfuhrwerkt, ganz so als hätte sich in der Zwischenzeit nichts Bedeutsames ereignet. Sie kriecht zu dem halbeingeräumten Regal hinüber, den Blick nachdenklich auf die Frau mit ihrem Tablett gerichtet. Als die Haushälterin sie neben dem Regal hocken sieht, die Arme über dem bloßen Körper verschränkt, rümpft sie kurz die Nase, dann wendet sie den Blick ab, als hätte sie die nackte Gestalt nicht bemerkt. Eilig räumt sie den Rest des Geschirrs in die Fächer, dann schiebt die Haushälterin die Regaltür zu und wackelt mit dem leeren Tablett in der Hand wieder hinaus in die Küche.

Einen Moment lang sieht sie der alten Frau hinterher, dann wendet sie den Blick wieder zu dem Regal. In ihrer Eile hat die Haushälterin vergessen, die Tür des Regals abzuschließen.

Aus reiner Neugierde, wie um zu sehen, was geschehen wird, öffnet sie die Tür erneut und fährt mit vorsichtigen Fingern über das Wappen auf der Holztür. Es ist das gleiche Wappenbild wie draußen auf der Eingangstür, eine voll erblühte Rose, umgeben von spitzen Dornenranken, die sich um den Buchstaben V wickeln. Sie überlegt, wofür das V stehen könnte, ob es ein reines Emblem ist, der Anfang eines Wahlspruches, oder vielleicht der Anfangsbuchstabe des Namens des Herrn? Ihre Finger fahren über die geschnitzten Stacheln der Dornenranke, und ein Schauder durchfährt sie, ganz so als hätte sie sich an den hölzernen Dornen gestochen. Doch das hat sie nicht: Bloß und unbefleckt liegt ihr Mittelfinger vor ihr.

Vorsichtig richtet sie sich auf ihre Knie auf und blickt in die Fächer des Regals hinein. Der Anblick ist banal: Fach um Fach erstreckt sich das weiße Geschirr vor ihr, Teller, Suppenschüsseln und Saucieren, große und kleine Platten und zwei zusammenpassende Blumenvasen. Im zweiten Regal von oben, dem höchsten Regalfach, das sie von ihren Knien aus erreichen kann, stehen eine Reihe zart geschwungener Tassen nebeneinander, ganz nahe am Rand des Faches. Beinahe ohne ihren Willen kriecht ihre Hand nach oben und sie fährt an den geschwungenen Formen entlang. Ein Impuls, eine leichte Bewegung – die vorderste der Tassen fällt herab. Wie in Zeitlupe sieht sie das Gefäß zu Boden fallen, die Tasse schlägt direkt vor ihrem Schoß auf den nackten Marmorboden auf, und mit einem hellen Klang zerspringt das Porzellan in tausend Teile. Der Ton klingt laut in dem hohen Saal wieder, zieht sich ins Endlose und jagt ihr einen Schauer über den Rücken, nur um dann langsam zu verebben.

Sie lächelt.

»Ich werde dich nicht bestrafen«, sagt der Herr mit ruhiger Stimme.

Hoch aufgerichtet steht er vor ihr, wenige Meter neben dem Regal, wo die Haushälterin damit beschäftigt ist, die Porzellansplitter zusammenzukehren.

Unbewegt blickt der Herr auf die zusammengesunkene Gestalt zu seinen Füßen herab. »Wenn ich dich für diese Tat bestrafen wollte, dann würde ich dich auspeitschen lassen, so lange, bis dir das Fleisch in Fetzen über den Rücken hängt. Ich würde dich so lange peitschen lassen, bis du mich anflehst, dich gehen zu lassen, und dann würde ich genau das tun. Willst du, dass ich dich hinauswerfe?«

Sie schüttelt den Kopf. Ihr Blick ist gesenkt, sie traut sich nicht, dem Herrn ins Gesicht zu schauen. Stattdessen konzentriert sie sich auf den Anblick seiner Beine, auf den Klang seiner Stimme und auf das pulsierende Gefühl zwischen ihren Schenkeln. Es ist lange her, dass der Herr sie direkt angesprochen hat.

»Ich dulde keinen Ungehorsam. Ich habe es nicht nötig, dich zur Folgsamkeit zu prügeln. Wenn du dich mir widersetzt, wirst du gehen. Wenn du mir gehorchst, wenn du meinen Anweisungen folgst, so werde ich dich hin und wieder belohnen – auf *meine* Weise.«

Er beugt sich zu ihr herunter und greift in ihre offenen Haare. Die Berührung allein lässt ihren Körper erschauern. Mit festem Griff zieht der Herr ihr Gesicht herauf, sodass sie mit aufgestrecktem Hals zu ihm hinaufblicken muss.

»Willst du, dass ich dich auf meine Weise belohne? Willst du gut und gehorsam sein, um zu deiner Belohnung und zu meinem Vergnügen zu leiden?«

Sie schluckt, auch wenn die Bewegung mit ihrem hochgebogenen Hals nicht einfach ist. Sie hasst ihn für seine Frage, dafür, dass er sie zwingt, ihre eigene Demütigung noch offen auszusprechen. Vor einer Woche, als sie zurückgekommen ist in dieses Haus, ohne wirklich zu wissen, weshalb, da hätte sie sich vielleicht geweigert, auf seine Frage zu antworten. Aber nun ist sie müde, müde und geschlagen. Sie weiß, weshalb sie zurückgekommen ist, und sie ist nicht mehr stark genug, ihrem Stolz zu folgen.

»Rede«, sagt der Herr beinahe sanft.

»Ja, Herr«, sagt sie mit einem stummen Schluchzer. Die Lücke zwischen ihren Zähnen fühlt sich beim Sprechen noch ungewohnt an. »Ich will bei Euch bleiben und für Euch Schmerzen ertragen. Sagt mir, was ich tun kann, um Euch zu Diensten zu sein.«

Der Herr nickt, dann lässt er sie los. Wie eine Puppe mit zerschnittenen Fäden fällt sie zu einem leise schluchzenden Bündel zusammen.

»Clemens, den Dehner«, sagt der Herr, zur Seite gewandt. Dann wendet er sich wieder zu dem Häufchen zu seinen Füßen. »Steh auf.« Seine Stimme ist ruhig, aber unbarmherzig.

Mühsam richtet sie sich auf, bemüht, ihre Gelenke unter Kontrolle zu halten. Sie sieht den Herrn offen an.

»Ich habe gehört, dass meine Männer Probleme hatten, dich richtig zu ficken.«, sagt der Herr. »Clemens sagte, sie hätten nicht gleichzeitig in dich hineingepasst?«

Sie nickt angestrengt und zwingt sich, nicht erneut in Schluchzer auszubrechen. Zwei Tage zuvor waren Clemens und Lorenz auf die Idee gekommen, sie gemeinsam zu benutzen, gleichzeitig von hinten und von vorne. »Ich … mein Unterleib war zu eng. Die beiden sind sich gegenseitig im Weg gewesen.«

»Und weiter?«

Sie schluckt. »Als er gemerkt hat, dass es nicht funktioniert, hat Lorenz mir eine Ohrfeige gegeben und stattdessen meinen Mund genommen. Dann hatte Clemens genug Platz, meinen … meinen Hintern zu benutzen.«

Der Herr nickt. Er blickt zur Treppe, wo Clemens gerade zu ihnen herunterkommt. In seiner Hand trägt er ein sonderbares

Gerät, ein wenig wie ein zweiteiliger Trichter aus Metall. An dem Gerät hängt eine kurze Kette, mit einem Schloss am Ende.

Der Herr nimmt den metallenen Apparat und hält ihn ihr entgegen.

»Kannst du dir vorstellen, was das hier ist?«

Sie zögert einen Augenblick, dann nickt sie langsam. Die Form des Geräts ist klar genug zu erkennen, wie ein übergroßer Dildo wölben sich die zwei schnabelartigen Hälften zusammen.

Der Herr dreht an einem kleinen Rad an der Seite des Apparats, und langsam schieben sich die Hälften auseinander. An einer dünnen Schiene fahren sie auseinander, weiter und weiter, bis zwischen den zwei Metallschnäbeln eine ganze Hand hindurchpassen könnte.

Der Anblick der überweit geöffneten Streben lässt sie erschauern. Ungerufen erscheint vor ihr das Bild einer weiblichen Öffnung, über alle Maßen auseinander gespreizt, bereit, aufzunehmen, was auch immer verlangt wird.

»Du wirst dieses Gerät tragen«, sagt der Herr und sieht sie ernsthaft an. Er gibt den Apparat an Clemens zurück, der sich daran macht, die Klammern wieder zusammenzudrehen. »Du wirst diese Klammern in deiner Fotze tragen, Tag und Nacht, und sie nur beim Pissen herausnehmen. Jeden Morgen wirst du dich präsentieren, bei mir oder bei Clemens, und wir werden die Schraube weiterdrehen. So lange, bis deine enge Fotze kein Hindernis mehr darstellt.«

Während der Worte des Herrn flackert ihr Blick immer wieder hinüber zu dem klinischen Gerät, das in Clemens' Händen wieder seine ursprüngliche, unschuldige Form angenommen hat. Sie spürt, wie sich ihr Schambereich ängstlich zusammenzieht. Ihre Vagina ist dehnbar, aber eine solche Überbelastung, über Tage und, wer weiß, Wochen, muss auch an den dehnbarsten Muskeln ihre Spuren hinterlassen. Der Anblick der so technisch wirkenden Klammern lässt sie erschauern.

Clemens hat das Gerät wieder auf die kleinste Stufe zusammengeschraubt und kommt nun auf sie zu. Unwillkürlich weicht sie zurück, in einer sinnlosen Geste, ihren Schambereich zu schützen, doch der ist nicht sein Ziel. Stattdessen beugt sich Clemens zu ihrem Fuß herunter und befestigt das kleine Schloss am Ende der Kette an dem Bronzering um ihren Knöchel. Die metallene Kette ist gerade so lang, dass er den Apparat auf Bauchhöhe halten kann. Nun greift Clemens zwischen ihre Beine und ungeduldig zwingen seine Hände ihre Schenkel auseinander. Vergebens versucht sie, sich irgendwo festzuhalten, sich gegen das Eindringen zu wappnen. Wie eine kalte Welle durchfährt es sie, als Clemens den metallenen Entenschnabel in sie hineinpresst, gerade vorsichtig genug, um sie nicht zu verletzen. Sie ist trocken, und so ist es nur der Glätte des Metalls zu verdanken, dass das Gerät ohne Schmerzen in sie hineindringen kann. Doch schon kann sie spüren, wie ihr Inneres unter dem kühlen Metall feucht wird, ganz so als würde ihr Geschlecht den fremdartigen Eindringling gierig begrüßen.

Clemens beginnt nun, das Rad am herausstehenden Ende des Geräts zu drehen, und Stück für Stück bewegen sich die kalten Klammern in ihrem Innern auseinander. Sie spürt den sonderbaren, unbekannten Druck zwischen ihren Schenkeln, sie kann fühlen, wie ihr Unterleib auf die neue Stimulation reagiert, und ihre eigene Erregung lässt Übelkeit in ihr aufsteigen.

Weiter und weiter dreht Clemens die Schraube, viel weiter noch, als sie es erwartet hätte. Der Druck verwandelt sich in einen Zwang, und schließlich in einen drängenden, ziehenden Schmerz. Erst als die beiden Schnabelteile des Apparates so weit auseinander stehen, dass sie rechts und links schmerzhaft gegen ihre Beckenmuskeln pressen, hält er endlich inne, er richtet sich auf und nickt dem Herrn zu.

Der Herr betrachtet die Konstruktion fachmännisch: das metallene Gerät, das zwischen ihren Beinen herausschaut, die Kette, die direkt aus ihrem Körper zu kommen scheint und sich in einem leichten Bogen hinunter zu ihrem Fußgelenk zieht. Er streckt die Hand aus und greift in ihre Öffnung hinein, gerade zwischen die beiden Metallklammern, die ihre Vagina weit auseinanderpressen. Das Gefühl seiner warmen, tastenden Finger, verbunden mit dem Zug der Klammern, lässt ihre ungewollte Erregung zu heißen Hitzeschauern anwachsen, die ihren Körper schütteln.

»Es ist ein Anfang«, sagt der Herr, ohne seine Finger aus ihrem Körper zu ziehen. Der fordernde Ausdruck seiner Augen zwingt sie, seinen Blick zu erwidern. Er lächelt. »Ein bis zwei Wochen, dann wirst du ohne Probleme zwei Schwänze gleichzeitig schlucken können.«

Sie spürt, wie ihr Inneres unter seinem Ansturm zerfließt. Mit dem Mut der Tollkühnheit verzieht sie den Mund zu einem Lächeln. »Oder auch drei? Ich habe mehr Öffnungen als nur …«

Die Ohrfeige kommt nicht unerwartet. Der Schlag seiner Rechten lässt ihren Kopf zur Seite fliegen, noch ehe er die Finger der anderen Hand aus ihrer Öffnung herausgezogen hat. Aus dem Augenwinkel kann sie sehen, dass seine Finger vor Feuchtigkeit glänzen, und dieses Wissen lässt ihre Erregung nur weiter anschwellen.

Mit einer nebensächlichen Geste wischt der Herr seine Finger an ihrer Brust ab, dann greift er mit derselben Hand nach ihrem Kinn und zieht ihren Kopf wieder zu sich. Sie kann ihre eigene Geilheit an seinen Fingern riechen.

»Nein, nicht drei«, sagt der Herr leise. Sein Gesicht ist dem ihren so nah, dass sie seinen Atem auf ihrer Wange spüren kann. »Ich stehe nicht auf ausgedehnte Fotzen.«

Er lässt sie los, und ohne den zusätzlichen Halt fällt es ihr schwer, aufrecht stehenzubleiben. Sie stolpert einen Schritt zurück, das metallene Gerät zwischen ihren Beinen eine ungewohnte Beschwernis. Als sie sich wieder gefangen hat, hat sich der Herr bereits abgewandt, er ist zu Clemens gegangen und hat angefangen, mit ihm über andere Themen zu reden, über Fragen des Geschäfts und der Haushaltsführung. Ohne sich ihr noch einmal zuzuwenden, gehen die beiden durch die Halle, vorbei an der Haushälterin, die gerade eine neue Tasse ins Regal stellt, und hinüber zur Haustür. Das Letzte, was sie von den Männern mitbekommt, ist ein Schwall kalter Luft, der zu ihr herüberdringt und ihre offenen Schenkel zum Frösteln bringt.

Jeden Morgen muss sie sich nun dieser Prozedur unterziehen. Sie stellt sich mit auseinandergespreizten Beinen in der Halle hin, während fremde Hände den Zustand ihrer Vagina begutachten, sie ausmessen und die kleine, unscheinbare Schraube um ein paar Drehungen weiter drehen. Manchmal ist es der Herr selbst, der nach dem Zustand ihrer Öffnung sieht, aber meistens kommt Clemens herbei. Er zieht die metallene Klammer heraus, dann nimmt er sie auf dem Boden der Halle her und setzt die Klammern schließlich wieder ein, stärker gespannt und schmerzender als zuvor. Auch wenn sie aufs Klo geht, muss sie zuvor bescheid sagen, um sich das Metallgestell von Clemens oder Lorenz herausnehmen zu lassen. Einer der beiden steht dann mit den Klammern in der Hand neben dem Klo und wartet darauf, sie ihr wieder einzusetzen, kaum dass sie sich erleichtert und gereinigt hat.

Wenn die beiden Diener sie zu anderen Zeiten benutzen wollen, so geschieht es meist von hinten oder in den Mund. Sie spürt, dass es für sie weniger und weniger an Unterschied macht, wer sie nun benutzt und auf welche Weise. Unter dem fremden Griff kommt sie sich mehr denn je vor wie ein unbeseelter Apparat, ein reines Objekt, an dem herumgeschraubt werden kann, das die Männer inspizieren und gegebenenfalls adjustieren, ganz wie es ihrer Laune und ihrer Lust gefällt. Bisher hat sie die hohen Spiegel, die die vordere Seite der Eingangshalle zieren, immer schamhaft gemieden, doch nun erwischt sie sich immer häufiger dabei, wie sie den Spiegelflächen einen neugierigen Blick zuwirft. Ungeniert streifen ihre Finger über das abgemagerte Fleisch ihres Körpers bis hinab zu ihrem Unterleib, zu der leicht erhabenen Operationsnarbe. Das Wort *steril* hallt in ihren Ohren wieder, eine Bezeichnung geschaffen für Krankenhäuser und Operationssäle, für frisch desinfizierte Werkzeuge und Instrumente. Sie mustert ihre entblößte Gestalt mit dem fehlenden Zahn, die blauen Flecken von

Clemens' und Lorenz' Misshandlungen, die Kette, die von ihrem Fuß zu dem Metallgerät zwischen ihren Schenkeln hochführt, als wäre sie selbst nicht mehr als eine mechanische Kunstfigur. Sie sieht ihre Scham, und in ihrer Scham entdeckt sie eine neue Gier, eine offene Lüsternheit, die nun keine Möglichkeit mehr hat, sich zu verstecken. Ihr gefällt, was sie hier tut, ihr gefällt die Art, wie sie benutzt wird, wie sie in ihrer Scham leidet. Sie ist über den Punkt hinaus, da sie sich für ihre eigenen Begierden verstecken müsste.

Noch etwas anderes hat sich geändert: Wenn sie den Herrn nun im Vorbeigehen sieht, wenn sie seine Finger in ihrem Unterleib spürt, willig, sie zu ergründen, so schämt sie sich nicht mehr für die Lust, die sie für ihn empfindet. Seit der kalten Worte in der Halle, seit seiner offenen Zurückweisung, hat sie aufgehört, insgeheim für ihn zu schwärmen. Die versteckte Erregung, die sie für ihn empfunden hat, hat sich gewandelt, in offene Geilheit, verbunden mit einer tiefen und aufrichtigen Verachtung. Sie weiß nun, sie kann sich durch seine Berührung erregen lassen, durch seine Demütigung und den Schmerz, den er ihr zufügt, ohne dass sie etwas für ihn empfinden muss. Es ist, als wäre ein Gewicht von ihr genommen, als hätte sich die ziellose Suche nach seiner Anerkennung in simple Gier verwandelt.

Der Herr hatte recht, innerhalb von zwei Wochen haben die metallenen Schnäbel ihre Scheide weit genug gedehnt. Wie er es befohlen hat, hat sie die schmerzenden Klammern Tag und Nacht getragen, sie hat sich beim Gehen an den Zug gewöhnt und hat gelernt, mit dem Metallgestell zwischen ihren Beinen zu schlafen. Die Dauerbelastung hat sich wie erwartet auf ihre Muskeln ausgewirkt: In der kurzen Zeit, da sie die Klammern nicht trägt, kann sie spüren, dass die Elastizität ihrer Vagina gelitten hat. Clemens hat schon nach der ersten Woche aufgehört, sie von vorne zu nehmen und nimmt sich nun stattdessen ihren Hintern vor – auch wenn der Druck der Klammern durch sein unachtsames Eindringen noch unerträglicher wird. Aber auch mit der Vorstellung ihrer aufgeweiteten Öffnung hat sie sich abgefunden. Gleich, was sie für den Herrn nun wirklich empfinden mag, sie hat akzeptiert, dass sie dem Drängen ihres gierigen Körpers nicht widerstehen kann. Was immer der Herr von ihr verlangt, sie wird es bereitwillig und ohne zu zögern tun.

Nachdem die Metallschnäbel für zwei Tage auf der äußersten Stufe des Geräts stehen, scheint der Herr mit ihrem Zustand endlich zufrieden. Morgens überprüft er noch einmal persönlich den Zustand ihrer Vagina, dann ruft er Lorenz zu sich.

»Heute Abend, gegen sieben Uhr«, sagt er zu dem Diener. »Clemens wird sie in den gelben Raum bringen. Sieh zu, dass alles bereit ist.«

Irritiert schaut sie kurz zwischen den beiden Männern hin und her. Auch wenn der Herr aus dem Vorhaben seiner beiden Diener eine große Zeremonie machen will, so gibt es dafür doch kaum etwas vorzubereiten. Aber sie weiß es besser, als nachzufragen, und so tritt sie nur mit gesenktem Blick zwei Schritte zurück, während sich die Männer wieder auf den Weg machen.

An diesem Tag bemüht sie sich, ihren Körper so ansehnlich wie möglich erscheinen zu lassen. Es kommt ihr selbst lächerlich vor, aber dies ist das erste außergewöhnliche Ereignis, das seit ihrer Rückkehr für sie stattfindet. Wenn der Anlass auch noch so ordinär ist, so will sie die Gelegenheit doch nicht versäumen, sich ein wenig herauszuputzen.

Die Türen der verschiedenen Badezimmer sind geschlossen, und so muss sie mit dem kalten Brunnenwasser vorlieb nehmen. Es ist nun Mitte Oktober und die Luft im Hof lässt sie erschauern, aber ihr bleibt keine Wahl. Als die Haushälterin die Tür der Küche zum Hof öffnet, schlüpft sie an der Frau vorbei nach draußen, sie huscht über die schmalen Grasnaben, vorbei an den Stallungen, in denen zwei Pferde und ein Esel gelangweilt blöken, hinüber zu der eisernen Wasserpumpe. Das Wasser, das aus der Pumpe kommt, ist bitterkalt, aber es reicht aus, ihren Körper grundlegend zu reinigen. Als sie etwas später von der Haushälterin noch ein Stückchen Fleisch erhaschen kann, ist ihre Stimmung nahezu euphorisch.

Als die angesagte Stunde naht, steht sie am Fuß der Treppe und wartet auf das, was da kommen soll. Die große Standuhr schlägt gerade sieben Uhr, als Clemens die Treppe herunterkommt. Hastig steht sie auf, bereit, ihm in den oberen Flur zu folgen, aber stattdessen geht Clemens an ihr vorbei zur anderen Seite der Halle. Er winkt ihr zu, ihm zu folgen, hinüber zu den Türen, die auf der rechten Seite vom Saal abzweigen. Nun bemerkt sie, dass eine dieser Türen ein gelbes Wappenschild trägt, mit dem allgegenwärtigen Wappen des Hauses, und darunter einen seltsam überzeichneten, erigierten Penis.

Clemens öffnet die Tür und führt sie in den niedrigen Raum hinein. Der Raum ist beinahe leer, nur in der Mitte steht eine schmale Liege, mit Leder gepolstert und auf dem Boden der Kammer festgeschraubt. Die Liege weist fort von der Tür und hinüber zu einem gelben Vorhang, der die gesamte hintere Seite des Raumes ausfüllt. An der Seite des Zimmers, rechts von der Liegestatt, steht ein hölzerner Stuhl, gerade wie der, auf dem der Herr damals im blauen Raum gesessen hat.

Clemens Hand dringt von hinten zwischen ihre Schenkel, sodass sie erschrocken zusammenfährt. Ohne auf ihre Bewegung zu achten, dreht er an dem schmalen Rädchen, solange bis die Klammern eng genug sind, sie zwischen ihren Beinen herauszuziehen. Dann beugt er sich zu dem Bronzereif an ihrem Fuß und löst das Schloss der Metallkette.

»Leg dich auf die Liege«, sagt er und weist auf das Gestell.

Vorsichtig, testend, bewegt sie ihre Schenkel. Sie hat nun seit Wochen keine zwei Schritte ohne die Klammern zwischen ihren Beinen gemacht, und der fehlende Druck kommt ihr vor wie ein Mangel ihres eigenen Körpers. Als sie sich zwischen die Beine greift, erschauert sie über die weite Öffnung, die der stete Druck der Klammern hinterlassen hat.

Ungeduldig winkt Clemens ihr zu und sie beeilt sich, hinüber zur Liege zu gehen und auf das schmale Lederbett hinaufzusteigen. Der Kopf der Liege ist leicht aufgerichtet, und mitten in der

Liegefläche ist ein handgroßes Loch, gerade da, wo ihr Schoß zu liegen kommt. Ihr ist klar, dass die Liege für mehr als einen Zweck geschaffen ist, und wahrscheinlich wird das Loch heute gar nicht für sie gebraucht. Sie versucht, den Gedanken auszublenden, was wohl bisher schon alles in diesem Zimmer geschehen ist, doch alleine die Überlegung treibt ihr einen heißen Schauer zwischen die Schenkel. Verwundert stellt sie fest, welch sonderbare Anlässe in letzter Zeit ausreichen, um sie zu erregen.

Clemens hat in der Zwischenzeit ein Seil von einem Regal in der Ecke gegriffen. Es ist ein auffallend dickes Seil, aus rauen, kratzigen Fasern, so als wäre es nicht für einen Menschen, sondern für ein Tier bestimmt. Mit geübten Bewegungen schlingt Clemens das Seil um ihre rechte Hand, dann führt er es unter der Liege hindurch, hinüber zu ihrem linken Arm. Ohne unnötige Zärtlichkeit zieht er ihre Arme unter der Liege zusammen und bindet die Handgelenke mit dem Seil aneinander. Dann führt er ihre Beine rechts und links an der Liegefläche vorbei, er drückt ihre Unterschenkel zurück und fesselt auch ihre Fußgelenke unter der Liege. Fest gebunden liegt sie nun auf der ledernen Liegefläche, Hände und Füße unter ihrem Leib zu einem dicken Knoten zusammengeführt.

Clemens ist mit seiner Arbeit gerade fertig, da öffnet sich die Tür zum Flur erneut, und hinter sich hört sie die wohlbekannten Schritte des Herrn. Er bleibt für einen Moment neben der Liege stehen und betrachtet die fest verschnürte Gestalt abschätzend, dann nickt er kurz und setzt sich neben ihr auf den Stuhl.

Sie schluckt. Etwas an dieser ganzen Zeremonie kommt ihr seltsam vor, so als wäre sie als Einzige nicht in das große Geheimnis eingeweiht. Der Herr müsste wissen, dass es längst nicht mehr nötig ist, sie für den Geschlechtsverkehr anzubinden, und außerdem kann sie sich nicht vorstellen, wie Clemens und Lorenz in dieser sonderbaren Stellung gemeinsam in sie eindringen wollen.

»Lorenz?«, ruft der Herr in Richtung des Vorhangs.

Gedämpft erklingt die Stimme des Mannes von der anderen Seite. »Einen Moment noch. Wir sind beinahe so weit.«

Eine Welle streift über den Vorhang, so als würde sich dahinter etwas Großes bewegen. Sie spürt, wie ihre Kehle eng wird. Was auch immer der Herr für sie bereithält, es muss mehr sein als nur seine beiden Männer.

So gut es aus ihrer liegenden Position möglich ist, versucht sie hinüber zum Vorhang zu schauen. Ein sonderbares Stampfen ist von der anderen Seite zu hören, der Vorhang wölbt sich erneut nach vorne, und ein kaum gedämpftes Blöken dringt herüber. Noch ehe sie die sonderbaren Laute zuordnen kann, schwingt der Vorhang zur Seite, und sie sieht ein großes Tier, einen Esel, der mit unmutigem Blöken zu ihnen in den Raum getrabt kommt. Neben ihm steht Lorenz, die Leine des Tieres in der Hand, und hält ihm ein Duftfläschchen unter die Nase. Der Geruch der Flasche scheint den Esel weiter aufzureizen, wild reißt er den Kopf hin und her und versucht, den Ursprung der Witterung auszumachen.

Ungläubig dreht sie sich um und blickt zu dem Herrn hinüber, der neben ihr auf seinem Stuhl sitzt. Als er ihren Blick bemerkt, wirft er ihr ein amüsiertes Lächeln zu, dann sieht er wieder zu Lorenz hinüber. »Hast du das Tier nun unter Kontrolle?«

»Sofort.« Mit starker Hand bemüht Lorenz sich, die Leine des Esels enger zu nehmen und das störrische Tier zu ihnen herüber zu bugsieren. Hinter den beiden kann sie einen dunklen Stall erkennen – den gleichen Stall, den sie vom Hof aus so oft gesehen hat.

Noch einmal hält Lorenz dem Esel das Fläschchen unter die Nase, dann zieht er den Duft schnell wieder fort, in Richtung der ausgebreiteten Gestalt auf der Liege. Er sprenkelt einige Tropfen des Gebräus auf sie, dann zieht er den Esel erneut in ihre Richtung. Dieses Mal widersteht das Tier nicht, eifrig folgt es Lorenz' Druck hinüber zu der schmalen Liege und schnuppert an ihrem nackten Unterleib.

Beim Anblick des großen Tieres, das sich gierig über sie beugt, spürt sie, wie sich ihre Muskeln panisch verkrampfen. Sie kann die Augen nicht von der haarigen, schnuppernden Schnauze des Esels lassen, von seinen ungeduldig stampfenden Hufen, von dem lang

ausgefahrenen Glied, das zwischen seinen Hinterbeinen hervor-
schaut. Es ist eine Mischung aus Faszination und Abscheu, aus dem
tiefsten Widerwillen und einer seltsam selbstzerstörerischen Lust,
die sie dem wilden Biest entgegenbringt. Auf Lorenz steten Druck
hin geht der Esel nun weiter, er steigt einfach über die schmale Liege
hinweg, sodass sie nun fest eingezwängt zwischen seinen Beinen liegt.
Nun versteht sie, weshalb Clemens sie so fest angebunden hatte:
Hier, eingezwängt zwischen die schweißigen, unruhig stampfenden
Glieder des Tieres, überkommt sie mit einem Mal ein übermächtiger
Fluchtinstinkt und sie muss sich anstrengen, den Drang ihres Körpers zu bekämpfen, der sich gegen dieses unbezwungene Monstrum
über ihr mit jedem Muskel zur Wehr setzen will. Um die Panik zu
bekämpfen, zwingt sie sich, tief ein- und auszuatmen, und sie spürt,
wie ihr der beißende Tiergestank beinahe die Sinne nimmt.

Der Esel ist nun an ihrem Kopf angekommen und schnuppert
an ihren herabhängenden Haaren. Sie kann die großen, gelben
Zähne des Untiers vor ihrem Gesicht sehen, und ein dicker Tropfen Speichel rinnt auf ihre Wange.

Aus dem Augenwinkel sieht sie, wie Lorenz dem Esel noch einmal
das Fläschchen vorhält, und beinahe im gleichen Moment spürt
sie einen Druck an ihrem rechten Schenkel. Als sie hinunterblickt,
sieht sie, dass das Glied des Tieres sich nach ihr herausstreckt, lang
und steif, wie eine dicke Schlange auf der Suche nach Futter. Eine
Hand – es muss die von Clemens sein – greift nach dem gewaltigen
Eselspenis und geilt ihn weiter auf. Nun ist ihr klar, weshalb die
Klammern während der letzten Wochen nötig waren. Je länger sich
der Penis des Tiers herausstreckt, desto weiter schwillt die Eichel
an, bis sie den Durchmesser einer geballten Männerfaust erreicht.

Als Clemens mit dem Ergebnis seiner Bemühung zufrieden ist,
führt er das Glied des Esels hin zu dem Busch zwischen ihren Beinen. Er braucht nur wenig Druck: Die sonderbare Mischung aus
Ekel und Geilheit hat ihre Öffnung feucht genug werden lassen,
und mit einem schmatzenden Laut verschwindet die gewaltige
Eichel zwischen ihren Beinen.

Unwillkürlich schließt sie die Augen. Das Gefühl des Tierglieds, so groß und fremdartig, *bestialisch*, droht ihr die Sinne zu rauben. Sie spürt einen Kloß in ihrer Kehle aufsteigen, irgendetwas zwischen Übelkeit und übersteigerter Erregung, und einen Moment lang weiß sie nicht, ob sie sich übergeben oder in Tränen ausbrechen will. Sie wendet sich hinüber, hin zu dem Herrn, um zu sehen, welchen Ausdruck sein Gesicht trägt, doch die Vorderläufe des Esels verdecken ihren Blick. Also blickt sie stattdessen wieder hinunter, dorthin, wo der Schwanz des Esels nun mit rhythmischen Bewegungen in sie eindringt. Der Esel kann sein Glied nicht vollständig in ihren Schoß versenken, doch die Stimulierung des vorderen Teiles scheint ihm zu genügen: Mit festen, zielsicheren Bewegungen stößt er sein Glied in ihrem Unterleib, so heftig, dass sie meint, sie müsse zerreißen – aber nein, gerade für diese Belastung hat sie ihr Inneres ja ohne es zu wissen trainiert. Sie seufzt, keucht, immer noch unsicher, ob sie die fremdartige Benutzung nun als erregend oder widerwärtig empfindet. Da ist der Esel über ihr mit seinen Bemühungen auch schon fertig, er presst sein Glied noch einmal in ihren Leib, heftiger als zuvor, und blökt beim Herausziehen befreit auf. Wieder trifft sie der heiße Atem des Tieres ins Gesicht, stinkende Luft, vermischt mit Speichel und Schweiß. Mit einem erschöpften Seufzer schließt sie die Augen und spürt, wie sich der Schaum des Tieres mit ihren eigenen Tränen vermischt.

Langsam, vorsichtig, führt Lorenz das Tier rückwärts davon. Noch einmal streicht das drahtige Fell des Esels über ihren Körper, über die Haut, die von der vergangenen Erregung noch überempfindlich ist. Sie kann spüren, wie es aus ihrem Schoß heruntertropft, weibliche Feuchtigkeit und Eselssamen fließen gemeinsam durch das Loch in der Liege auf den Boden herab. Dann ist der Esel von ihr heruntergestiegen, er blökt ihr noch einmal wie vertraulich zu und lässt sich von Lorenz ohne weitere Gegenwehr durch die Stalltür zurück in seine Box führen.

Erschöpft lässt sie sich auf ihre Liege zurücksinken und schließt die Augen. Sie kann hören, wie sich der Herr von seinem Stuhl aufrichtet, wie er Clemens schickt, Belladonna-Extrakt zu holen, aber sie ist zu entkräftet, um sich darum noch Gedanken zu machen. Wäre sie in der letzten halben Stunde von einer ganzen Gruppe Männer genommen worden, sie könnte sich an Leib und Seele nicht ausgelaugter fühlen.

»Sieh mich an.«

Die Worte kommen leise, und doch hat sie keine Wahl, als der Stimme des Herrn zu gehorchen. Sie öffnet die Augen und sieht den Herrn an, der aufrecht neben ihrer Liege steht und sie aufmerksam betrachtet. In seinen Augen scheint ein Funkeln und um seine Lippen meint sie, ein anerkennendes Lächeln zu erkennen.

»Du hast dich brav geschlagen«, sagt er, die Stimme irgendwo auf der Grenzlinie zwischen Lob und Spott. »Du erinnerst dich, was ich dir gesagt hatte, nicht wahr? Wenn du dich gut hältst, dann werde ich dich belohnen.«

Sie nickt, müde und ausgelaugt. Sie erinnert sich an seine Worte, daran wie er angekündigt hatte, dass er sie zur Belohnung leiden lassen würde. Damals war ihr diese Versprechung seltsam einladend erschienen, aber nun ist ihr die Vorstellung von weiterem Schmerz, von Schlägen und Peitschenhieben beinahe unerträglich. Sie presst die Lippen zusammen, um einen Seufzer zu unterdrücken.

Der Herr winkt, und Clemens schiebt ein schmales Tischchen herbei. Sie kennt diesen Tisch, sie hat ihn bereits oben im blauen Raum gesehen, an jenem Abend, als der Herr sie an dem schwarzen Stuhl festgebunden hatte. Mühsam versucht sie, sich aufzurichten, um einen Blick auf die Ablagefläche zu werfen, und wirklich: Dort auf dem Tischchen liegt neben verschiedenen anderen Instrumenten eine schmale, gefüllte Spritze.

Mit einem trockenen Schluchzer lässt sie sich auf die Liege zurückfallen und blickt mit leeren Augen zur Decke.

»Es ist wahr, beim letzten Mal habe ich dich mit dem Belladonna-Saft bestraft«, sagt der Herr und nimmt die Spritze vom Brett. »Dieses Mal will ich dich belohnen. Du wirst leiden, natürlich, das ist der Grund, weshalb du hier bist. Aber ich werde dich auf eine Weise leiden lassen, von der du nicht genug bekommen wirst.«

Er hält die Kanüle hoch, sodass sie die scharfe Nadel sehen kann, und klopft die letzten Luftblasen heraus. Dann beugt er sich zu ihrem gefesselten Arm hinab, er treibt die Kanüle in ihren Unterarm und presst die ölige Flüssigkeit in ihre Vene hinein.

Wie schon beim ersten Mal dauert es nur wenige Sekunden, bis der Extrakt zu wirken beginnt. Der Herr steht neben ihr und blickt auf sie herab, sein Lächeln unmöglich zu deuten. Sie spürt, wie ihr Puls anfängt, schneller zu gehen, wie ihr Körper heiß wird und ihre Wahrnehmung verschwimmt. Mit einem Mal kann sie den Blick des Herrn nicht mehr genau erkennen, sein Lächeln scheint zu verschwimmen, sich zu wandeln, es flackert hin und her zwischen Fürsorglichkeit und grausamer Häme. Sie überlegt, ob sie Angst haben sollte vor diesem dunklen Mann und seinem monströsen Lächeln, aber dann entscheidet sie sich dagegen. Er hatte gesagt, dass er sie dieses Mal belohnen will, also gibt es für sie keinen Grund, sich zu fürchten.

Nun beugt sich seine Gestalt zu ihr herunter, er nimmt eine Feder vom Tischchen und streicht mit der scharfen Spitze an ihrem Körper entlang. Sie spürt die leuchtend roten Linien, die die Feder auf ihrer Haut hinterlässt, heiße, glühende Zeichen, die sie erzittern lassen und doch schon wenige Sekunden später wieder verblassen und verwehen. Wie in Trance fühlt sie, wie sich ihr Körper unter dem scharfen Druck in Lust windet, wie Hitzewellen hinunterfließen, zu ihrem rohen, immer noch pochenden Schambereich, und wieder hinauf zu den glühenden Linien, die die Hand des Herrn auf ihrer Haut hinterlässt. Sie keucht, laut, ohrenbetäubend, und doch kann sie ihren eigenen Atem kaum hören, so stark ist das Rauschen in ihren Ohren.

Nachdem er ihren gesamten Oberkörper mit rotglühenden Linien bedeckt hat, geht er hinüber zu ihren Armen, zu den Schultern und den Ellenbogen, die immer noch festgebunden an der Liege entlang führen, und dann hinunter zu ihrer Hüfte, zu ihrem

Schoß und den festgeschnallten Schenkeln. Von ihrem Hals bis hinab zu den Knöcheln, überall hinterlässt er leuchtende Linien auf ihrem Leib, kratzende, brennende Zeichen, die sich durch die tiefe Feder tief in ihr Fleisch graben, um dann langsam wieder abzukühlen und zu vergehen.

Als er ihren gesamten Körper auf diese Weise gezeichnet hat, aufgeraut, sodass ihre Haut sensibel ist und auf die geringste Berührung mit Schaudern reagiert, legt er die Feder beiseite und wendet sich wieder zu ihr herunter.

»Ist es eine Belohnung, was ich getan habe?«

Seine Stimme klingt dumpf und dröhnend, und seine Augen scheinen kaltes Feuer zu sprühen. Für ein paar Sekunden ist sie so erschüttert von seiner Erscheinung, dass sie ganz vergisst, auf die Worte zu antworten.

Die grausig schöne Fratze über ihr verzieht sich zu einem Lächeln. »Willst du, dass ich dich weiter auf diese Weise leiden lasse?«

Mühsam, wie aus einem tiefen Schlaf, reißt sie sich heraus und zwingt sich, den Mund zu öffnen. Ihre Stimme scheint trocken und eingeschlafen, sodass sie nur ein einzelnes Wort herausstoßen kann: »Mehr ...«

Der Herr nickt, so als hätte er mit dieser Antwort gerechnet. Er dreht sich zu dem Tischchen hinüber, dorthin wo er die scharfe Feder gelegt hat, und nimmt ein anderes Instrument in die Hand. Weiterhin lächelnd dreht er sich zu ihr um und zeigt ihr das neue Gerät.

»Willst du, dass ich dir hiermit wehtue?«

Sie muss sich konzentrieren, um zu erkennen, was er dort in der Hand hält. Es ist ein kleines, schmales Messer, so wie sie es schon in der Hand des Doktors gesehen hat – ein Skalpell, dazu geeignet, menschliches Fleisch zu zerschneiden, als wäre es Butter.

»Willst du, dass ich dieses Messer tief in deine Haut dringen lasse?« Sein Lächeln ist das eines Monstrums, doch sie stellt fest, dass sie keine Angst vor ihm empfindet.

Sie zögert nur einen Moment, mehr um den Augenblick auszukosten, als um wirklich nachzudenken. Dann nickt sie, langsam und bestimmt.

»Ich will mehr.«

Als sie am nächsten Morgen aufwacht, ist es dunkel. Sie weiß nicht, wo sie sich befindet, und sie braucht eine Weile, um das Gefühl für ihre Glieder wiederzufinden. Da ist ein allumgreifender Schmerz an ihrem Körper, so umfassend, dass es ihr nicht wie einzelne Empfindungen erscheint, sondern wie eine blutig brennendes Netz, das sie von Kopf bis Fuß bedeckt.

Als sie endlich in der Lage ist, ihre Finger über den Boden fahren zu lassen, spürt sie, dass es der marmorne Hallenboden ist, auf dem sie liegt. Sie fährt mit der Hand zu ihrem Gesicht – jede einzelne Bewegung ein neuer Schmerzensreiz – und sie stellt fest, dass ihre Augen geschlossen sind. Mit beinahe übermächtiger Anstrengung zwingt sie sich, die Augen zu öffnen, und mit einem Mal schneidet das Licht des frühen Tages in ihr Gesicht.

Ohne sich mehr zu bewegen als unbedingt nötig, blickt sie sich in dem weiten Saal um. Sie liegt am Rand der Eingangshalle, in der Nähe des Regals, das sie einige Wochen zuvor so gelockt hatte. Ihr Blick fällt auf den Arm direkt vor ihrem Gesicht, und mit einem schmerzhaften Keuchen fährt sie zusammen. Ein leiser Laut, halb Übelkeit, halb Schmerzensschrei, dringt aus ihrer Kehle.

Ihr Arm ist vom Handrücken aufwärts blutbefleckt, blutend aus dutzenden kleiner, präzise ausgeführter Schnitte, die sich über ihr gesamtes Fleisch erstrecken. Erst auf den zweiten Blick erkennt sie, dass ein Großteil der blutigen Spuren bereits getrocknet ist. Nur dort, wo sie den Arm gerade bewegt hat, sind die Wunden erneut aufgebrochen und kleine rote Rinnsale ziehen sich über ihr Fleisch.

Entschlossen richtet sie sich auf. Sie ignoriert das Netz aus rotem Schmerz, der ihre Haut von oben bis unten überzieht, während sie ihre Muskeln zum Gehorsam zwingt. Bedacht darauf, ihre eigenen Wunden so wenig wie möglich aufzureißen, steht sie langsam auf, sie stützt sich an dem Regal ab, bis sie aufrecht auf ihren eigenen, wundenüberzogenen Beinen steht. Sie atmet noch einmal tief durch, dann dreht sie sich zum Rand des Saals und beginnt vorsichtig, Schritt für Schritt hinüberzugehen.

Der Schmerz in ihren Gliedern ist brennend, aber erträglich. Sobald sie sich einmal zur Disziplin gerufen hat, gelingt es ihr, den Raum zu durchqueren und zur Wand zu gehen, dorthin, wo ein großer Spiegel am Rand des Saals hängt. Mit großen Augen betrachtet sie ihr Spiegelbild.

Ihr Körper ist verunstaltet. Alles Fleisch unterhalb ihres Halses ist von Schnitten bedeckt, von langen, dünnen Strichen, die sich blutig rot über ihre Haut ziehen. Vorsichtig bewegt sie den Arm, nur um sich klarzumachen, dass dieser magere, zerschnittene Leib wirklich ihr eigener Körper ist. Müde versucht sie, sich an den vergangenen Abend zu erinnern, doch die Bilder in ihrem Kopf verschwimmen und lösen sich auf – da ist die Sache mit dem wilden Biest, und dann ein Schleier von Klingen und Blut, scharf, schmerzend und doch unendlich süß und erregend. Sie selbst hat diesem Blutbad zugestimmt, so viel weiß sie noch. In einem fernen Drogenrausch, verwirrt und unzurechnungsfähig, hat sie den Herrn gebeten, ihr das hier anzutun.

»Sie werden wieder verheilen.«

Die Stimme des Herrn lässt sie zusammenfahren, jede Bewegung ein Netz aus Schmerz. Jetzt erst kann sie ihn im Spiegel sehen, aus der Richtung der Küche kommt er zu ihr herüber, ein sonderbares Lächeln auf den Lippen.

»Das Skalpell ist scharf. Die Haut wird wieder zusammenwachsen, und von den meisten Schnitten werden nicht einmal Narben übrig bleiben.«

Langsam, mühsam dreht sie sich zu ihm um. Er lächelt immer noch. In seiner Hand sieht sie eine große Sprühflasche, die er ihr mit auffordernder Geste entgegenhält.

»Sie werden zuwachsen, als wäre nichts gewesen. Es sei denn, du wirst sie hiermit behandeln.«

Instinktiv hat sie ihre Hand nach der Flasche ausgestreckt, doch

bei seinen Worten zieht sie die Finger wieder zurück. »Was ist …«
Sie schließt den Mund, räuspert sich. »Herr?«

»Das hier ist eine Mischung aus Zitronensäure und Seifen-
lauge«, beantwortet der Herr ihre unausgesprochene Frage. »Es
wird verhindern, dass deine Wunden abheilen und sorgt für dicke,
erhabene Narben. Je länger du deine Schnitte hiermit am Verheilen hinderst, desto kräftiger werden die Narben sein.« Er sieht sie
nun ohne jedes Lächeln an. »Du wirst deinen gesamten Körper
zweimal am Tag mit dieser Lauge einreiben. Im Küchenbord wirst
du genug Flaschen davon finden. Du wirst erst damit aufhören,
wenn jede der Wunden vollständig vernarbt ist.«

Ihr Mund ist trocken, während sie nickt und die Flasche ent-
gegennimmt. Etwas von der scharfen Flüssigkeit muss außen an
der Flasche kleben, denn sofort beginnen die kleinen Schnitte an
ihrer Hand, wie Feuer zu brennen. Die Vorstellung, ihren gesamten Körper mit diesem Gebräu einzureiben, treibt ihr die Tränen
in die Augen.

»Wenn du die Lauge benutzt, tu es draußen im Hof«, sagt der
Herr, während er ihren Gesichtsausdruck genau betrachtet. »Und
besorg dir einen Lappen, um die Schmiererei dort drüben sau-
berzumachen.«

Unwillkürlich blickt sie hinüber, dorthin wo sie vor wenigen
Minuten auf dem Boden aufgewacht ist. Verschmierte Flecken
ihres eigenen Bluts bedecken den grauen Marmorboden.

Mühsam wendet sie sich zurück zum Herrn und nickt, während
der scharfe Geruch der Lauge ihr in der Nase brennt. Der Herr
wartet noch einen Moment, wie um sicherzugehen, dass sie keine
Widerworte übrig hat, dann wendet er sich um und geht hinaus.

Das erste Mal, dass sie sich die brennende Säure auf ihre Wunden
sprüht, ist sie sicher, dass sie diese Tortur nicht ertragen kann. Sie
hat sich mit dem eisigen Brunnenwasser zuerst sorgsam abgewa-
schen, und dabei festgestellt, dass die Gesamtheit der Schnitte
weniger schlimm ist, als sie es auf den ersten Blick angenommen

hat – wahrscheinlich hat der Herr recht, ohne weitere Behandlung würden die Wunden einfach zur Unkenntlichkeit verblassen. So wandern ihre Gedanken, während sie ihren Körper säubert und vorsichtig abtrocknet. Dann greift sie nach der Flasche mit ihrem scharf riechenden Inhalt und sprüht sich einen großen Schuss davon auf den nackten Arm.

Der Schmerz ist reißend, giftig, so als würde die scharfe Säure durch jeden einzelnen der Schnitte in ihr Inneres eindringen und sie bis auf die Knochen verätzen. Sie hatte vorgehabt, die Flüssigkeit in die Wunden einzureiben, so wie es der Herr gesagt hatte, aber um nichts in der Welt kann sie sich nun dazu bringen, diesen zerfressenen Arm auch noch mit ihrer bloßen Hand zu berühren. Stattdessen beißt sie die Zähne zusammen, sie bemüht sich, nicht auf ihren zerrissenen Körper zu schauen, und sprüht einen weiteren Strahl der Zitronensäure auf ihre nackte, zerschnittene Brust.

Es dauert sicher eine Stunde, bis sie es geschafft hat, ihren gesamten Körper mit der scharfen Säure zu behandeln. Nach der Hälfte der Prozedur ist sie schmerzverkrümmt zusammengesunken, nur um bei der Berührung ihres eigenen Fleisches einen neuen, spitzen Schmerzensschrei auszustoßen. Doch Spritzer für Spritzer, Glied für Glied hat sie es geschafft, bis schließlich ihr gesamter Körper, von den Fußrücken bis zur Kehle, vor saurem, brennendem Schmerz erbebt.

Sie zwingt sich, zu warten, so lange bis sie es schlichtweg nicht mehr aushalten kann, dann geht sie zu der Wasserpumpe hinüber, sie pumpt das eiserne Becken so voll sie es vermag, und wäscht sie die brennende Schicht wieder vom Körper herunter. Sie schüttelt sich, fröstelnd, nass und schmerzzitternd. Es ist geschafft, bis hin zum Abend, wenn sie die gleiche Prozedur erneut auf sich nehmen muss.

Als sie in die warme Halle zurückkehrt, vor Kälte und vor Schmerz gleichermaßen erbebend, fühlt sie ein sonderbares Glühen in ihrer Brust. Nach all der Demütigung, all der Qual, der freiwilligen wie der unfreiwilligen, spürt sie einen neuerwachten

Stolz in sich – Stolz darüber, dass sie den Auftrag des Herrn erfüllen konnte, dass sie ihren Körper über den Schmerz erhoben hat. Sie lacht stumm auf und fährt sich mit den Fingern der rechten Hand vorsichtig über den linken Arm. Sie meint schon jetzt spüren zu können, wie die Haut an den Rändern der Wunden aufquillt, zu einem dicken, schorfigen Narbenwulst. Sie schluckt. Der Gedanke an ihre narbige Haut müsste sie verzweifeln lassen, und doch lächelt sie, in der Befriedigung darüber, dass all das hier wirklich ihr eigenes Werk ist – eine Veränderung ihres Körpers, gewachsen aus ihrem Schmerz und ihrer eigenen Lust.

Tag für Tag, jeden Morgen und jeden Abend geht sie hinaus auf den Hof, um ihren Körper erneut mit der brennenden Lauge zu behandeln. Sie kratzt den frischen Schorf ab und zieht die Risse täglich aufs Neue auseinander, nur um die Narben noch ein wenig kräftiger werden zu lassen. Sie weiß, dass es einfacher wird, dass es irgendwann einmal, wenn die Wunden sich schließlich doch schließen, einfacher werden *muss*, aber in ihrer täglichen Routine kann sie nicht viel davon spüren. Tag für Tag ist es dieselbe Qual, der sie sich freiwillig unterwirft, um ihren Körper den Wünschen des Herrn entsprechend zu formen.

Du formst dich nicht nach seinen Wünschen, warnt eine leise Stimme in ihrem Hinterkopf. *Denk daran, was er zu deiner Fotze gesagt hat. Er will dich nicht formen, er will dich nur nach Belieben benutzen.* Sie hört nicht auf die Stimme, den Teufel in ihrem Kopf. Jetzt gerade verlangt der Herr von ihr, ihren Körper mit Narben zu überziehen, also tut sie eben das – nicht *für* ihn, sondern *wegen* ihm. Es gibt keine andere Wahl.

Als sie am frühen Nachmittag einmal prüfend mit den Fingern die Narben an ihren Schenkeln entlangfährt, spürt sie etwas Feuchtes, und als sie die Hand hebt, sieht sie Blut an ihren Fingerspitzen. Erschrocken fährt sie auf – wenn eine der Wunden wieder aufgegangen ist, muss sie mit ihrer Behandlung von vorne anfangen.

Doch dann sieht sie, dass es ihr Regelblut ist, das da zwischen ihren Schamhaaren klebt. Es ist schon beinahe ein Monat vergangen, seit sie in dieses Haus zurückgekehrt ist.

Starr blickt sie auf das Blut ihrer unfruchtbaren Gebärmutter, die weiter brav ihren Dienst tut, auch wenn ihre Eierstöcke doch schon längst unlöslich verklebt sind. Dann rafft sie sich auf: Es hat keinen Zweck, dem Unwiederbringlichen hinterherzutrauern.

Die Tür zur Küche ist offen, der Küchenjunge ist gerade mit den wöchentlichen Einkäufen angekommen. Schnell geht sie hinüber, um sich nach einem Lappen oder Tuch umzusehen, um sich und den Boden zu reinigen. Während sie durch die Küchentür huscht, hört sie die Stimme der Haushälterin, die den Jungen ungeduldig anherrscht.

»Ich hatte dir gesagt, dass wir neue Schwämme und Putztücher brauchen. Es ist nur noch eine Woche bis zur Hochzeit, und bis dahin muss das Haus blitzblank aussehen. Du kannst dich gleich wieder auf den Weg hinunter machen – und bring auch frische Bettlaken mit!«

Folgsam eilt der Junge wieder hinaus, vorbei an der nackten Gestalt, die regungslos im Kücheneingang steht und immer noch auf die verklungenen Worte lauscht.

Nun hat auch die Haushälterin sie bemerkt und schüttelt unwillig den Kopf. »Was willst du hier? Steh nicht so in der Tür herum.«

Stumm weist sie auf ihren Unterleib und auf die blutige Spur an ihren Schenkeln. Ihre Bewegungen sind mechanisch, während sie in Gedanken noch ganz bei den Worten der Haushälterin ist. *Hochzeit* – alleine das Wort erscheint im Umfeld dieses Hauses wie eine Travestie.

Ungeduldig sucht die Haushälterin ein sauberes Leinentuch heraus und streckt es ihr entgegen. »Mach auch draußen sauber, hörst du?«

Ohne zu reagieren, geht sie hinaus, den Lappen zwischen ihre unfruchtbaren Schenkel gepresst. Sie spürt Übelkeit in ihrer Kehle aufsteigen. Müde, mit wehen Gliedern verzieht sie sich in die letzte

Ecke des Saals, hinter die große Treppe, dorthin wo sie keinen Menschen mehr sehen muss.

Sie denkt darüber nach, was das, was sie gerade gehört hat, bedeuten mag. Die Vorbereitungen für eine Hochzeitsfeier wären das Letzte, was sie in diesem absurden Haushalt zu finden erwartet hätte. Wenn einer der Diener oder die Haushälterin heiraten wollten, so wäre dafür kaum ein größeres Fest geplant. Und wenn der Herr selbst …

Sie weiß, es ist nicht möglich, dass der Herr an *ihr* ein solches Interesse zeigen würde. Und selbst wenn, was würde ihn dazu bringen, anzunehmen, dass sie ihn *heiraten* wollte? Der Gedanke alleine scheint absurd.

Aber wenn es nicht sie ist – und natürlich ist es nicht sie – was würde es dann bedeuten, wenn der Herr sich eine Frau nähme, eine Herrin des Haushaltes, ein neues Spielzeug, das ihm zu Diensten steht? Hieße das, dass sie selbst dann nicht mehr erwünscht wäre – dass sie gehen müsste?

Es ist absurd, wie sehr der Gedanke in ihrer geschundenen Brust brennt.

Am nächsten Tag schickt der Herr Lorenz, um sie zu sich bringen zu lassen. Es ist noch früher Vormittag und sie hat ihren Körper gerade erst mit der Zitronensäure behandelt. Die Wunden sind mittlerweile fast völlig vernarbt: Statt mit blutigen Schnitten ist ihr gesamter Körper nun mit dicken, wulstigen Erhebungen bedeckt.

Lorenz befiehlt ihr, ihm zu folgen, und ohne sich nach ihr umzusehen, geht er die hohe Treppe hinauf. Sie schaudert, als sie den nackten Fuß auf den Treppenabsatz setzt – seit sie zurückkam, hat sie diese Treppe nicht mehr betreten dürfen. Oben wendet sich Lorenz in den Gang nach rechts und stumm geht sie ihm hinterher, bis zu dem letzten Zimmer am Kopfende des Ganges. Vor der geöffneten Tür bleibt Lorenz stehen und weist sie mit einer Geste an, hineinzugehen.

Der Raum ist ein Arbeitszimmer, mit hohen Bücherwänden an den Wänden und einem großen, intarsienverzierten Schreibtisch in der Mitte. An dem Schreibtisch sitzt der Herr und blickt konzentriert zur Seite des Raumes. Dort, links von ihr, steht ein älterer Mann, den sie in diesem Haus noch nie gesehen hat vor einer Staffelei und malt. Sie kann auf seiner Leinwand zwei Gesichter erkennen: das des Herrn und ein anderes, weibliches mit zarten Gesichtszügen.

Beim Klang ihrer Schritte wendet sich der Maler um, und als er ihre bloße, vernarbte Gestalt im Türrahmen sieht, verzieht sich sein Gesicht zu einer schockierten Maske. Nun blickt auch der Herr zu ihr herüber. Ohne sich um die Bestürzung des Malers zu kümmern, winkt er sie zu sich, bis sie direkt vor den Männern steht, den geschundenen Leib offen zur Schau gestellt.

Mit durchdringendem Blick mustert der Herr ihren vernarbten Körper von oben bis unten. Das Ergebnis scheint ihm zu gefallen, denn er schenkt ihr ein schmales Lächeln. »Du hast meine Anweisungen befolgt.«

Sie nickt. Die leichte Anerkennung, die in seinen Worten mitschwingt, lässt ihr Herz heftiger pochen.

Der fremde Maler weiß nicht, wo er vor Verlegenheit hinschauen soll.

Am Rand des Schreibtischs, vor dem Herrn, liegt in einer schmalen Holzbox ein Skalpell, ähnlich dem, das der Herr für ihre Schnitte verwendet hat. Der Herr nimmt das hölzerne Kästchen in die Hand, dann winkt er sie zu sich, hinter den Schreibtisch zu kommen. Als sie sich gewohnheitsmäßig vor ihm hinkniet, lächelt er und legt ihr das Kästchen in den Schoß. »Den nächsten Schritt wirst du alleine tun. Du wirst dir mein Zeichen in den Leib ritzen – genau hier.« Seine Finger zeichnen einen Kreis auf ihre linke Hüfte.

Sie schluckt. Verwirrt denkt sie an die Pläne, die sie am Tag zuvor in der Küche gefunden hat. Ein Teil von ihr hat erwartet, dass der Herr sie hierher gerufen hat, um ihr etwas mitzuteilen – dass er sie wegschicken würde, oder vielleicht etwas anderes.

Regungslos sieht der Herr sie an. »Hast du verstanden, was ich von dir erwarte?«

Sie nickt hastig und greift nach dem Skalpell. Natürlich weiß sie, welches Zeichen er meint – die dornenumkränzte Rose, das Familienwappen, das an so vielen Stellen im Haus zu finden ist. Auch sie soll dieses Wappen nun also auf dem Leib tragen, so als wäre sie selbst nicht mehr als ein beliebiger Haushaltsgegenstand. Die Vorstellung jagt ihr einen Schauer über den Leib.

»Der werte Meister dort drüben wird dir seine Skizze als Muster geben.« Damit weist der Herr zu dem immer noch wie erstarrt dastehenden Maler hinüber.

Sie will antworten, dass sie das Wappen genau genug kennt, dass sie Stunden verbracht hat, die Schnitzereien in der Halle zu betrachten, doch im Blick des Herrn sieht sie ein Funkeln, das Warnung und Herausforderung auf einmal in sich trägt. So nickt sie noch einmal, dann steht sie auf und geht zu dem Mann hinüber. Erst als sie direkt vor dem Maler steht, reißt er sich mühsam aus seiner Erstarrung, er greift nach einem Hocker auf der Seite und reicht ihr einen Bogen festen Papiers, auf den mit Bleistift mehrere Skizzen gezeichnet sind.

Stumm nimmt sie das Blatt entgegen und hält die Zeichnung ins Licht, um die zarten Linien betrachten zu können. Es ist eine Skizze für die beiden Porträts, die sie auf der Staffelei des Malers gesehen hat. Das Familienwappen, die Vorlage für ihre eigene Schnitzerei, ist oben auf dem Blatt groß und klar zu erkennen, und rechts und links darunter sind zwei gezeichnete Porträtbilder zu sehen. Rechts sieht sie das Bild des Herrn, hart und unnahbar selbst in der einfachen Zeichnung, und links die Skizze einer jungen Frau, dem Bild nach ein halbes Mädchen, mit großen Augen und gelocktem, engelsgleichem Haar.

Unsicher blickt sie hinüber zum Herrn, der sie immer noch regungslos mustert. Ihre Augen wandern zu seinem Porträt, und zu dem jungen Mädchen, das dort an seiner Seite steht, in einer Position, die sie selbst niemals einnehmen könnte. Dann blickt sie wieder zurück zu dem sorgsam skizzierten Wappenbild.

Sie begreift es nun. Zum ersten Mal seit ihrer Rückkehr in das düstere Haus, zum ersten Mal, seit sie dem Herrn begegnet ist, gesteht sie es sich mit gläserner Klarheit ein: Sie ist nicht die Seine, wird niemals die Seine sein. Für den Herrn ist sie keine Person, sondern ein Etwas, ein Spielobjekt, mit dem er sich die Zeit vertreibt. Sie ist nicht *die Seine*, sondern *sein*.

Sie seufzt auf, so leise, dass sie es selbst kaum hören kann. Ihre linke Hand wandert zu ihrer Hüfte und legt sich weit ausgefächert auf ihre Seite, über den Bereich, den der Herr bezeichnet hat. Mit gläserner Klarheit sieht sie ihre Lage vor sich, sie sieht, wie wenig sie dem Herrn bedeutet, und immer bedeuten wird. Es macht keinen Unterschied. Sie wird ihm zu Diensten sein, sie wird sich entstellen, verformen, ganz wie er es verlangt – nicht *für* ihn, sondern *wegen* ihm.

Noch einmal blickt sie fragend zum Herrn hinüber. Er beantwortet ihren Blick mit einem Nicken. »Tu es hier. Jetzt gleich.«

Sie hört, wie der Maler hinter ihr scharf die Luft einzieht, als sie sich nun daranmacht, das Messer aus der Schachtel zu nehmen. Sie will Bedauern für ihn fühlen, doch schon stellt sie fest, wie sich ihre Scham verwandelt, in jenes unkontrollierte Gefühl, das ihr längst allzu sehr zur Gewohnheit geworden ist. So legt sie nun den Bogen Papier vor sich auf den Tisch, sodass sie das V mit der umkränzten Rose gut erkennen kann, genauso wie das stolze Paar, das darunter abgebildet ist. Dann nimmt sie das Messer in die rechte Hand, sie beugt sich zu ihrer Hüfte hinunter und setzt die scharfe Klinge an ihre Haut auf.

Nicht die Seine, sondern sein.

In ihre eigene Haut zu schneiden ist leichter, als sie es erwartet hätte. Das Skalpell ist scharf, wie durch Butter schneidet es durch ihr zartes Fleisch. Sie spürt ein Hochgefühl, als sie den ersten Tropfen roten Blutes sieht, der aus dem Schnitt hervorquillt und ihre Seite herunterrinnt. Es sieht aus wie der erste Safttropfen einer überreifen Frucht.

Sein Geschöpf. Sein Spielobjekt.

Vorsichtig schneidet sie Schnitt um Schnitt in ihr eigenes Fleisch, sie führt die Linien der Blütenblätter nach, die sie auf dem Papier vor sich sieht, ritzt die Dornen mit kurzen, harten Bewegungen ein. Sie spürt den Schmerz, spürt jeden einzelnen Schnitt in ihrer Haut. Sie fühlt das Brennen der scharfen Klinge in ihrem Fleisch, und doch fährt sie mit dem Skalpell weiter, fährt Linie um Linie nach, bis es schwer wird, in dem Rot ihres eigenen Blutes noch ihr Schnitzwerk zu sehen. Der metallene Geruch sticht in ihre Nase und lässt sie schwindelig werden. Sie kann die Augen des Herrn spüren, seinen Blick, der sie gierig betastet, doch sie wagt es nicht, zu ihm aufzublicken – wagt es nicht, den Zauber ihrer eigenen Verstümmelung zu durchbrechen. Stattdessen macht sie weiter, Schnitt um Schnitt in ihre blutig rote Haut. Nur hin und wieder wischt sie ungeduldig das Blut zur Seite, um weiter zeichnen zu können, blutrote, brennende Linien auf weißem Fleisch.

Gezeichnet als sein Eigentum. Nicht sie, nurmehr es.

Der Maler ist hinausgestürzt, lange bevor sie mit ihrem Werk fertig ist. Am Ende fühlt es sich an, als würde sie nur noch raten, als würde sie blind in ihrem eigenen blutigen Fleisch herumschneiden – aber irgendwie weiß sie doch immer noch genau, was sie tut. Sie hat die langen Striche des dornenumkränzten Vs eingeschnitten, ohne sich Gedanken zu machen, ohne sich zu fragen, wofür der Buchstabe stehen mag, den sie sich in die Haut hineinritzt. Sie hat Blütenblätter gezeichnet, in den Farben ihres eigenen Bluts und ohne ihren Pinselstrich sehen zu können.

Und dann, nach Minuten, Stunden der Arbeit, ist das Werk schließlich vollendet.

Müde richtet das nackte Geschöpf sich auf, das blutverschmierte Messer in der Hand, als wüsste es nicht, wie es daran gekommen ist. Seine linke Seite schmerzt, brennt in höllischer Pein, aber es kümmert sich nicht darum. Es weiß, der Schmerz wird noch viel schlimmer werden, heute Abend, wenn es hinaus in den Hof geht und die frische Wunde mit Zitronensäure und Seife einreibt.

In unverständigem Staunen betrachtet es das Skalpell, von dem einzelne Blutstropfen auf den Boden fallen. Es blickt auf und sieht

den Herrn an. Der Blick seiner grauen Augen ist undurchdringlich.
Mit einem erschöpften Seufzer nickt es, dann legt es das blutige
Messer vor ihm auf dem Schreibtisch ab, es dreht sich um und
geht hinaus.

Dritter Teil: Das Fest

Fünf Tage sind seit der blutigen Schnitzarbeit vergangen, als der Herr es das nächste Mal zu sich in die Eingangshalle rufen lässt. Es war im Hof gerade dabei, die Säuremischung seines morgendlichen Rituals abzuwaschen, und so hinterlässt es eine Spur feuchter Tropfen auf dem Saalboden.

Der Herr ist nicht alleine in der Halle. Schon seit einigen Tagen sind eine Reihe von Handwerkern und Putzfrauen damit beschäftigt, den großen Saal auf Vordermann zu bringen: Sie haben neue Vorhänge aufgehängt, Stehtische aufgestellt, und verschiedene Sitzgelegenheiten herbeigebracht, um sie dem großen Saal zu verteilen. Oben auf der Balustrade sind zwei Frauen damit beschäftigt, das hölzerne Geländer zu polieren, und in der Mitte der Halle steht eine große Leiter, auf der ein Helfer damit beschäftigt ist, die Glühbirnen im großen Kronleuchter auszutauschen. Wofür dieser Aufwand betrieben wird, hat ihm niemand gesagt, doch es erinnert sich noch gut genug an das, was es vor einigen Tagen in der Küche mit angehört hat.

Keiner der Menschen beachtet das entblößte Wesen und es fragt sich, was der Herr den fremden Arbeitskräften wohl über es gesagt haben mag.

Der Herr steht am Rande der Halle, direkt vor der großen Treppe und bedeutet dem nackten Geschöpf, zu ihm zu kommen. Als es mit gesenktem Kopf vor ihm steht, beugt er sich vor und streicht mit den Fingerspitzen über die halbverheilte Narbenschnitzerei.

Auch wenn der leise Druck seiner Finger nichts ist gegen die Säure, die es erst vor wenigen Minuten über die Wunde gerieben hat, so zuckt es doch zusammen – zu ungewohnt ist die Berührung des Herrn.

Es weiß, dass es seine Sache gut gemacht hat. Die Schnitte sind dabei, sauber zu verheilen: In dicken Narben formt sich das Muster des Wappens klar und deutlich auf seiner Hüfte. Die Striche des Vs sind fest und gerade geraten, prachtvoll erstrahlt die dornenumkränzte Rose in den Narben seines Fleischs.

Der Herr lächelt zufrieden. Markiert mit seinem Zeichen, nicht als *die Seine*, sondern als *sein*.

»Knie dich hin«, sagt der Herr, und folgsam lässt es sich vor ihm auf die Knie sinken. Den Kopf gesenkt, die Arme vor dem bloßen Leib verschränkt, kniet es vor dem Herrn und erwartet seine Befehle.

Der Herr nickt zur Seite herüber und schon kommt Lorenz zu ihnen. Er muss am Rand des Saals gestanden und stumm auf das Zeichen gewartet haben.

Lorenz tritt neben den Herrn, und es sieht, dass er etwas Seltsames in den Händen hält – es sieht aus wie ein dicker Helm aus schwarzem Leder. Der Herr nickt auffordernd. Mühsam fingert Lorenz an dem schwarzen Bündel herum, und nun kann es erkennen, dass sich der Helm zu einer Maske öffnet, die Lorenz ihm um den Kopf schnallen will. Es kann Lederpolster sehen, mehrere metallene Ösen an den Seiten des Lederhelms und das vertraute Glänzen eines Schnappschlosses, dann ist Lorenz schon bei ihm. Er zieht ihm die dunkle Öffnung der Maske über den Kopf und mit einem Mal versinkt die Welt im Dunkel.

Für einen Augenblick spürt es Panik in seinem Innern aufsteigen, und das Pochen seines verkrampften Herzens hämmert in seinen Brüsten. Das Leder um seinen Kopf ist anschmiegsam, aber fest und undurchdringlich. Kein Lichtblick dringt durch den Lederstoff zu seinen Augen, kein Lufthauch gelangt in seine Nase. Nur vor dem Mund hat die Maske eine Öffnung, gerade groß genug, dass es durch das Loch einen gierigen Atemzug in seine Lungen saugen kann. Die Luft schmeckt nach Leder und Metall. Vorsichtig streckt es die Zunge heraus und spürt zwei kalte Eisenstäbe, die die Mundöffnung verschließen.

Hinten an seinem Nacken zieht jemand an der Maske. Es muss Lorenz sein, der um es herumgegangen ist und die Ledermaske nun von hinten schließt. In dem stumpfen Druck an seinem Hinterkopf kann es spüren, wie er Schnalle um Schnalle zuzieht, wie er den ledernen Helm mit jedem Zug weiter um seinen Kopf verschweißt. Nun zieht er an den langen Haaren, die hinten aus der Maske herausschauen, er dreht die Haare zu einem Zopf und schiebt den Zopf grob unter das enge Leder. Die letzte Schnalle schließt sich, es kann spüren, wie die Haube über seinem nackten Hals festgezurrt wird. Dann ein scharfes Klicken, mehr zu spüren als zu hören: Das Schloss an seinem Nacken ist eingeschnappt, die Ledermaske ist fest um seinen zitternden Kopf verschlossen.

»Steh auf.«

Die Stimme des Herrn ist dunkel, dumpf, aber doch gut zu verstehen. Mühsam richtet es sich nach vorne, es stemmt sich auf seine Hände, um schließlich mit zitternden Beinen aufzustehen. Wenn sein Kopf auch von dem Leder eingezwängt ist, so ist sein ganzer restlicher Körper doch frei und scheint nun mehr als zuvor von der Umgebung mitzubekommen. Mit neuer Empfindsamkeit spürt es die Haare auf seinen Armen, es fühlt den Wind der gerade geöffneten Eingangstür, der über seine nackten Brüste streicht, und es spürt den pochenden Schmerz der großen Narbe an seiner Hüfte. Aber zugleich scheint es, als sei ihm ein großer Teil seiner Wahrnehmung genommen: Es steht erst zwei Sekunden aufrecht, da hat es bereits das Gefühl, dass sein Gleichgewichtssinn es im Stich gelassen hat, es spürt seine Beine schwanken und hat Angst, zu fallen.

Es kann die Schritte des Herrn hören, vielleicht fühlt es seinen Gang auch durch den Boden hindurch, und es spürt, dass der Herr es in engem Bogen umkreist. Es stellt sich vor, wie er es von allen Seiten betrachtet, wie er nickt, zufrieden mit seiner neuesten Modulierung. Dann hört es seine Stimme, dumpf und nicht an es gerichtet:

»Gut so. Bring sie drüben zum Stuhl.«

Eine Hand – Lorenz' Hand – umgreift seinen rechten Arm, und folgsam lässt es sich von ihm führen, durch den großen Raum mit seiner unsteten Geschäftigkeit hindurch. Es fühlt den kalten, glatten Marmorboden unter seinen Füßen, so intensiv, wie es ihn noch nie bemerkt hat, es fühlt die Haare auf Lorenz' Hand, und es fühlt seine eigene Erregung, hervorgelockt durch diese neue, unerwartete Gefangenschaft, durch seine Blindheit und seine allumfassende Hilflosigkeit.

Lorenz hält in seinem Schritt inne, und ehe es noch dem Impuls seines Führers folgen kann, stößt sein Bein schon schmerzhaft gegen ein unerwartetes Hindernis. Lorenz dreht es ungeduldig herum, dann drückt er es an den Schultern hinunter, sodass es keine Wahl hat, als sich auf das unsichtbaren Etwas niederzulassen.

Es ist so etwas wie ein Stuhl, auf dem es nun zu sitzen kommt, auch wenn etwas an der Sitzfläche ihm sonderbar vorkommt. Lorenz drückt seine Beine auseinander, hinüber zu den V-förmig auseinandergehenden Sitzflächen, und nun erkennt es das hölzerne Gerät: Es ist der schwarze Stuhl aus seinem alten Raum, ebender Stuhl, auf dem es saß, als der Herr es zum ersten Mal mit Belladonna-Extrakt bestraft hat. Es schluckt. Die Erinnerung an jenen Abend vor so langer Zeit lässt es immer noch erschauern.

Aber Lorenz zeigt wenig Geduld. Mit festen Bewegungen drückt er die nackten Beine an die Beinschienen und schnallt sie fest. Dann zieht er ihm die Arme auseinander, hin zu den breiten Brettern, die nach rechts und links vom Stuhl fortgehen, und schnallt auch die Handgelenke an das Holz. Eine letzte Schnalle geht um den Oberkörper, um auch hier das nackte Fleisch direkt unter den Brüsten an der Lehne des Stuhls zu befestigen. In der dicken Maske kann es seinen Kopf nicht nach hinten an das Holz anlehnen, und so lässt diese letzte Schnalle es in einer unangenehmen Stellung zurück, den Nacken in einem seltsamen Winkel nach vorne gebeugt. Es kann nichts dagegen machen. Selbst wenn der Herr irgendwo dort draußen ist, so ist es doch nicht sicher, ob es in dieser festen Bandage irgendeinen verständlichen Ton von sich geben könnte. Noch einmal fährt es mit der Zunge an der Mundöffnung seines Käfigs entlang, wie um auszutesten, wie viel Freiheit ihm in dieser Maske überhaupt noch bleibt.

Lorenz ist fortgegangen, oder zumindest kann es von dem Diener nun nichts mehr hören oder fühlen. Es dringen Laute durch die Maske herein, doch die Geräusche sind so gedämpft und so vielfältig, dass es unmöglich feststellen kann, ob sie von dem Herrn, von Lorenz, oder von einem der unsichtbaren Arbeiter dort draußen stammen. Angestrengt lauscht es nach den Schritten des Herrn, nach dem Rollen des Tischchens mit den Gerätschaften, vielleicht sogar nach dem klirrenden Laut, wenn der Herr die Kanüle von Luftbläschen befreit. Ist das der Grund, dass der Herr es hier in der Halle festbinden lassen hat – eine neue Welle des Schmerzes, als Belohnung für das Zeichen auf seiner Seite? Oder soll es nun einfach hier sitzen bleiben, stumm, blind, eine weitere seltsame Zierde für die neu herausgeputzte Eingangshalle?

Es vergehen endlose Minuten, ehe es seine Oberschenkel entkrampft und nicht mehr jede Sekunde in Erwartung der spitzen Kanüle zusammenzuckt, und noch viel länger, ehe sich sein stockender Atem langsam beruhigt. Es kann alleine durch den Mund ein- und ausatmen, und so wird sein Gaumen schnell trocken. Es ist anstrengend, die Lippen stets aufs Neue mit der Zunge zu befeuchten. Es denkt nun wieder rational genug, um sich zu ärgern, dass es draußen an der Pumpe nicht mehr getrunken hat – wer weiß, wie lange es nun hier, in dieser Haltung ohne Wasser auskommen muss? Da kommt ihm ein anderer Gedanke: Solange es hier sitzt und nichts zu trinken bekommt, wird es auch keine Möglichkeit haben, auf die Toilette zu gehen. Mit einem Mal ist es dankbar über den trockenen Mund. Es wäre dem Herrn nur zu gut zuzutrauen, dass er es hier angebunden sitzen lässt, während es vor aller Augen seine Blase entleert.

Die Zeit vergeht langsam und stockend. Die emsigen Arbeiten um es herum, die Stimmen, die von außen hereindringen, werden weniger und verklingen schließlich eine nach der anderen. Es sitzt alleine in der großen Halle, oder zumindest hat es den Eindruck. Es kann nicht sagen, was der Herr mit ihm vorhat – nach den Geschehnissen der letzten Tage versucht es nicht einmal mehr abzuschätzen, in welche Richtung sich sein Leben in diesem Haushalt nun entwickeln soll. Doch das ist gleichgültig: Es hat aufgehört, sich über diese Art Fragen Gedanken zu machen.

Wenn es zu Beginn der Wartezeit noch ungeduldig und verkrampft war, so hat es sich mittlerweile in seine Lage hineingefunden. Im Dunkeln zu warten, ohne einen Sinnesreiz zu erhalten und ohne zu wissen, was das Ziel dieses Wartens ist, das ist etwas, was es während seiner ersten Wochen in diesem Haus zu genüge gelernt hat. Nur ab und zu dreht es seine Füße hin und her, es öffnet und schließt die Finger, um sicherzugehen, dass die festgeschnallten Gliedmaßen noch durchblutet sind.

Sein Gefühl sagt ihm, dass es später Nachmittag geworden ist. Es kann unter seiner Maske keinen Lichtschimmer erkennen, aber es hat das Gefühl, dass draußen das Licht in der Halle zu dämmern beginnt, dass sich der Tag einem düsteren Oktoberabend nähert. Vielleicht auch bereits einem Novemberabend – es hat die genaue Übersicht über die Tage verloren. Was zählen Tage und Daten für etwas, das nicht einmal mehr ein eigenes Ich besitzt?

Es muss eingeschlafen sein. Als es aufschreckt, immer noch blind und unfähig, sich zu bewegen, hat sich etwas in der offenen Halle geändert – es ist nicht mehr alleine.

Auch wenn sein Hörsinn ihm unfähiger vorkommt als zuvor, kann es doch spüren, dass der Saal nun von Menschen bevölkert ist. Es spürt den Tritt fremder Füße, es hört das leise Raunen von Stimmen, die sich unterhalten, gedämpft, wie auf einer gehobenen Abendveranstaltung. Irgendwo ertönt Musik und es fühlt den Klang harter Basstöne, die die Ledermaske durchdringen. Auch wenn es die Melodie des Stücks nicht genau erkennen kann, kommt ihm der Rhythmus doch seltsam vertraut vor, so als würde das Lied nur für es selbst erklingen.

Die Menschen im Saal scheinen von Minute zu Minute mehr zu werden. Ein Paar klackernder Abendschuhe geht wenige Schritte entfernt an seinem Stuhl vorbei, so nah, dass es den Luftzug der fremden Gestalt auf seiner bloßen Haut spüren kann. Die Bewegung lässt ihm voll und ganz bewusst werden, wie es hier zur Schau gestellt wird: nackt, festgekettet, die Beine in einem obszönen Winkel auseinandergespreizt, als würde es nur auf den Ersten warten, der seine exponierte Stellung ausnutzen will. Mit einem Mal beginnt es sich zu fragen, um was für eine Art von Veranstaltung es sich handeln mag. Wer sind diese Menschen, die dort frei durch den Saal streifen, als Gäste des Herrn und Komplizen seiner Passionen? Sind sie bis auf ihre Schuhe womöglich ebenso nackt und bloß wie es selbst es ist? Ob sie es wohl beobachten, und nur auf ein Zeichen, auf die richtige Laune warten, um sich an dem offen präsentierten Körper zu vergehen? Oder sind sie allesamt sittsam gekleidet, bereit für eine gepflegte Abendgesellschaft, und der Herr hat ihnen nur aus reiner Lust und Laune dieses Schauspiel vorgesetzt? Was auch immer es in dieser Umgebung darstellen mag, es fühlt, wie seine bloßen, gespreizten Schenkel heiß werden und es fragt sich, ob wohl jemand der Gäste seine Erregung erkennen mag.

Ein neues Paar Schritte löst sich aus der anonymen Masse, um sich dem Stuhl zu nähern, und der Klang dieser Schritte hört sich anders an: Es ist ein helles Geklacker, noch unsicher in der fremden Umgebung, und doch so bestimmt, als würde ihm der gesamte Raum gehören. Die fremden Schritte kommen näher, dann stocken sie, vielleicht einen Meter von dem Stuhl entfernt, um sich schließlich vorsichtig, Schritt für Schritt, dem festgebundenen Wesen zu nähern.

Laut und drängend pocht das Herz in seinem Busen. Es kann den Atem der unbekannten Gestalt vor sich spüren, aufgeregt und doch gefasst. Eine kurze Ruhepause, dann streicht eine kühle Hand über seine entblößte Brust. Unwillkürlich will es zusammenzucken, aber dafür ist es zu fest angebunden. So muss es fühlen, wie die Fremde mit ihren zarten Fingern über seinen Oberkörper streift, wie sie die Narben auf seinen Brüsten und an seiner Seite eine nach der anderen sorgsam nachfährt. Es spürt, wie die scharfen Fingernägel über die eingeritzte Rose an seiner Seite streichen, hinüber zu seinem Schoß, der angefangen hat, im Einklang mit seinem Herzschlag zu pochen, und es schaudert in seiner uneingeschränkten Blöße.

Ein anderes Paar Schritte nähert sich, ein männliches, allzu bekanntes, und erleichtert seufzt es auf. Was immer das Erscheinen des Herrn für Drohungen bergen mag, im Moment scheint ihm alles lieber, als weiter mit dieser Unbekannten alleine zu sein.

»Gefällt sie dir?«, fragt der Herr in ungewohntem, beinahe zärtlichem Tonfall.

Die fremde Frau schrickt in ihrer Bewegung auf wie eine ertappte Sünderin.

Der Herr lacht leise. »Du kannst sie haben, wenn du es willst. Ich überlasse sie dir als Hochzeitsgeschenk.«

Immer noch ist kein Laut von der Unbekannten zu hören. Es stellt sich vor, wie die Frau zweifelnd von ihm zum Herrn hinüberschaut, unsicher, ob sein Angebot ernst gemeint ist. Noch einmal streifen ihre Finger über die vernarbte Haut, diesmal an seinem Schlüsselbein entlang, direkt unter dem Ansatz der schwarzen Maske.

»Ist sie freiwillig hier, bei dir?«, fragt die junge Frau zögernd. Sie hat eine hohe, klingende Stimme, eher ein Knabensopran als die Stimme einer erwachsenen Frau.

»Ja, das ist sie«, antwortet der Herr. »Wenn sie es wollte, dann könnte sie jederzeit von hier fortgehen. Aber keine Sorge, mein Engel, das wird sie nicht tun.«

»Woher weißt du das?«

Er kommt noch einen Schritt näher an den Stuhl heran, so nahe, dass es die Beine seiner Hose an seinem Oberschenkel spüren kann. Die Hand des Herrn greift nach seiner feuchten Öffnung und gräbt sich in die Schamhaare.

»Sie wird nicht mehr aus freien Stücken von hier weggehen«, sagt er langsam, die Worte ebenso an es selbst wie an seine junge Frau gerichtet. »Siehst du, sie könnte es nicht ertragen, wenn sie nicht mehr Tag für Tag gegen ihren Willen feucht werden würde.«

Es spürt, wie seine Wangen unter der Maske dunkelrot aufflammen, aber der Schauer, der seinen Unterleib durchfährt, gibt den ruhigen Worten recht. Noch einen Moment lässt der Herr die Finger in seinem Schoß vergraben, dann lässt er es los und tritt einen Schritt zurück.

Die Finger der jungen Frau fahren weiter zärtlich über seinen Oberkörper, an seiner bloßen Kehle entlang und über seine Brüste. Sie beugt sich zu ihm herunter, sodass ihr Mund dort ist, wo unter der Maske seine Ohren liegen. »Ist das wahr?«, fragt sie mit durch das Leder gedämpfter Stimme. Ihre Fingernägel fahren zu den entblößten Brustwarzen, und mit scharfer Präzision graben sich die Nägel in das ungeschützte Fleisch. »Wirst du von nun an mir gehören?«

»Du darfst nicken, um Claire zu antworten«, sagt der Herr ungerührt.

Noch einmal zwicken die Fingernägel der fremden Frau in seine Brustwarzen, fest und beißend, so lange, bis ein schmerzliches Stöhnen aus dem Mundloch der Maske herausdringt.

»Nun? Bist du mein?«, fragt Claire geduldig.

Es nickt.

Claire will ihr neues Spielzeug auf der Party präsentieren, und so ruft der Herr nach Lorenz, um es von seinem Stuhl loszuschnallen. Es spürt, wie Lorenz ein Band durch eine der Ösen am Hals der Maske zieht, und mit einem silberhellen Lachen nimmt Claire die

Leine entgegen. Nun wird es von der neuen Hausherrin an seiner Maske durch den Raum geführt, blind und stumm, nur durch einige schwache Geräusche mit der Außenwelt verbunden. Im gedämpften Gemurmel der Besucherschaft ist Claires Lachen der einzige Klang, der hell und ungebrochen durch das dicke Leder dringt, fröhlich wie das Zwitschern eines Vogels und scharf wie ihre Fingernägel.

Claire führt ihr Geschenk hierhin und dorthin, durch die verschiedenen mit Menschen angefüllten Räume des Hauses, bis es jede Orientierung verloren hat. Die ferne Musik wird lauter, und nun kann es die Melodie erkennen: Es ist *Das Aquarium*, ebendasselbe Lied, das damals, an seinem ersten Abend in diesem Haus erklungen ist – nur ist es heute nicht die tröpfelnde Orchesterversion des Stückes, sondern eine Techno-Version, die den Raum mit ihrem harten Bass durchdringt. Es kann das Lied durch seine Glieder hindurch spüren, durch die nackten Füße auf dem Marmorboden und durch die Leine, an der Claire es mit sich mitzieht, so als würde die Musik von seiner neuen Besitzerin selbst ausstrahlen.

Irgendwann setzt Claire sich zu den anderen Besuchern nieder, sie hält die Leine kurz und lässt ihr Spielzeug neben sich auf dem Boden knien. Sie schiebt ihm kleine Leckereien durch die Mundschlitze, Schokoladenplätzchen und Kokostörtchen, die auf den Tischen im Raum zu stehen scheinen. Claire fragt nicht, ob es Kokos mag, und so kann es ihr nicht anzeigen, dass ihm von den süßen Streuseln übel wird. Es nimmt die Leckereien stumm an und es spürt, wie Claires Finger sanft über seine Lippen streifen.

Als es später wird, machen Claire und der Herr sich daran, ihre Gäste einen nach dem anderen zu verabschieden. Die ganze Zeit über lässt Claire ihr Spielzeug nicht von ihrer Seite, und folgsam folgt es dem Zug ihrer Hand, immer einen Schritt hinter seiner Besitzerin. Schließlich machen Claire und der Herr sich gemeinsam auf den Weg in ihre Gemächer, durch die offene Halle hindurch und die Treppe hinauf, und immer noch folgt es Claire in bedingungslosem Gehorsam. Es fragt sich, ob der Herr wohl einverstanden mit seiner Anwesenheit ist, ob er wirklich erwartet hatte, dass Claire ihr neues Geschenk so fest ins Herz schließen würde. Aber wenn er etwas dagegen hat, so spricht er es zumindest nicht offen aus.

Stumm folgt es den beiden über die Treppe nach oben, nach rechts durch den langen Gang hindurch, bis der Herr eine Tür öffnet und Claire ihr Geschenk über die Türschwelle in ein Zimmer zieht.

Hier führt Claire es links bis an die Wand des Raums und mit vorsichtigem aber bestimmtem Druck zwingt sie es auf die Knie. Gewohnheitsmäßig will es sich auf dem Boden hinkauern, auf seinen Unterschenkeln und Füßen sitzend, aber das ist es nicht, was Claire will.

»Du sollst dich aufrichten«, sagt Claire und zieht es an dem Band wieder nach oben.

Fügsam folgt es dem Zug, bis es aufgerichtet auf seinen Knien balanciert.

»So ist es gut.«

Vorsichtig zieht Claire das Band aus der Öse der Maske heraus. Dann schiebt sie seinen Kopf in der Ledermaske an die Wand hinüber, und mit einem metallenen Klicken schließt sich ein Schloss um eine der Ösen an der Maske.

Versuchshalber versucht es, den Kopf von der Wand fortzuziehen, aber die Maske ist festgeschlossen. Mit kaum einer Handbreit Spiel ist sein Kopf fest auf gerade dieser Höhe an der Zimmerwand fixiert.

Es hört, wie Claire in die Hände klatscht, dann spürt es den scharfen Druck ihrer Fingernägel, der noch einmal an ihrem Schlüsselbein entlangfährt. »Genau hier wirst du bleiben, nicht wahr?«, fragt Claire leise. Sie lacht noch einmal zufrieden.

»Claire, bist du nun fertig?«, tönt da die Stimme des Herrn von der anderen Seite durch das Zimmer. Es kann hören, dass seine Stimme gereizt klingt.

»Natürlich, ich komme«, beeilt sich Claire zu sagen, und mit einem Mal ist aller Übermut aus ihrer Stimme geschwunden. Ein hastiges Rascheln verrät, dass sie sich aufrichtet und zu ihrem Gemahl hinübergeht.

»Zieh dich aus«, sagt der Herr zu Claire.

Aus seiner knienden Position heraus spürt es einen Schauer, diese Worte aus dem Mund des Herrn zu hören – ebendie Worte, die er zu ihm selbst gesagt hatte, einst, als es noch sie war und Linda hieß. Auch heute klingt die Stimme des Herrn hart, unnachgiebig und unbeugsam, aber da ist noch ein anderer Klang in seiner Stimme – eine unbekannte Zuneigung, die es nie von ihm gehört hat. Unter seiner dicken Maske beißt es sich auf die Lippe.

Das Geräusch von fallendem Stoff verrät, dass Claire der Aufforderung gefolgt ist. Auf seinen Befehl hin beugt sie sich über das Bett, sie präsentiert ihm ihren entblößten Rücken und den Hintern, bereit, seine Schläge zu ertragen und seinen Samen in sich aufzunehmen.

Aus der hinteren Ecke des Raums heraus hört es mit an, wie der Herr Claire benutzt. Es hört, wie er sie schlägt, mit der Peitsche und mit der nackten Hand, um sie zu bestrafen und um sie zu liebkosen. Es hört Claires Stöhnen, Laute der Erregung, irgendwo im lüsternen Grenzbereich zwischen Leiden und Leidenschaft. Es hört ihren leisen Schrei, als der Herr schließlich in sie eindringt, als er seine ehelichen Rechte einfordert, so wie er es bei dem knienden Geschöpf in der Ecke nie getan hat. Schwitzend, erregt muss es sich vorstellen, was wohl zwischen den beiden vorgehen muss. Es sieht Claires Fotze vor sich, klein und eng, so wie sie dem Herrn gefällt, und riecht den dampfenden Odem von Schweiß, Blut und Samen, der den Raum erfüllen muss. Unwillkürlich öffnet es den Mund weit, um durch die Stäbe der Maske hindurch so viel wie möglich von der dunstgetränkten Mischung einzuatmen. Wie von selbst finden seine Finger die Öffnung zwischen seinen Schenkeln und es spürt die feuchte, übersprießende Hitze, die aus seinem Schoß hervor fließt. Manisch, beinahe gegen seinen Willen, reibt es sein eigenes Geschlecht, während es weiter und immer weiter auf die Leidenschaft wenige Meter entfernt lauschen muss.

Auch Claires Schreie steigern sich nun weiter an, zu jedem laut hallenden Schlag des Herrn, zu jedem stöhnenden Schub seines Körpers windet sie sich in lauten, verzweifelten Klängen der Erregung. Weiter und weiter treibt sie der Herr voran, ihrer Erlösung entgegen, und an der Ecke kniend weiß es, dass er Claire nicht kurz vor der Befriedigung alleine lassen wird, so wie er es mit seinem anderen Geschöpf getan hat. Endlich, wie nach einem langen Kampf, keucht Claire auf, ein hoher, spitzer Schrei durchdringt die Hitze des Raums, und im gleichen Moment wie die junge Ehefrau findet auch ihr Spielzeug seine langersehnte Erlösung, die Hand zwischen den Schenkeln, den Körper erschöpft gegen den rauen Holzbalken der Wand gelehnt.

Als es aufwacht, weiß es nicht, wie viel Zeit vergangen ist, oder was es geweckt hat. Es kann seine Knie und die Unterschenkel nicht mehr spüren, und der Rand der Maske reibt sich schmerzhaft in das Fleisch seines Halses, dort wo es mit seinem Nacken angespannt in der Ledermaske hängt.

Eine sanfte Berührung an seiner Schulter lässt es aufschrecken. Von draußen, aus der Welt jenseits der Maske dringt ein leises Kichern. Es muss einen Moment nachdenken, ehe es sich erinnert: Es ist Claire, dort draußen hinter der Maske – Claire, die neue Frau des Herrn, die Unbekannte, deren Spielzeug es nun ist.

Was mag diese neue Entwicklung wohl mit sich bringen?

Noch einmal lacht Claire fröhlich auf und sie fährt mit ihren Fingernägeln über seine bloße Schulter, über die Arme bis zum Bauchnabel herunter. Ihre Fingernägel sind lang, und auch wenn die Berührung zärtlich ist, erinnert es sich gut genug an die Schärfe ihrer Nägel. Es erschauert.

»Ich glaube, sie ist wach«, sagt Claire, nach hinten gewandt. »Ich möchte die Maske gerne aufschließen.«

Feste Schritte dringen durch den Raum, das Klirren eines Schlüssels ist zu hören. Claire rutscht auf die Seite, sodass sie das Schloss im Nacken der Ledermaske erreichen kann. Von hinten beugt sie sich über es und lehnt den Kopf zärtlich an seine Schulter. Die erschöpften, zitternden Beine drohen unter dem zusätzlichen Gewicht gänzlich nachzugeben.

»Ich bin gespannt«, flüstert Claire gegen den festen Lederstoff der Maske, während ihre Finger das Schloss bedienen. »Oh ja, ich bin gespannt, was für ein Kleinod sich unter dieser Hülle verbirgt.«

Mit einem scharfen Klirren springt das Schloss an der Maske auf. Mit einer Hand öffnet Claire nun Schnalle um Schnalle der festen Bänder, während die Finger ihrer anderen Hand sich von hinten zu den vernarbten Brüsten vortasten.

»Wirst du mein hübsches Kleinod sein?« Mit spielerischer Geste zupfen ihre Finger an den wunden Brustwarzen, sanft, und doch mit genug Kraft, um den nackten Körper erzittern zu lassen.

Ohne es zu wollen, schiebt sich Claires Kleinod dem Druck seiner Besitzerin entgegen, es nickt mit seinem vermummten Kopf und sucht mit seiner Schulter die Berührung der fremden Frau.

»So ist es brav.«

Mit einer bemühten Geste zieht Claire ihm die schwere Ledermaske vom Kopf. Ohne den haltenden Zug der Maske geben seine wunden Knie endgültig nach und das Kleinod fällt mit einer ungelenken Bewegung in Claires Schoß. Es blinzelt mühsam im Licht der Morgensonne und blickt an seiner neuen Besitzerin empor.

Blaue Augen, blondes Engelshaar, der Blick einer verspielten Katze. Lächelnd blickt Claire auf ihr Kleinod herab, sie hebt die Hand und fährt ihm mit langen, rotlackierten Nägeln über die Wange. An der Lippe bleibt ihr Finger hängen, sie öffnet ihm den Mund und sieht den fehlenden Vorderzahn. Ein sanftes Lächeln, ohne jede Wertung spielt um ihre Lippen. Vorsichtig streicht sie ihm durch die verschwitzten Haarsträhnen. »Du hast wunderschönes Haar«, sagt sie und sieht es mit verträumter Miene an.

Mit einem Mal wird dem Kleinod bewusst, wie es daliegt, zusammengekauert, das Gesicht in Claires kaum bedecktem Schoß versenkt. Hastig rafft es sich auf und zwingt sich, die schmerzenden Knie in eine aufrechte Stellung zu bringen.

Claire kichert und fährt fort, mit ihren Fingern durch seine offenen Haare zu fahren. Sie trägt ein Nachthemd aus roter Seide, das die Form ihres Körpers mehr betont, als sie zu verschleiern. Mit heißen Wangen wendet es den Blick von Claires Körper ab.

»Sieh nur, sie ist schüchtern!«, ruft Claire und wendet sich um.

Nun erst bemerkte es, dass es mit Claire nicht alleine im Raum ist. Zu ihrer Linken befindet sich ein großes Bett mit durcheinandergeworfener Bettwäsche, und neben dem Bett steht der Herr. Anders als Claire ist er bereits fertig angezogen. Mit verschränkten Armen steht er an einen Holzbalken gelehnt im Raum und sieht aufmerksam auf die beiden Frauen herab.

Eine Berührung lässt ihr Kleinod aufschrecken. Claires Hand ist hinab zwischen seine Schenkel gerutscht und nun zupft sie an dem vollen Schamhaar zwischen seinen Beinen.

»Ich denke, ich möchte sie rasieren«, sagt sie, zu dem Herrn hinübergewandt. »Ich will ihre nackte Haut spüren.«

Der Herr zuckt mit den Schultern. »Sie ist dein. Du kannst mit ihr anstellen, was du willst.«

Claire nickt, dann springt sie auf und geht zu einer schmalen Tür an der anderen Seite des Raums. Ein Rasseln lässt ihr Kleinod aufblicken. An Claires rechten Knöchel sieht es eine dünne Goldkette, die sich ihrem Fußgelenk anschmiegt und bei jedem Schritt leise klirrt. Unwillkürlich fährt seine Hand zu dem bronzenen Reifen, den es selbst um seinen Knöchel trägt.

Claire hat die Tür geöffnet und verschwindet im Badezimmer. Sie rumort drüben eine Weile herum, dann kommt sie wieder heraus, in den Händen ein silbernes Rasiermesser und eine Schale Rasierschaum. »Steh auf«, sagt sie und winkt ihr Kleinod zu sich herüber.

Eilig erhebt es sich, erstaunt, dass seine schmerzenden Beine es schon wieder tragen. Es will zu Claire gehen, aber sie schüttelt den Kopf und zeigt hinüber, in die Ecke hinter der Tür zum Flur. Nun erst sieht es, dass dort ein großes Andreaskreuz aus schräg übereinandergelehnten Balken an der Wand lehnt. Von den vier Balkenenden hängen feste Lederschnallen herab.

»Du kannst Lorenz rufen, um sie festzumachen«, sagt der Herr, aber Claire schüttelt den Kopf.

»Ich kümmere mich selbst darum.«

Mit entschiedener Geste legt sie das Rasierzeug ab und geht zu ihrem Kleinod hinüber, das schon vor dem Andreaskreuz steht.

Nun erst bemerkt ihr Kleinod, wie zart Claire wirklich ist: Ohne ihre hohen Schuhe reicht sie ihm kaum bis zur Nase. Aber ohne sich um den Größenunterschied zu kümmern, greift Claire nun nach seiner Hand und schnallt den linken Arm an dem hohen Ast des Kreuzes fest. Sie muss sich strecken, um zu dem hohen Lederstreifen hinaufzureichen, aber mit grimmiger Miene und hochgerichtetem Körper gelingt es ihr, seinen Arm mit dem weichen Leder festzubinden.

Eines nach dem anderen folgen die anderen Glieder, bis ihr Kleinod an allen vier Balken des Kreuzes ausgestreckt dahängt. Nun greift Claire nach dem Rasierschaum, sie kniet sich vor dem Kreuz hin und schäumt den ausgestreckten Unterleib sorgsam ein. Dann nimmt sie das Rasiermesser und führt die scharfe Klinge an den Schoß ihres Kleinods.

Sorgfältig, Schnitt für Schnitt, befreit sie die zarte Haut zwischen den Schenkeln vom Schamhaar. Bei jeder Bewegung zuckt ihr Kleinod zusammen, überzeugt, dass sich das Messer früher oder später in sein Fleisch bohren wird. Aber Claires Schnitte sind so sorgsam wie genau: Mit präzisen Strichen fährt sie über die eingeschäumte Haut, ohne dass die Klinge die weichen Schamlippen auch nur ein Mal ritzt. Mit einem Lächeln blickt Claire zu ihm empor und streicht ihrem Kleinod beruhigend über die Seite.

Nachdem sie den Schoß mit einem feuchten Tuch sauber gewischt hat, widmet sie sich den Beinen. Eine nach der anderen befreit sie die Waden von ihrer Körperbehaarung, danach die Oberschenkel und schließlich die ausgestreckten Arme. Als Letztes sind die Achselhöhlen an der Reihe, und in dunklen Büscheln fällt das Haar an dem auf dem Kreuz ausgestreckten Körper hinab.

Erleichtert seufzt ihr Kleinod auf und blickt an seinem neuen, frischgesäuberten Körper herab. Lächelnd wischt Claire die letzten Schaumspuren unter seinem Arm fort, dann tritt sie einen Schritt zurück und betrachtet ihr Ergebnis. Nicht ein Tropfen Blut ist während der Rasur geflossen.

»Und nun …«, hebt Claire mit erhobenem Finger an. Sie wendet sich um und läuft hinüber zu einer großen Reisetasche, die in der Zimmerecke steht. Unter den Blicken des Herrn und ihres Kleinods sucht sie eine Weile in ihrer Tasche herum, dann zieht sie ein dünnes Lederbündel heraus und trägt es zu dem Kreuz herüber. Sie legt das Bündel vorsichtig auf dem Boden ab und rollt es aus. Mit zur Seite gestrecktem Hals erkennt ihr Kleinod einen Haufen dünner Nadeln, die in der mit Plastik ausgelegten Innenseite der Tasche liegen. Es spürt, wie sich sein Hals zusammenzieht.

Der Blick des Herrn verschiebt sich von Neugierde zu offenem Amüsement, als Claire nun eine der kürzeren Nadeln greift und sich ihrem Kleinod mit funkelnden Augen nähert. Die Nadel ist etwa eine Handbreit lang, und an ihrem Ende erkennt es eine gläserne Blüte, die zwischen Claires Fingern hervorblitzt.

Für einen langen Augenblick lässt Claire die Nadel von dem Gesicht seines Kleinods kreisen, dann tritt sie noch einen Schritt näher und fährt ihm mit der Spitze zwischen den Brüsten entlang, bis hinab zu seinem Bauchnabel. Angestrengt wendet ihr Kleinod den Blick ab und bemüht sich, die Decke des Raums zu fokussieren. Es spürt, wie Claire die Haut unter seinen Brüsten zwischen ihren Fingern zusammenfasst, und dann fühlt es einen spitzen, langgezogenen Schmerz. Erschrocken schnappt es nach Luft und stemmt die Hände mit aller Kraft in die Lederfesseln.

»Scht, mein Kleines.« Claire hält in ihrer Bewegung inne. »Du darfst nicht zucken, sonst tue ich dir noch weh. Verstehst du das?«

Mühsam nickt das Kleinod und es bemüht sich, seine Atmung unter Kontrolle zu halten. Wieder beginnt Claire mit ihrer Arbeit, wieder spürt es den scharfen Schmerz der Nadel, die sich langsam unter seine Haut bohrt. Doch dieses Mal fährt es nicht zusammen.

Mit aller Gewalt zwingt es sich, ruhig zu atmen und stillzuhalten, während der Dorn der Nadel durch das empfindsame Gewebe seiner Haut und wieder hinaus dringt.

»Mein braves, tapferes Kleinod«, murmelt Claire und streicht mit ihrem Fingernagel über die sanfte Wölbung der Nadel unter der Haut. Dann nickt sie, sie beugt sich zu dem Lederbündel hinab und zieht die nächste Nadel aus dem Bündel.

Ihr Kleinod schließt krampfhaft die Augen. Es spürt, wie ihm der Schweiß den Nacken herunterrinnt und sein Kopf fühlt sich sonderbar leicht an, so als könnte es jedem Augenblick das Bewusstsein verlieren. Schon spürt es die nächste Nadel, die sich in seine Haut bohrt, etwas links unterhalb der ersten Stelle. Sein Körper sehnt sich danach, zurückzuweichen, sich zu verkrampfen, irgendetwas zu tun, um dem brennenden Schmerz zu entgehen. Doch folgsam gehorcht es Claires Anweisung, es bleibt ruhig stehen und erduldet den Stich der Nadel unbewegt.

Die dritte Nadel folgt der zweiten, dann die nächste und wieder die nächste. Langsam beginnt sich in den scharfen Spitzen ein Muster abzuzeichnen: Claire folgt mit ihren Nadeln einem engen Kreis um seinen Bauchnabel. Eine nach der anderen treibt sie die Nadeln von außen in Richtung seines Nabels durch sein Fleisch, wie um eine metallene Rosette in den Bauch ihres Kleinods zu zeichnen.

Der rotflackernde Schmerzenskreis ist beinahe zur Hälfte vollzogen, als zu dem stechenden Schmerz der Nadeln noch etwas anderes hinzukommt. Die Augen fest geschlossen, spürt es ein dünnes Rinnsal, das die Haut um seinen Bauch herunterläuft. Eine Sekunde später wird ihm klar, dass es Blut ist, das dort an seiner Haut entlangfließt. Eine der Nadeln muss tief genug gestochen haben, um eine blutige Spur auf ihren Leib zu zeichnen.

Sein Atem geht flach. Nach all den Schmerzen, den gegenwärtigen wie den vergangenen, nach all den Malen, da der Herr es unbarmherzig blutig hat peitschen lassen, ist es dieser einzelne Blutstropfen, der ihm die Sinne zu rauben droht. Hinter seinen Augenlidern wabert ein purpurrotes Rauschen, ein Vorbote der nahenden Ohnmacht. Mühsam reißt es die Augen auf, in der Hoffnung, seinen Kreislauf auf diese Weise zur Ruhe zu bekommen – und es sieht Claire, die vor ihm steht und es mit gierigem Erstaunen mustert. Claire blickt hinab auf ihr halb vollendetes Kunstwerk, und nun bemerkt auch sie den roten Blutstropfen, der schon auf halben Weg zu seinem Schoß ist. Sie lächelt noch einmal zu ihm hinauf, dann beugt sie sich und tupft den Blutstropfen mit ihrem Mittelfinger ab. Sie hebt die Hand, sodass ihr Kleinod sein Blut an ihrem Finger hängen sehen kann.

»Das ist dein Blut«, sagt Claire mit freudiger Überraschung. Sie hält ihm den Finger vor den Mund. »Leck es ab!«

Folgsam öffnet ihr Kleinod den Mund und leckt sein eigenes Blut von ihrem Finger.

Claire lächelt verträumt. »Du bist mein kleines Samenkorn, nicht wahr?«, fragt sie und streicht mit dem feuchten Finger sacht über seine Wange. »Du bist mein Samenkörnchen, bereit zum Erblühen … nicht wahr?«

Ihr Kleinod schluckt, unsicher, wie es auf die Worte seiner Besitzerin reagieren soll.

Claire lacht leise. »Oh ja, das bist du, auch wenn du es noch nicht weißt.« Sie reckt sich zu ihrem gebundenen Geschöpf empor und flüstert ihm zärtlich ins Ohr: »Soll ich dich zum Erblühen bringen?« Dann beugt sie sich zu seinem Schoß hinunter und leckt den Rest der dünnen Blutspur ab, hinauf bis dorthin, wo die Spitze der Nadel aus seiner Haut herausragt.

Ihr Kleinod spürt, wie es unter der Berührung von Claires Zunge erschauert. Das brennende Gefühl in seinem Unterleib übertönt sogar das Stechen der Nadeln in seinem Fleisch.

Claire hat seine Bewegung bemerkt und mit einem Lächeln steht sie wieder auf. »Noch nicht«, sagt sie leise. »Du wirst Geduld haben müssen, hörst du?« Sie holt die nächste Nadel aus ihrem Beutel und macht sich daran, ihr Kunstwerk fortzuführen. »Und nun wirst du die Augen offenlassen.«

Nadel für Nadel führt Claire das Muster auf dem Leib ihres

Kleinods fort, Spitze für Spitze sticht sie in das weiche Fleisch, bis sich der Kreis um den Bauchnabel mit dünnen, glänzenden Nadeln geschlossen hat. Ein Kreis aus gläsernen Rosenblüten am Rand, ein Kreis aus scharfen Nadelspitzen in der Mitte, gerade um ihren schweißglänzenden Bauchnabel herum. Mit schweren, unregelmäßigen Atemzügen hat ihr Kleinod zugeschaut, wie sie die Spitzen in seine Haut geschoben hat, und sein Schweiß fließt ebenso üppig wie die Erregung zwischen seinen Schenkeln.

Zufrieden mit ihrem Meisterwerk tritt Claire einen Schritt zurück und klatscht in die Hände. Sie wirft ihrem Kleinod einen schelmischen Blick zu, dann beugt sie sich noch einmal zu dem Packen mit den Nadeln hinunter. Dieses Mal sucht sie länger, und als sie sich wieder aufrichtet, hält sie in ihrer Hand eine Nadel, die länger ist als ihr eigener Unterarm, mit einer großen, dunkelroten Blüte aus Glas am Ende.

Lächelnd wendet sie sich zu ihrem Kleinod zurück, und als sie den erstarrten Ausdruck auf seinem Gesicht sieht, wird ihr Lächeln noch ein wenig breiter. Sie greift nach seiner linken Brust, spielerisch kneifen ihre Finger in die rosarote Brustwarze – dann setzt sie die Spitze der Nadel an, und mit einem kurzen, festen Stich hat sie das weiche Fleisch der Brustwarze durchstochen.

Ein tiefes, gurgelndes Stöhnen – scharf zieht es die Luft durch die zusammengebissenen Zähne ein. Claire lacht leise, dann beugt sie sich vor und küsst die durchbohrte Brust, küsst auch den hervorquellenden Blutstropfen liebevoll fort.

Ihr Kleinod erschaudert.

Langsam, mit einer geübten, kontinuierlichen Bewegung zieht sie die Nadel durch die durchbohrte Brustwarze hindurch. Der Schmerz des gleitenden Metalls ist wie ein langes, hohes Sirren, das die gesamte Brust ihres Kleinods durchzieht – die Brust und den Schoß, ganz so als würde die Öffnung zwischen seinen Beinen ebenso wie die Brustwarze von der langen Nadel durchbohrt. Endlich ist die Nadel bis hinüber zu der anderen Brust hin durchgedrungen, und nun erst erkennt es, weshalb Claire gerade eine

Nadel dieser Länge ausgewählt hat. Claire greift nach der anderen, der rechten Brust, und ehe es noch zurückzucken, ehe es auch nur erschrecken kann, hat sie auch diese Brustwarze durchstochen. Beide Brüste hängen nun an der Nadel, wie übergroße Perlen an einer metallenen Schnur.

Auch dieses Mal beugt Claire sich vor, um die durchbohrte Brust zu küssen, vorsichtig, um sich an der herausragenden Spitze nicht zu verletzen. Die Berührung, so zart sie auch gewesen ist, zieht sich durch die feste Nadel bis zur linken Brust hin durch, und diese Verbindung jagt einen neuen Schauer durch den Leib ihres Kleinods. Spielerisch zupft Claire nun an der Nadel, vorsichtig, um seine Brüste nicht weiter zu verletzen. Wie an einem gespannten Seil zucken beide Brüste unter der Berührung zusammen. Die Schauer ziehen sich in zarten, rosaroten Schlieren durch seinen Körper, nehmen ihm den Atem und lassen es in Erregung erzittern.

Claire, die die Bewegung auf seinem Gesicht gesehen hat, beugt sich nun weiter herunter, um die Nadeln am Bauch ihres Kleinods zu streicheln. In liebkosenden Bewegungen fährt sie an den gespannten Nadeln entlang, kreisförmig um den Bauch herum, bis sich der nackte, bebende Körper unter ihrem Griff kaum noch halten kann. Es erschauert in hilfloser, schmerzhafter Leidenschaft, jede Bewegung ein neuer Auslöser für das Stechen der Nadeln, jedes Stechen ein neuer Auslöser der Erregung. Erschöpft spürt es, wie ihm die Feuchtigkeit die nackten Schamlippen entlangläuft und an den Beinen entlangtropft.

Nun kniet sich Claire vor dem Andreaskreuz auf den Boden, ihren Kopf gerade auf Höhe der bebenden Schamlippen. Mit hämmerndem Herzschlag spürt ihr Kleinod, wie sich ihre Zunge zwischen seine überquellenden Schamlippen schiebt, wie sie an dem Schambereich ihres Spielzeugs saugt, zärtlich in das weiche Fleisch beißt, und immer wieder mit der Zunge über das zarte, überempfindliche Geschlecht reibt.

Aus halbgeschlossenen Augen kann es den Herrn erkennen, der der ganzen Prozedur regungslos zuschaut, eher amüsiert als

wirklich erregt. In seinem Blick steht eine unbekannte Zärtlichkeit, nicht für es, sondern für Claire, und die Erkenntnis lässt es
die Zähne schmerzhaft fest zusammenbeißen. Doch dann zieht
Claire mit ihren Zähnen an seinen Schamlippen, sie dringt mit
ihrer Zunge in ihr Kleinod ein, und auf einen Schlag ist alles
andere vergessen. Es stöhnt unter dem Ansturm der grausamen
Zärtlichkeit, es erbebt unter dem Gefühl der Nadeln in seiner
Haut, in seinen Brüsten, und es schreit auf, als Claires fordernde
Zunge endlich für die erlösende Befriedigung sorgt.

Der Schmerz beim Herausziehen der Nadeln ist ein anderer als
beim Hineinstechen: Ein langsames Ziehen ersetzt den kurzen,
brennenden Stich von zuvor. Eine nach der anderen zieht Claire
die langen Spitzen an den Blüten heraus und legt sie beiseite,
sorgsam von dem Bündel der noch unbenutzten Nadeln getrennt.
Die letzte der kurzen Nadeln gleitet heraus, und wenn es den Kopf
herabbeugt, kann ihr Kleinod sehen, wie sein Bauch wieder nackt
und narbenbefleckt am Kreuz hängt. Nur zwei konzentrische
Kreise aus roten Ein- und Austrittslöchern künden noch von dem
vergangenen Werk.

Nachdenklich streicht Claire mit ihrem Finger über die lange
Nadel zwischen seinen Brüsten, dann schüttelt sie mit einem Lächeln den Kopf. Sie beugt sich noch einmal über das Nadelbündel
und zieht eine kleine silberne Kugel heraus. Mit sichererer Geste
steckt sie die Kugel an das spitze Ende der langen Nadel, direkt
neben der rechten Brustwarze. Nun ist die Nadel fest in das Fleisch
der beiden Brüste verankert.

»Das ist mein Geschenk an dich, mein Samenkorn«, sagt Claire
mit leuchtenden Augen und gibt ihrem Kleinod einen Kuss auf
die Wange. Ihr Körper drückt sich gegen die Nadel und lässt
seine Brüste schmerzhaft aufzucken, in einem süßen Nachklang
vergangener Erregung.

»Mein wunderschönes Kleinod«, murmelt Claire gedankenverloren und fährt ihm mit den Fingernägeln über das Schlüssel-

bein. »Wäre es nicht grausam, dich je wieder gehen zu lassen?« Mit großen blauen Augen blickt Claire zu ihrem Kleinod empor, und in ihrer Miene liegt eine kindliche Ernsthaftigkeit, die es erschauern lässt.

Der Herr räuspert sich ungeduldig. Eilig springt Claire auf und macht sich daran, ihr Kleinod von dem Andreaskreuz zu befreien, sie führt es zurück in seine Zimmerecke und schließt die Ledermaske erneut über seinem Kopf. Dieses Mal hängt die Maske nicht direkt an der Wand, sondern ist durch eine kurze Kette am Boden befestigt, sodass ihr Kleinod zumindest die Möglichkeit hat, sich nach eigenem Willen aufzusetzen oder niederzulegen.

»Du kannst sie nicht alleine hier lassen«, klingt die Stimme des Herrn zu ihm herüber, aufs Neue gedämpft von der einhüllenden Schwärze der Maske. »Du musst zumindest Lorenz herschicken, damit er nach ihr sieht.«

Claire steht einen Augenblick stumm da, dann beugt sie sich zu ihrem Kleinod herunter. »Hast du Hunger?«

Es erstarrt. Bisher ist es nicht dazu gekommen, an etwas so Banales zu denken – aber ja, es hat seit dem vergangenen Morgen kaum etwas gegessen und nichts getrunken. Es nickt und weist mit der Hand auf seinen Unterleib, dort wo es den Druck seiner Blase spürt.

Claire hält noch einen Moment inne, vielleicht am Überlegen, ob sie sich selbst um ihr neues Haustier kümmern soll. Dann steht sie auf und es hört ihre Schritte zur Tür hinübergehen. »Ich werde Lorenz bescheid sagen«, ruft Claire, »aber er muss gut zu ihr sein!«

Schon ist sie zur Tür hinausgelaufen. Der Herr folgt ihr mit gemessenem Schritt, dann schließt sich die Tür. Es bleibt alleine auf dem Boden zurück.

Eine halbe Stunde später kommt Lorenz herein. Ohne etwas zu sagen, geht er zu der Wand, er löst die Kette und führt es zum Nebenraum mit der Toilette hinüber. Blind und stumm tastet es sich zur Kloschüssel vor und es erleichtert sich, während Lorenz neben ihm steht, die metallene Kette in seiner Hand. Unwillkürlich muss es an seiner erste Nacht in diesem Haus denken, daran, wie es die Toilette nicht nutzen konnte, auch wenn es hinter verschlossenen Türen sicher und alleine war. Einiges hat sich seit dieser Zeit geändert. Es erinnert sich, wie es damals voller Angst und Zweifel war, voll Panik über die fremdartige Lage und voll Sorge darüber, was ihm noch bevorstehen mochte. Heute fühlt es keine Besorgnis mehr, der Gedanke an seine ungewisse Zukunft erfüllt es mit ruhigem Gleichmut.

Ungeduldig zieht Lorenz an der Kette zu seiner Maske und es beeilt sich, aufzustehen, sich zu reinigen so gut es in der Dunkelheit geht, und ihm zurück in den anderen Raum zu folgen.

Nachdem er es wieder an die Wand angeschlossen hat, steckt Lorenz ihm einen Strohhalm durch die Löcher der Maske hindurch. Vorsichtig zieht es an dem Halm und ein dünner Brei kommt heraus, ähnlich dem, den es während seines ersten Aufenthalts bekommen hat. Es saugt das halbflüssige Essen ein, bis nichts mehr da ist, dann ersetzt Lorenz den Halm mit einem anderen, dieses Mal mit Wasser. Dankbar löscht es seinen schlimmsten Durst. Es möchte gerne weiter trinken, doch vorsichtshalber hört es auf – wer weiß, wann Claire das nächste Mal daran denken wird, es aufs Klo gehen zu lassen?

Mit kurzem Nicken deutet es Lorenz an, dass es fertig ist. Ohne ein Wort zu sagen steht er auf, er geht hinaus und schließt die Tür hinter sich. Es kann hören, wie sich der Schlüssel im Schloss dreht, dann ist es aufs Neue allein.

Erst am nächsten Abend kommt Claire zurück, um ihr Kleinod wieder zu besuchen. Zweimal ist Lorenz in der Zwischenzeit vorbeigekommen – zumindest nimmt es an, dass es Lorenz war – hat es aufs Klo geführt und hat ihm zu Essen und zu Trinken gegeben. All die Zeit hat es die Ledermaske anbehalten, sicher befestigt durch das Schloss in seinem Nacken.

Als sich die Tür dieses Mal öffnet, erkennt es sofort den Klang von Claires Schritten. Eilig läuft seine Besitzerin zu ihm herüber und macht sich daran, die lederne Maske zu öffnen. Hinter ihr tritt der Herr ins Zimmer, gemessen und langsam, der unangefochtene Herr des Hauses.

Dieses Mal kümmert sich Claire wieder selbst um den Körper ihres Kleinods. Sie führt es an der Nadel in seinen Brüsten ins Badezimmer, langsam, sodass die Brustwarzen nicht verletzt werden, sie füllt ihm die Badewanne ein und gießt ihm mit zärtlicher Geste Wasser über Gesicht und Haare. Vorsichtig reibt sie seine Haare mit Shampoo ein, besorgt, dass nichts von dem weißen Schaum in seine Augen tropft. Sie putzt ihm die Zähne und rasiert ihm die Haare an den Achseln und zwischen den Beinen. Ab und an zieht sie an der langen Nadel und sie lächelt auf, wenn ihr Kleinod schmerzhaft die Luft einzieht.

Als Claire ihr Kleinod in das balkenverkleidete Zimmer zurückführt, frisch gewaschen und sorgsam abgetrocknet, steht der Herr wie zuvor an den Balken gelehnt da und hält ihr ein rotes Seilbündel entgegen. Unsicher geht Claire zu ihm hinüber und nimmt das Bündel entgegen. Sie führt das Seilende schräg zwischen den Brüsten ihres Kleinods unter der Nadel hindurch, und zieht das Seil dann langsam über seine nackte Haut.

»Ich weiß nicht, wie.«

»Ich werde es dir zeigen.« Der Herr kommt zu den beiden herüber, er greift nach Claires Handgelenk und führt ihre Finger. Gemeinsam ziehen die beiden das Seil um den Brustkorb ihres Kleinods, zweimal unter den Brüsten entlang, dann wieder unter der Nadel hindurch nach oben und dort zweimal um die Schultern. Unter der führenden Hand des Herrn schlingt Claire das Seil zu Windungen und Knoten, sie bindet die Hände ihres Kleinods auf seinem Rücken fest, umschnürt seinen Brustkorb und zieht schließlich mit einer festen Schlinge seinen Hals zurück.

»Vorsichtig«, mahnt der Herr, und folgsam lässt Claire in ihrem Druck nach, sodass ihr Kleinod trotz der zurückgebogenen Kehle noch Atem schöpfen kann.

Nun drückt der Herr es mit festem Griff zu Boden, und folgsam kniet es sich vor den beiden hin. Claire schiebt seine Knie auseinander, sodass die frisch rasierte Scham offen aufgespreizt ist, dann bindet sie ihm Hände und Füße hinter dem Rücken zusammen, um es in dieser knienden Lage unbeweglich zu fixieren. Claire fährt mit ihren Fingern zwischen seine Schenkel, erst mit einem, dann zwei und dann dreien. Die Öffnung ihres Kleinods ist von den Übungen der vergangenen Wochen weit gedehnt. Mit entzücktem Gesicht erkennt Claire, dass es weit genug ist, dass sie ihre gesamte Hand hineinschieben kann, und schon streicht sie mit ihren zarten Fingern an der Innenseite seines Geschlechts entlang. Es stöhnt auf, erschrocken von der ungewohnten Dehnung und voll Vergnügen über die unerwartete Bewegung. Mit neuerwachtem Stolz schaut es zu dem Herrn hinüber – ihm, der es sich hat derart ausweiten lassen, um es zu beschämen, und der ihm so die Möglichkeit für diesen Genuss geschaffen hat. Der Herr erwidert seinen Blick mit ausdrucksloser Miene.

Claire hat ihre Hand währenddessen wieder herausgezogen und steht nun mit einem abenteuerlustigen Funkeln in den Augen auf.

»Warte einen Moment«, sagt sie dem festgebundenen Geschöpf zu ihren Füßen, dann geht sie zur Tür und verschwindet durch den Gang. Es bleibt alleine mit dem Herrn zurück, der seinen Blick stumm erwidert.

Als Claire wenige Minuten später zurückkommt, hält sie die rechte Hand zu einer festen Faust geschlossen. Ihr Kleinod kann sehen, dass Wasser von ihren Fingern heruntertropft. Sie kniet sich wieder vor seinen gespreizten Beinen nieder, und dieses Mal schiebt sie ihre gesamte Faust in seine Öffnung. Das Wasser, das zwischen ihren Fingern herausrinnt, ist schneidend kalt und die kühle Feuchtigkeit zwischen seinen Schenkeln lässt es erzittern.

Als sie ihre Faust tief in ihr Kleinod hineingeschoben hat, öffnet sie endlich die Finger. Es seufzt auf, erschrocken und sonderbar erregt: Zwei große, kalte Eiswürfel schmiegen sich von innen in seine Öffnung, von Claire unbarmherzig weiter und weiter hinein gedrückt.

Als sie sicher ist, dass das Eis nicht ohne weiteres wieder herausrutschen wird, zieht Claire ihre Hand wieder heraus, die Finger weit gespreizt, sodass es unter dem zusätzlichen Reiz erneut erschauert. Dann drückt sie von außen auf seinen Unterleib, sie massiert seine Haut, wie um die Kälte der Eiswürfel weiter und weiter zu verteilen. Ihr Kleinod beißt sich auf die Unterlippe, es stöhnt auf, ohne dass es sagen kann, ob nun vor Schmerz oder vor Lust. Die eisige Kälte in seinem Leib, das ungewohnte Gefühl der Brocken in seinem Innern, das eisige Wasser, das zwischen seinen Schenkeln heraustropft, all diese Gefühle hüllen es ein, überwältigen es, weit über alle erträgliche Maße heraus. Ein weiterer Druck von Claires Hand, ein neuer Schub Kälte irgendwo in seinen Eingeweiden, ein neuer Schwall Eiswasser, gemischt mit seiner eigenen Feuchtigkeit, der seine Schamlippen mit eisigem Frösteln verbrennt.

Claires Hand streift über seine Wangen, und nun merkt ihr Kleinod erst, dass ihm Tränen das Gesicht herunterlaufen, dass seine Wangen tränenverschmiert sind. Es spürt, dass es diese Anspannung nicht mehr ertragen kann, nicht den Zug der schnürenden Seile, nicht den Schmerz der Kälte zwischen seinen Beinen und nicht die alles erdrückende Spannung in seiner Kehle, die Kombination von Erregung und Schmerz, die ihm den Atem raubt. Weiter und weiter fließen die Tränen aus seinen Augen, die Schmerzensseufzer wandeln sich zu Schluchzern, zu kleinen erst und dann zu immer größeren, bis sein gesamter Körper vor Leid und süßer Qual erbebt, bis es in Claires Umarmung zu zerfließen droht. Es schreit auf, in gnadenlos erregter Pein und Zuneigung, während Claires Finger immer noch seinen Unterleib massieren, weiter und weiter, zärtlich und gnadenlos.

In dieser Nacht erlebt es wieder mit, wie der Herr und Claire drüben in dem großen Bett eins werden. Es hört ihre Schreie, die des Leids und die der Erregung, und schließlich die, die beides gemeinsam bedeuten, und es hört den Herrn, wie er seine Fassung verliert, für eine Sekunde nur, um sich selbst in seiner jungen Ehefrau zu verlieren, und wie er sie nur einen Augenblick später wieder mit fester Stimme zur Ordnung ruft – sie und sich selbst.

All das bekommt Claires Kleinod mit, während dieser Nacht und noch während vieler anderer. Es geschieht nicht jeden Tag, dass Claire ihr Spielzeug besucht. Oft bleibt es für mehrere Tage alleine in dem leeren Raum, abgeschirmt durch die undurchdringliche Maske und nur zweimal am Tag besucht von Lorenz, der es aufs Klo führt und mit Essen und Trinken versorgt. Am Anfang hat es noch jedes Mal erwartet, dass Lorenz es benutzen würde, dass er es schlagen oder hernehmen würde wie früher, aber offensichtlich ist Claires schützender Einfluss stark genug. Niemand außer ihr wagt es, sich an ihrem Kleinod zu vergreifen.

Wenn Claire kommt, dann öffnet sie die Ummantelung seines Gefängnisses, sie streichelt es, umsorgt und quält es, wie es ihr gefällt. Der Herr steht daneben und sieht seiner Frau mit amüsiertem Blick zu. Ab und an geht er ihr zur Hand, wenn sie nicht genau weiß, wie sie die Elektroden oder das Kältespray am besten einsetzen soll, aber meistens genügt er sich darin, ihr mit dünnem Lächeln zuzuschauen. Nur manchmal, wenn er sieht, wie sie ihr Kleinod zärtlich streichelt oder wie sie an der langen Nadel zwischen seinen Brüsten zupft, scheint ein Schatten über seine Miene zu ziehen. Insgeheim überlegt ihr Kleinod dann, ob er mit dieser Liebhaberei seiner Frau womöglich doch nicht so zufrieden ist, wie es den Anschein hat.

Wenn der Herr mit Claire die Nacht in dem Raum verbringt, dann wird ihr Kleinod vorher fest in die Ledermaske eingeschnallt und angekettet. Nur in dieser Position bekommt es mit, wie der Herr sich um seine eigene Frau kümmert. Aber es ahnt, dass die Beziehung der beiden nicht immer so ist, wie es die Nächte in ihrer Anwesenheit glauben machen. Ab und an, in jenen Nächten, die es alleine auf dem Boden verbringt, hört es Laute aus einem der Nachbarräume dringen, scharfe Schläge und Schmerzensschreie, gurgelnd und unmenschlich, in denen es nur mit Mühe Claires

Stimme erkennen kann. Nach solchen Nächten erscheint Claire am nächsten Tag meist ein wenig müder und erschöpfter, ein wenig weniger lebendig, und sie müht sich mehr darum, ihr Kleinod an ihre Brust zu drücken, als es unter ihren Händen leiden zu lassen.

Es ist beinahe zwei Wochen her, dass Claire ihr neues Spielzeug in Besitz genommen hat, als sie eines Nachmittags mit fliegendem Schritt das Zimmer betritt. In ihrer Hand hört ihr Kleinod etwas klirren, ähnlich dem Klang ihres goldenen Fußkettchens, aber lauter und rasselnder. Claire setzt sich zu ihm auf den Boden und fährt mit einem kalten Metallband an seiner Brust entlang.

»Schau hier, was ich für dich habe. Sag, wie fühlt sich das an?«

Sie dreht die Glieder der Kette herum, und nun spürt es eine Reihe spitzer Dornen, die zärtlich über seine Haut fahren. Spielerisch drückt Claire ihm die metallenen Nadeln in die Haut, und als es unter der scharfen Berührung zusammenzuckt, lacht sie. »Das habe ich mir gedacht.« Sie wendet sich zu dem Herrn um, der wie gewöhnlich hinter ihr in das Zimmer getreten ist. »Es gefällt ihr!«

Endlich macht sie sich daran, die Maske aufzuschließen. Das metallene Etwas hat sie auf dem Schoß ihres Kleinods abgelegt, sodass es die scharfen Nadeln an seinem Schenkel spüren kann.

Als die schwere Ledermaske zu Boden fällt, ist das Erste, was es sieht, das Gesicht des Herrn, der mit skeptischem Gesichtsausdruck auf die beiden Frauen herabblickt. Doch ehe es sich noch über seinen Gesichtsausdruck im Klaren werden kann, hat sich Claire schon vor ihr hingesetzt, und mit vor Stolz glühendem Gesicht hält sie ihrem Kleinod das metallene Etwas entgegen. »Schau, hier!«

Es ist ein Halsband aus dünnen, silbernen Gliedern, die sorgsam ineinander verwoben sind. Es könnte wie ein edles Schmuckstück wirken, wenn nicht die Innenseite des metallenen Geflechts ganz mit kleinen, spitzen Dornen versetzt wäre, die im Licht der Kerzen bedrohlich funkeln. Für einen Augenblick überlegt es, ob es sich um ein Hundehalsband handelt, wie man es einem bissigen Tier umlegen würde, doch dafür sind die Spitzen zu dünn und kurz geraten. Nein, diese Dornen sind dafür geschaffen, sich in das Fleisch eines menschlichen Halses zu graben. Alleine den Verschluss des Dornenbands kann es nicht verstehen: Es sieht aus, als ob die Randglieder des Metallgeflechts einfach offen enden würden.

Ohne auf seine Reaktion zu warten, hebt Claire das Band um den Hals seines Kleinods und zieht das Metall vorsichtig zusammen, so eng, dass die Metalldornen sich gerade so in seinen Hals bohren, ohne die weiche Haut wirklich zu verletzen. Es schluckt. Die scharfen Spitzen an seinem Hals fühlen sich wie eine stumme Drohung an, als wäre es ihr Zweck, es unablässig zu Ordnung und Gehorsam zu rufen.

»Es gefällt dir, nicht wahr?«, fragt Claire leise, ihr Mund nahe an seinem gepeinigten Hals.

Es schluckt noch einmal. Ja, sie hat recht – dieses Gefühl der andauernden Bedrohung, der schmerzenden Spitzen an seinem Hals gefällt ihm wirklich. Vorsichtig, um ja nicht gegen das scharfe Metall zu drücken, senkt es seinen Kopf und hebt ihn wieder.

Claire nickt ernsthaft. »Dann müssen wir es nun nur noch zuschließen.«

Sie löst ihre Hand von seinem Hals und lässt das Dornengebilde auf seinen Schoß zurückfallen. Dabei verfängt sich eine der Spitzen in der Nadel zwischen seinen Brüsten und zieht die empfindliche Konstruktion mit hinunter. Ächzend beugt sich ihr Kleinod herab, um ihre Brüste von dem scharfen Band zu befreien.

Claire hat ihre Bewegung gar nicht bemerkt, sie ist bereits aufgestanden und geht zur Tür hinüber. »Clemens, kommst du?«, ruft sie mit bestimmtem Ton hinaus.

Clemens kommt herein, in der einen Hand eine Zange, in der anderen einen Lötkolben. Geschäftig sieht er sich um. »Kann sie sich dort vorne auf den Rand des Betts lehnen?«

»Natürlich.« Eifrig löst Claire das Dornenhalsband aus dem Schoß ihres Kleinods und nickt hinüber zum Bett. »Komm, wir werden dir dein neues Halsband anlegen!«

Es geht hinüber und beugt sich mit dem Kopf auf den Rand des

Betts, ebenso wie Clemens es angewiesen hat. Claire geht lächelnd zum Herrn hinüber. »Ist es nicht hübsch?«

»Es ist reichlich überflüssig«, sagt der Herr gleichgültig. »Ich habe dir gesagt, dass sie nicht fortgehen wird. Wozu braucht sie dann ein Halsband?«

Unwillig schüttelt Claire den Kopf, dann blickt sie wieder zu ihrem Kleinod herüber. »Sei vorsichtig, Clemens. Solange sie brav ist, dürfen die Nadeln ihr nicht wehtun.«

Ohne auf Claires Worte zu reagieren, geht Clemens hinüber und steckt das Kabel des Lötkolbens ein. Er legt das Nadelband um den offen dargestreckten Hals, nicht besonders vorsichtig, aber auch nicht absichtlich grob, und fasst die beiden Enden des Halsbands zusammen. Es kann nicht sehen, was er an seinem Hals tut, doch es spürt einen Zug auf dem Band, und es kann hören, wie er die beiden Randglieder ineinander verkantet. Mit unbeteiligter Miene dreht Clemens die Zange hin und her, um das Metall fest ineinander zu biegen. Der Zug der Nadeln auf den nackten Hals wird stärker und es muss die Zähne zusammenbeißen, um keinen Schmerzenslaut von sich zu geben. Einen Augenblick lang fragt es sich, weshalb es unbedingt stumm ausharren will, und die Antwort lässt es betroffen innehalten: Es will ruhig bleiben, um Claire mit seinen Schmerzen nicht zu beunruhigen.

Ehe es sich über diesen Gedanken noch ganz klargeworden ist, hat Clemens schon den Lötkolben in die Hand genommen, um die frisch zusammengebogenen Enden des Bands untrennbar zu verschweißen. Instinktiv will es sich von dem heißen Gerät fortwenden, aber das Halsband liegt fest in Clemens Griff, sodass es die Nadeln mit der Bewegung nur weiter ins eigene Fleisch drückt. Schon beginnt das Band zu glühen und die scharfen Dornen brennen sich in seine Haut. Es spürt einzelne Blutstropfen an seinem Hals entlanglaufen und ein schmerzhaftes Wimmern dringt zwischen seinen zusammengepressten Lippen hervor.

Aus dem Augenwinkel sieht es, wie Claire zu ihm herübergelaufen kommt. »Keine Sorge, mein kleines Samenkorn«, sagt sie tröstend, »es tut weh, aber denk daran, der Schmerz ist nötig. Nur so können wir dir das Halsband anlegen.«

Sie streichelt die Wange ihres Kleinods, und wirklich gelingt es Claire, es mit ihren Worten zu trösten und sein Wimmern verstummen zu lassen. Als Clemens wenige Sekunden später den Lötkolben beiseite legt und die Zange von seinem Hals löst, hat es das Gefühl, als sei das stechende Gefühl an seinem Hals Entschädigung genug für die erlittene Pein.

Vorsichtig zieht Claire an dem Nadelband, nicht um ihr Kleinod zu verletzen, sondern nur um zu fühlen, ob das Band sicher geschlossen ist. Die neu zusammengefügte Stelle hält fest, und wie ein lebendiger Ring aus Dornen schmiegt sich das Band um den blutigen Hals. Sorgsam wischt Claire ihm die Blutstropfen ab, dann steht sie auf.

»Siehst du, nun hast du dein eigenes Halsband. So kann ich dich mit hinausnehmen, ohne dass du die Maske aufsetzen musst.«

Sie geht zum Herrn hinüber und streckt die Hand aus. Jetzt erst bemerkt es, dass der Herr in seiner Linken eine lederne Leine hält, die er ihr bereitwillig übergibt. Claire beugt sich zu ihrem Kleinod herab und hakt die Leine an einem der Kettenglieder ein, dann richtet sie sich auf, das Ende der Leine stolz in der Hand. »Und nun«, verkündet sie, »möchte ich mit meinem Kleinod spazieren gehen.«

Es ist anstrengend, an dem Nadelhalsband spazieren geführt zu werden, weit anstrengender, als ihr Kleinod es sich vorgestellt hätte. Claire ist ungeduldig und launisch, in der Wahl ihres Weges ebenso wie in allem anderen. Unter den eng anliegenden Nadeln bleibt ihm nicht viel Spielraum, sich auf ihre Launen einzustellen – eine falsche Bewegung, und die scharfen Spitzen graben sich unbarmherzig in seinen Hals.

Zu Beginn, während sie ihr Kleinod den Flur entlang und die Treppe hinunter führt, ist Claire noch darauf bedacht, die Leine so hoch zu halten, dass es ihr in aufrechter Stellung folgen kann.

Doch bald lässt sie ihren Arm sinken, und im gleichen Maße muss auch ihr neues Schoßtier den Kopf senken, so weit, bis es schließlich nicht mehr gehen kann, sondern sich auf alle viere niederlassen muss. Claire bemerkt den Wandel und ein Lächeln überzieht ihr Gesicht: »Sieht das nicht allerliebst aus?« Nun hält sie ihr Ende der Leine bewusst niedrig, und wenn ihr einfällt, dass sie ihr Kleinod näher bei sich haben will, greift sie die Leine wenige Zentimeter vor seinem blutigen Hals.

Auf diese Weise gehen sie gemeinsam hinaus in den Hof, hindurch zwischen den Ställen, die ihr Kleinod unwillig erschauern lassen, und weiter, bis in den Garten hinter dem Haus. Die Luft hier draußen riecht klar und harsch, wie der erste Tag eines kalten Winters. In der vergangenen Woche hat es geschneit, und auch wenn der Schnee auf den Wegen bereits wieder geschmolzen ist, so ist der Boden an vielen Stellen doch mit dünnem Eis überzogen. Claire hat sich von Clemens einen Mantel geben lassen, sodass sie nun warm eingepackt in der Kälte steht, die hohen roten Schuhe das einzig unpassende Detail eines ansonsten perfekten Winterbildes. Auch der Herr, der ihnen in einigem Abstand folgt, hat sich dem Wetter entsprechend angezogen und steht nun mit langem Mantel und festen Stiefeln zwischen den schneebedeckten Büschen. Nur Claires Kleinod kniet mager und bloß auf allen Vieren neben seiner Besitzerin, bemüht, die wenigen bewachsenen Flecken zwischen den Steinplatten auszunutzen, um sich nicht die Hände und Knie zu erfrieren.

»Ist es nicht wunderschön?«, fragt Claire, und ihre Augen strahlen. Der Herr nickt stumm. Ihr Kleinod antwortet nicht, es beobachtet nur, wie sein Atem in undurchsichtigen Wolken an Claires Mantel emporsteigt.

In der nächsten Zeit gefällt es Claire mehr und mehr, ihr Kleinod an seinem neuen Halsband mit sich herumzuführen, entweder an der Leine, oder einfach, indem sie direkt in das Nadelband greift und es mit sich mitführt. Beim Essen kniet es regelmäßig neben ihrem Platz und wartet darauf, dass sie ihm Bissen zuwirft, und wenn Claire sich abends mit dem Herrn im Wohnzimmer niederlässt und gedankenverloren in den Kamin blickt, liegt ihr Kleinod zu ihren Füßen und lässt sich von seiner Besitzerin die langen Haare kraulen.

Ihr Kleinod ist zufrieden damit, zu Claires Füßen als ihr Schoßtier zu verbleiben, in völliger Abhängigkeit von seiner launenhaften Besitzerin. Nur hin und wieder denkt es darüber nach, was dieses neue Leben auf Dauer für es bedeuten mag. Was ist das für ein Dasein, das es hier bereitwillig und aus freien Stücken führt? Und was würde geschehen, wenn Claire beschlösse, es nun von einem Tag auf den anderen hinauszuschicken? Es erinnert sich an das, was Claire ihm an jenem ersten Morgen zugeflüstert hatte – *Wäre es nicht grausam, dich je wieder gehen zu lassen?* – und die Erinnerung an die so unbekümmert gesprochenen Worte durchzieht es abwechselnd mit Angst und tiefer Geborgenheit.

Das Nadelband nutzt Claire auch, wenn sie sich oben in dem balkenverkleideten Zimmer um ihr Kleinod kümmert. Besonders gefällt es ihr, die lederne Leine um eines der schmalen Glieder zu schlingen und das andere Ende dann an dem Haken an der Decke festzubinden. Wenn ihr Kleinod auf diese Weise schmerzhaft fest fixiert ist, liebt sie es, die dick verheilten Narben mit ihren Nadeln zu durchbohren, oder heißes Wachs über seine Haut zu gießen. Gierig sieht sie zu, wie sich der hilflos gebundene Körper ihres Kleinods in Schmerzen windet, während es gleichzeitig versucht, den festgeketteten Hals so wenig wie möglich zu bewegen.

»Es ist gut«, sagt der Herr eines Abends und nimmt ihr die brennende Kerze aus der Hand. »Mach sie wieder fest. Ich will, dass du mit mir nach drüben kommst.«

»Aber jetzt doch nicht«, sagt Claire enttäuscht, und streckt die Hand nach der Kerze aus. »Ich habe ja kaum noch angefangen.«

»Mach sie fest, habe ich gesagt, und komm her.« Die Stimme des Herrn klingt unverändert, aber dennoch springt Claire nun eilig auf, sie löst die Leine von der Decke und führt ihr Kleinod hinüber zur Wand.

»Binde sie einfach an. Ich werde Lorenz sagen, dass er sich um ihre Maske kümmern soll.«

Hastig folgt Claire seinem Wort, dann geht sie zu ihm und greift mit diensteifrigem Lächeln nach seiner Hand. Gemeinsam verschwinden sie im Flur und die Tür schließt sich.

Es wird Nacht, ehe Lorenz hereinkommt, um nach ihm zu sehen. Er lässt es an der ledernen Leine auf das Klo gehen – es ist das erste Mal seit langem, dass es mit ansehen muss, wie Lorenz es beobachtet – er gibt ihm zu essen, dann greift er nach der Maske in der Ecke und zieht ihm den festen Stoff ungeduldig über den Kopf. Schmerzhaft drücken sich die scharfen Nadeln des Halsbands unter Lorenz' Fingern in sein Fleisch. Mit einem Klicken schließt sich das Schloss an seinem Nacken, dann befestigt Lorenz die metallene Kette an dem Balken, gerade so hoch, dass es sich nicht zum Schlafen hinlegen kann, und geht hinaus.

Es dauert bis zum nächsten Abend, ehe Claire die Maske das nächste Mal öffnet. Schon während sie das Zimmer betritt, spürt es, dass etwas anders ist als sonst. Statt ihres üblichen Leichtmuts schwebt ein ungewohntes Schweigen über dem Raum.

Das erste, was ihr Kleinod bemerkt, als die Maske zu Boden fällt ist, dass der Herr nicht wie sonst gekommen ist, um Claire zu begleiten. Unsicher blickt es sich zu Claire um, wie um nach einer Erklärung zu fragen, doch der Blick auf dem Gesicht seiner Besitzerin lässt es innehalten. Um Claires Augen ziehen sich dunkle Schatten, und ihr Gesicht sieht aus, als hätte sie geweint. Unwillkürlich schmiegt sich ihr Kleinod an ihre Brust, ohne den Schmerz zu beachten, den die Bewegung seinen durchbohrten Brüsten bringt.

Claire lächelt bei dieser Berührung leise auf. »Komm«, sagt sie und geht zu dem breiten Bett hinüber. Dabei zuckt sie zusammen, so als würde die einfache Bewegung ihr Schmerzen bereiten. »Komm zu mir.«

Sie setzt sich auf den Rand des Betts und bedeutet ihrem Kleinod, sich neben ihr auf den Boden zu hocken. Folgsam lässt es sich zu ihren Füßen nieder und ohne auf sein Dornenhalsband zu achten, legt es den Kopf in Claires Schoß.

Geistesabwesend streicht Claires mit der linken Hand durch das offene Haar ihres Kleinods. »Du hast wunderschönes Haar«, sagt sie leise. Wie von selbst fahren die Finger ihrer Rechten über seine Seite, über den narbenbedeckten Körper, hinab zu dem eingeritzten Wappenbild auf seiner Hüfte. Sie streicht über das dick vernarbte Schnitzwerk, ihr eigener Mund schmerzhaft verzogen. Dann wandert ihre Hand weiter über den Unterleib ihres Kleinods, dorthin, wo der alte Doktor vor vielen Wochen seinen Einschnitt durchgeführt hat. Sie seufzt. Schnell gleiten ihre Finger weiter, zwischen die Beine ihres Kleinods und hinein in die warme, einladende Öffnung seiner Schenkel.

»Gefällt dir, was ich tue?«, fragt sie es zärtlich.

Ihre Finger kraulen sein Inneres, bewegen sich auf eine Weise, die ihm den Atem raubt.

Claire legt den Kopf schräg. »Willst du mir nicht antworten? Nur dieses eine Mal?«

Ihr Kleinod atmet schwer, den Mund hilflos geöffnet. Stumm schaut es an seiner Besitzerin empor.

Claire zieht die Hand zurück und nickt, als wäre sein Blick Antwort genug. Sie lächelt, doch in ihren Augen kann ihr Kleinod die Spuren eines frisch vergangenen Schmerzes lesen – eines Schmerzes, der ihm selbst nur zu bekannt vorkommt. Claire wendet sich ab, um seinem Blick auszuweichen, doch die Bewegung lässt sie erneut gequält zusammenfahren. Unwillkürlich hebt sie die Hand an ihren eigenen Unterleib, wie um eine noch frische Narbe zu schützen.

Als es die Geste sieht, spürt ihr Kleinod, wie sein Leib in schmerzlicher Erinnerung erschauert. Mit traurigem Verständnis hebt es die Hand und streicht über Claires Unterleib, ebenso wie seine Besitzerin es wenige Sekunden zuvor bei ihm getan hat. Nun, da es seine eigene alte, lang verdrängte Trauer in Claires Blick neu gespiegelt sieht, wacht all sein Kummer unvermindert wieder auf, und alles, was es tun kann ist, die eigenen Tränen nicht herauszulassen.

Claire seufzt. »Mein kleines Samenkorn. Wenn du für mich erblühen willst, dann wirst du dich mir öffnen müssen, siehst du das nicht ein?«

Ihr Kleinod senkt den Kopf und fährt fort, den Leib seiner Besitzerin zu liebkosen.

Eine Weile lang genießt Claire stumm die zärtliche Berührung. Dann schüttelt sie den Kopf, sie richtet sich auf und zieht ihr Kleinod an seinem Halsband zu sich hinauf. »Komm, leg dich neben mich.«

Es zögert. Es hat das große Bett noch nie betreten, und ohne die explizite Erlaubnis des Herrn erscheint ihm alleine die Vorstellung wie ein Sakrileg. Doch der Herr ist nicht da. Fordernd zieht Claire an seinem Halsband, sie lässt ihm keine andere Wahl, als ihrer Geste zu folgen und sich zu ihr auf das weiche, weiße Laken zu legen. Es muss achtgeben, dass sich die Nadel zwischen seinen Brüsten dabei nicht im Bettlaken verhakt.

Kaum dass ihr Kleinod neben ihr auf dem Bett liegt, schlüpfen Claires Finger wieder in die feuchte Höhle seines Schoßes. Claire selbst trägt ein rotes Kleid, das ihr bis über die Knie hängt. Ihr Kleinod erwartet, dass sie das Kleid ausziehen würde oder es zumindest hochzieht, doch stattdessen greift sie nach seiner Hand und führt seine Finger über dem dunkelroten Stoff entlang zwischen ihre eigenen Schenkel. Claire trägt keine Unterwäsche und der dünne Stoff liegt geschmeidig auf ihrem Leib, eng wie eine zweite Haut. Durch die weichen Falten kann ihr Kleinod spüren, dass Claires Schoß ebenso gierig und feucht ist wie sein eigener.

Der Hand seiner Besitzerin folgend, reibt es in kreisenden Bewegungen über ihr zuckendes Geschlecht, so lange bis sie unter dem Druck seiner Finger leise stöhnt. Zitternd, zuckend vor Lust streicht Claire ihm über die Brüste, sie zupft an der langen Nadel, erst leicht, dann stärker, bis auch ihr Kleinod anfängt, vor Erregung schwer zu atmen. Nun nimmt sie seine andere Hand und führt seine Finger zu dem rotglänzenden Stoff über ihren Brüsten. Ihr Kleid hat einen tiefen, einladenden Ausschnitt, und so ist es für ihr Kleinod ein leichtes, mit den Fingern unter den seidigen Stoff zu fahren und Claires Brustwarzen zu liebkosen. Claires Brüste sind kleiner als seine eigenen: Hart und spitz richten sich die kindlichen Brustwarzen unter seiner Liebkosung auf.

Claire stöhnt und fährt sich mit der Zunge über die Lippen. Sehnend betrachtet ihr Kleinod die dicken roten Lippen, beinahe zu voll für Claires zarte Gestalt. Mit einem Mal sehnt es sich nach diesem Mund, nach der verbotenen Frucht eines verbotenen Kusses. Unsicher tastet es mit der Zunge nach der Zahnlücke in seinem eigenen Mund. Es will die Finger zu Claires Lippen heben, will irgendetwas tun, um um Erlaubnis zu fragen – in dem Moment zieht Claire ihre Zunge wieder zurück, wie einen lockenden Finger, der ihr Kleinod zu sich führt. Ohne weiter zu überlegen, reckt es sich zu Claire hinüber und schließt die halbgeöffneten Lippen mit seinen eigenen. Bei der Bewegung hat es zu viel Gewicht auf seinen Hals gelegt und scharf beißen die Nadeln des Halsbands in seinen weichen Nacken, doch es kümmert es sich nicht darum. Sein Schmerzenslaut wird erstickt in dem lustvollen Stöhnen des Kusses, seine Tränen vermischen sich mit Claires Schweiß, und in ihrer beider Lust vermengen sich Opfer und Jäger, Katze und Maus in einer gierigen Umarmung zu einem.

Claires Kleinod wacht davon auf, dass seine Besitzerin es spielerisch an den offenen Haaren zieht. Müde öffnet es die Augen und sieht, wie Claire über es gebeugt auf dem breiten Bett hockt. Sie trägt immer noch ihr rotes Kleid, auch wenn der Stoff nun verknittert und am Halsausschnitt eingerissen ist.

»Wach auf. Es ist morgen«, gurrt Claire zufrieden. Ihre Augen blitzen fröhlich und ihr Lächeln ist so breit wie eh und je – nichts ist mehr von der düsteren Laune des vergangenen Abends zu sehen. Ihr Kleinod atmet erleichtert auf.

Mit einer fließenden Bewegung rutscht Claire vom Bett herunter und bemüht sich, Frisur und Kleid einigermaßen in Ordnung zu bringen. Unwillkürlich will ihr Kleinod es ihr nachmachen, doch als es sich vom Bett erhebt, fühlt es, wie sein Körper von oben bis unten pochend schmerzt. Sein Halsband hat einen wunden Ring um seinen Nacken hinterlassen, und als es an sich herabblickt, sieht es, dass an seiner linken Brustwarze eine Spur von getrocknetem Blut herabläuft.

»Sieh dich nur an!«, meint nun auch Claire betroffen. »Du bist ganz wund. Und deine Haare – sie haben sich im Halsband verfangen.«

Sie wartet, bis es sich auf dem Bett aufgesetzt hat, dann greift sie nach seinem Nacken und befreit die verflochtenen Strähnen aus den dornenbesetzten Kettengliedern. Ihr Kleinod beißt sich auf die Unterlippe, während Claire ihm unsanft die Strähnen herauszieht.

»Ich denke, ich sollte mich wirklich um deine Haare kümmern«, meint Claire lächelnd. Ihr Blick begegnet dem ihres Kleinods, und mit einem Mal blitzt in ihren Augen ein seltsames Funkeln. »Ich könnte sie natürlich einfach abscheiden. Was meinst du?«

In ihrem roten Mundwinkel hängt eine Herausforderung, die ihr Kleinod unmöglich deuten kann. Einen Augenblick noch sieht sie es erwartungsvoll an, dann nickt sie und steht auf, um in Richtung des Badezimmers zu verschwinden.

Es bleibt alleine auf dem Bett zurück, die Hände in das Laken vergraben. Auch wenn es nicht weiß, ob Claire ihre Worte ernst meint, klopft sein Herz doch bis zum Hals hinauf. Es erinnert sich an die Anweisung des Herrn, dass es sein Haar lang und offen tragen soll – eine der ersten Anweisungen, die der Herr ihm gegeben hat. Nun, da es nicht mehr ihm, sondern Claire gehört, hat seine neue Besitzerin da das Recht, sich gegen seine Befehle durchzusetzen? Und welche Möglichkeit hat ihr Kleinod, sich ihrem Willen zu widersetzen?

Schon kommt Claire zurück, in ihrer rechten Hand eine große Schere und in ihrer Linken das Rasiermesser, das sie nutzt, um ihr Kleinod von seinem Schamhaar zu befreien. In ihren Augen ist immer noch dieses Funkeln zu erkennen, der Blick eines Kindes, dem eine neue, köstlich verbotene Idee gekommen ist. Sie legt das Messer beiseite, dann setzt sie sich neben ihr Kleinod auf den Rand des Betts, die große Schere in ihrem Schoß.

»Es ist doch eine wunderhübsche Idee, meinst du nicht?« Lächelnd hebt sie die Schere empor, sodass sich das herbstlich bleiche Sonnenlicht in der Schneide spiegelt.

Ihr Kleinod sieht sie stumm an. *Dem Herrn gefallen lange Haare,* denkt es, als würden seine Gedanken in einer endlosen Schleife laufen. *Dem Herrn gefallen lange, offene Haare und kleine Fotzen und hübsche, zarte, engelsgleiche Frauen.*

Eifrig greift Claire nach ihren Haaren. Sie hebt der langen Strähnen nach vorne, sodass ihr Kleinod die Haare zwischen ihren Fingern sehen kann. Dann hebt sie die Schere, sie legt das kühle Metall an seine Kopfhaut an – ein leises *Ratsch*, und die lange Haarsträhne baumelt zwischen ihren Fingern, unschuldig, als hätte sie nie an einem Kopf gehangen.

»Ganz einfach.«

Mit einem hellen Lachen lässt Claire die Haare zu Boden fallen, dann greift sie nach einer neuen Strähne, direkt über seinem Ohr, und mit einem zweiten Schnitt löst sich auch dieser Zopf von seinem Kopf.

Claire arbeitet langsam, Strähne um Strähne zieht sie die Haare einzeln heraus. Bei jedem Schnitt geht sie sicher, dass ihr Kleinod den kalten Stahl der Schere spüren kann, dass es die Bewegung fühlt, mit der sich die Schneiden schließen und ihm die Haare vom Kopf abtrennen. Mittlerweile ist so viel seines Schopfes kahl geschnitten, dass es die kühle Luft an der nackten Kopfhaut spüren kann.

Weiter und weiter häufen sich die losen Strähnen zu den Füßen der beiden Frauen. Mit der Zeit wird Claire ungeduldiger, die Strähnen, die sie abschneidet werden dicker, die Schnitte sind eiliger ausgeführt. Es ist nur noch ein kleiner Teil der Haare übrig, da sticht die Spitze der Schere ihr Kleinod mit einem Mal in den

Nacken. Mehr aus Überraschung denn aus Schmerz schreit es auf, es spürt, wie sich ihm die Tränen in die Augen drücken – erst eine, dann zwei, und mit einem Mal lässt sich der Tränenschwall nicht mehr aufhalten. Ungerufen fließen ihm die Tränen die Wangen herab, ein lange zurückgehaltener Strom, der nun auszubrechen droht.

»Scht, scht – es ist in Ordnung. Du darfst weinen.«

Zärtlich hält Claire die Hand fest, mit der es seine Tränen abwischen wollte. Sie zieht ihr Kleinod an sich, streichelt es und wiegt es wie ein kleines Kind in ihren Armen hin und her. »Du darfst weinen, wenn dir danach ist«, flüstert sie ihrem Samenkörnchen zärtlich ins Ohr. »Du darfst dich öffnen.«

So liegt es in Claires Arm, den Körper von krampfartigen Schluchzern geschüttelt. Es schluchzt, bis ihm die Tränen in Bächen über die Wangen laufen, während Claire ihm mit zwei behutsamen Schnitten die letzten Haarsträhnen vom Kopf schneidet.

Mit einer nachdenklichen Bewegung fährt Claire ihrem Kleinod durch den kurzgeschorenen Schopf, dann sieht sie ihm lange und ernsthaft in die Augen. In ihrem Blick flackert ein neues Verständnis, ganz so, als würde Claire das nackte Geschöpf vor sich gerade zum ersten Mal wirklich sehen. »Es ist gut, mein Kleinod, mein kleines Samenkorn«, flüstert sie zärtlich. »Weine nur. Erblühe. Du weißt ja, dass es noch nicht vorbei ist, nicht wahr?«

Sie drückt einen sanften Kuss auf den stacheligen Schopf, dann steht sie auf und geht in das Badezimmer hinüber. Einen Augenblick später kommt sie zurück, in ihren Händen einen Spiegel, den sie von der Wand abgenommen hat. Sie lehnt den Spiegel aufrecht neben dem Bett an die Wand, sodass sich die beiden in der glänzenden Fläche sehen können.

»Schau, dort. Das bist du, mein kleines Samenkorn«, sagt Claire und weist auf den Spiegel.

Mit tränenverschmiertem Blick sieht sich das Samenkorn im Spiegel an. Es sieht die abgeschnittenen Haare, den abgemagerten, narbenversetzten Körper, die Lücke zwischen den Zähnen.

Claire greift nach dem Rasiermesser, die sie auf dem Boden abgelegt hat, dann setzt sie sich wieder neben es auf das Bett. Sie greift nach den struppigen Haarzotteln und mit sauberem Schnitt trennt sie ihm die kurzen Büschel vom Kopf.

Wie gebannt blickt das Samenkörnchen zu dem Spiegel hinüber. Es sieht zu, wie auch die letzten Haarreste von seinem Kopf abrasiert werden, mit geradezu klinischer Präzision, und wie nichts als die blanke rosa Kopfhaut auf seinem Schädel übrig bleibt. Der Anblick lässt sein gerade versiegtes Schluchzen wieder voll ausbrechen, und ein neuer Schwall heißer, salziger Tränen fließt seine Wangen herab.

»Weine nur, weine nur«, murmelt Claire ruhig, während sie die Klinge wieder und wieder über den nackten Kopf gleiten lässt. Und es weint, um seine Fruchtbarkeit und um sein Selbst, es schluchzt, wie es es in all der Zeit in diesem Haus noch nicht getan hat, vielleicht noch nie in seinem gesamten Leben. Die Tränen, der Schmerz, die Bitterkeit, all das bricht mit unverstellter Wucht aus ihm heraus, als würde ein viel zu lange aufrechterhaltener Damm nun mit aller Macht einreißen. Noch während es weint, spürt es, wie sein Leid eine sonderbare Süße erhält – es ist, als habe es nie etwas Befreienderes gegeben, als sich auf diese Weise zu erschöpfen. Es schluchzt weiter, laut und heftig, lange noch nachdem seine letzten Tränen versiegt sind. Es schluchzt weiter, bis Claire endlich den letzten Schnitt an seinem Nacken tut, bis sie es schließlich fest in den Arm schließt, seine saubere Glatze küsst und ihm die festgetrockneten Tränen von der Wange wischt.

»Scht, mein Kleines. Nun ist es gut.« Claire küsst es auf die Lippe, gerade dorthin, wo sich der fehlende Zahn verbirgt. Dann dreht sie sein Kinn zum Spiegel hinüber. »Schau nur.«

Zwei Gesichter in dem hohen Glas, das eine schön, frisch und von goldenen Locken umrahmt, das andere verweint und glatzköpfig. Und doch ist da etwas an dem zweiten Gesicht, eine neue Entschlossenheit, ein frischer Funke, der die mageren Wangen mit Farbe überzieht.

»Siehst du?«, fragt Claire und fährt mit ihren Fingernägeln sacht über den bloßen Kopf der nackten Gestalt. »Jetzt bist du frisch und neu, gerade für mich erblüht.« Sie lacht. »Meine wunderhübsche kleine Mohnblume.«

Vierter Teil: Der Mord

Der Herr sagt nichts, als er sieht, was Claire getan hat. Mit verschränkten Armen steht er an den Balken gelehnt da, während seine junge Frau ihre Mohnblume das nächste Mal aus der Ledermaske befreit, während sie zärtlich mit ihr spielt und ihr Nadeln unter die Haut treibt. Auch während Claire sich von ihrer Mohnblume verabschiedet, sieht er die glatzköpfige Gestalt nur stumm an, mit einem Blick, der unmöglich zu deuten ist.

Schließlich kann sie unter der Maske hören, wie sich die Schritte ihrer Besitzerin durch den Flur entfernen. Der Herr steht immer noch am Rand des Zimmers, und sie kann seinen Blick auf ihrem nackten Körper spüren.

»Steh auf«, sagt der Herr mit ruhiger Stimme.

Eilig bemüht sie sich, sich aufzurichten. Unbeholfen steht sie da, das verhüllte Gesicht grob in die Richtung gewandt, in der sie den Herrn vermutet.

»Herr?« Ihre Stimme ist unsicher, kratzig vom langen Nichtgebrauch. Sie weiß nicht, was sie ihm sagen will, irgendetwas zwischen einer Verteidigung und einer unbeholfenen Entschuldigung.

Doch der Herr fordert sie nicht auf, weiterzureden. Ohne sich zu rühren, betrachtet er sie aus dem Dunkel hinter der Maske heraus.

Endlich eine Bewegung, sie kann seine Schritte hören, die sich ihr langsam nähern. Sie meint, einen Luftzug zu spüren, vielleicht eine Hand, die sich ihrem nackten Leib nähert, nur um kurz vor ihrer Haut innezuhalten. Sie schluckt.

»Also bist du nun ganz *die Ihre.*«

Die Worte des Herrn bedürfen keiner Antwort – es war keine Frage, sondern eine Feststellung. Noch einmal schluckt sie trocken, dann senkt sie den Kopf, wie um seinem bohrenden Blick auszuweichen.

Noch einige Sekunden steht der Herr stumm vor ihr, ohne etwas zu sagen oder zu tun. Dann, endlich, wendet er sich brüsk ab und sie hört, wie seine Schritte zur Tür hinübergehen, wie sie hinausstapfen und im Gang verklingen.

Nun erst bemerkt sie, dass ihr der Klang ihres eigenen Herzens bis in die Ohren hinauf dröhnt. Mit einem tiefen Stöhnen lässt sie sich herabsinken, zu einem zitternden Bündel, um eng an den Pfosten gedrückt hocken zu bleiben.

Es dauert nicht lange, da klingen neue Schritte zu ihrem Zimmer heran. Es sind nicht die Schritte des Herrn und auch nicht Claires leichter Gang, sondern die Tritte zweier Männer, die etwas Schweres über den langen Flur herüberschaffen. Endlich haben es die beiden Männer – Lorenz und Clemens? – bis zu dem Zimmer geschafft, mit einem dumpfen Klang öffnet sich die Tür und sie kann hören, wie ein grobes Gerät über den Parkettfußboden zur Wand hinübergeschleift wird.

Die unsichtbaren Männer sind noch damit beschäftigt, das schwere Etwas in die richtige Position zu schieben, da klingen neue Schritte über den Flur herüber, und dieses Mal ist es der harte, zielbewusste Gang des Herrn. In einer unwillkürlichen Regung erschauert sie, und sie erinnert sich an die ersten Wochen ihrer Gefangenschaft, damals, als sie im Dunkel saß und die Willkür ihres Peinigers hilflos erwarten musste. Sie schluckt in der Erinnerung an ihre frühere Verzweiflung. Was hat sich seit jener Zeit geändert – bis auf die Tatsache, dass sie heute freiwillig erduldet, was sie damals gegen ihren Willen ertragen musste?

Der Herr betritt den Raum, und die Hitze, die sich zwischen ihren Schenkeln ausbreitet, ist Erklärung genug.

»Clemens, zieh ihr die Maske aus«, sagt der Herr. In seiner Stimme schwingt ein neuer Ton, entschiedener als noch kurz zuvor. Er klingt, als wäre er in seiner Überlegung zu einem Schluss gekommen.

Clemens drückt sie nach vorne, er öffnet das Schloss in ihrem Nacken und zieht ihr die Ledermaske vom glattrasierten Kopf. Dabei drückt er die Nadeln des Halsbands fest in das Fleisch ihres Halses.

Ohne ihren Schmerzenslaut zu beachten, nickt der Herr ihr ungeduldig zu. »Dort hinüber.«

Unsicher steht sie auf und blickt sich um. Neben ihr, direkt vor dem Andreaskreuz, an dem sie heute Morgen erst festgebunden hing, steht ein großes, metallisch glänzendes Gerät. Es sieht ein wenig aus wie die Liege unten im Behandlungszimmer, nur dass die Liegefläche hier nicht flach ist, sondern seltsam abgeknickt, mit einem unteren Teil, der sich in zwei ausgespreizte Beinschienen aufspaltet. Überall an der Apparatur sind feste Schnallen angebracht, aber auch Ketten und Drahtschlingen, wie um einen dargebotenen Körper auf jede mögliche Art und Weise festzubinden. Unbehaglich fragt sie sich, was der Herr wohl mit diesem neuen Marterinstrument vorhaben mag.

»Leg dich darauf«, sagt der Herr ungeduldig.

Sie sieht, wie Clemens einen Schritt näher kommt, und eilig folgt sie dem Befehl des Herrn, sie geht um das Gerät herum und klettert auf die offene Schiene. Die Kälte des Metalls lässt sie erschauern, aber ohne innezuhalten kriecht sie weiter: Sie legt die Knie in die Beinschienen, den Schoß weit gespreizt, dann beugt sie den Oberkörper über die Liege und legt sich bäuchlings auf die metallene Plattform. Das Gewicht ihres Oberkörpers drückt die lange Nadel, die ihre Brüste verbindet, schmerzhaft in ihr Fleisch, und sie stützt sich mit ihren Händen ab, um den Druck auf ihren Brustwarzen zu mindern.

»Die Hände unter die Liege.«

Noch einmal atmet sie tief ein, dann umschließt sie das kalte

Metall mit ihren Armen. Ihre durchbohrten Brüste pochen, und das Halsband sticht ihr unbarmherzig in den Hals, doch sie hat keine Wahl. Hilflos liegt ihr schmerzender Oberkörper auf der kalten Metallfläche.

Auf einen Wink des Herrn kommt Clemens nun herüber und beginnt, ihre Glieder an dem metallenen Apparat festzuschnüren. Sie spürt, wie er die Drahtschlingen über Füße und Beine zieht, um ihre Fußgelenke, ihre Schenkel und Knie. Je eine Schnalle wird um ihre Oberschenkel geschlossen, direkt unterhalb der Pobacken, sodass sie das kalte Metall an ihrer Scham spüren kann. Dann kommt er wieder nach vorne, er bückt sich unter die Liege und zieht zwei feste Metallschlingen um ihre Handgelenke. Noch etwas fester wird sie auf die Liege gedrückt, noch etwas fester presst sich die lange Nadel in ihre Brüste, drücken die Dornen des Halsbands in ihr Fleisch. Als Letztes zieht Clemens von beiden Seiten zwei feste Drähte durch ihr Nadelhalsband und zurrt sie auf diese Weise an der Liege fest, sodass der Zug der Drähte ungehemmt auf die Nadeln an ihrem Hals übergeht.

Wie ein Tier auf der Schlachtbank ist sie nun auf die Metallliege gebunden, den Kopf mühsam aufgestützt, den Blick fest auf die Tür zum Gang fixiert.

Der Herr steht an seinem üblichen Platz gerade am Rande ihres Sichtfelds und schaut sie unverwandt an.

»Lorenz, die Peitsche.«

Lorenz geht zu seinem Herrn hinüber und reicht ihm eine zusammengerollte Peitsche. Der Herr lässt das schwarze Leder auseinandergleiten, und sie erkennt, was er da in den Händen hält: Es ist die Ochsenpeitsche, die lange, lederne Schlange mit dem Knoten am Ende, mit der er sie an ihrem ersten Abend in seinem Haus in Empfang genommen hat.

Ohne ihren Blick zu registrieren, nickt der Herr seinen beiden Dienern zu. »Ihr könnt sie holen.«

Stumm folgen die beiden Männer seiner Anweisung und gehen hinaus, ohne die Tür zu schließen. Sie bleibt alleine mit dem Herrn zurück, ein flaues Gefühl im Magen, und sie versucht, sich auf die drohende Lektion vorzubereiten.

Fünf Minuten vergehen, dann zehn. Der Herr bleibt ruhig, ohne ein Wort zu sagen. Ihr Blick zuckt immer wieder zu der Peitsche in seiner Hand, während ihr Ohr auf den Gang hinaus horcht, dorthin, wo die Schritte der Männer verschwunden sind. Dann der Klang neuer Schritte: Es ist Claires helles Klackern, das sich über den Flur hinweg nähert. Mit einem Mal fühlt ihre Mohnblume eine sonderbare Bewegung, ein Zittern überläuft sie, so als müsse sie sich für ihre eigene Demütigung entschuldigen.

Claire hat die Tür erreicht, sie kommt in das Zimmer herein, auf ihrer Miene eine Mischung aus Neugierde und freudiger Erwartung. Dann sieht sie den Aufbau, den der Herr vorbereitet hat, und ihre Miene zerfällt.

Die Blume fühlt ihre Wangen heiß werden, als sie den Ausdruck auf Claires Gesicht sieht und sich vorstellen muss, was ihre Besitzerin denkt. Das sperrige Gerät, metallisch glänzend, wie eine große, silberne Spinne in der hölzernen Behaglichkeit des Raums. Daneben der Herr, die Arme verschränkt, die Peitsche in der Hand, auf seinem Gesicht ein aufreizendes Lächeln. Und auf das fremdartige Gerät geschnallt sie selbst, so fest angebunden, dass sie keinen Muskel rühren kann, das nackte Gesicht erbärmlich zu ihrer Besitzerin emporgestreckt. Claires Augenbrauen ziehen sich zusammen und ihre Knöchel werden weiß.

Mit einem Schritt geht der Herr auf Claire zu und reicht ihr die Peitsche. »Hier, mein Engel, nimm«, sagt er mit trügerischer Freundlichkeit.

Unwillkürlich streckt Claire die Hand nach dem schwarzen Band aus, aber als sie sieht, was er ihr da entgegenhält, zucken ihre Finger zurück. »Nein. Ich möchte das nicht«, sagt sie in angewidertem Ton.

»Nimm.«

Die Stimme des Herrn ist kaum lauter geworden, doch es reicht aus, um Claires Widerstand zu überwinden. Missmutig greift sie nach dem Leder.

»Schlag zu.«

Claire wirft dem Herrn einen finsteren Blick zu, dann lässt sie die Peitsche probeweise auf den Boden aufschlagen. Es ist offensichtlich, dass sie dieses Instrument nicht gewohnt ist. Ungelenk schlägt die lange Ochsenpeitsche auf dem Parkettboden auf, ohne die Kraft oder Präzision, die sie in den Händen des Herrn innehat. Noch einmal rümpft Claire die Nase über dieses brutale Werkzeug, das so anders zu handhaben ist als ihre feinen Nadeln. Sie blickt trotzig zum Herrn hinüber, doch der verzieht keine Miene. Also geht sie schließlich um die metallene Gerätschaft herum, sodass sie den Rücken ihrer gefesselten Blume erreichen kann, sie holt mit der langen Peitsche aus und schlägt zu.

Es tut weh, ein breiter Peitschenstrich, der sich schräg über ihren gesamten Rücken zieht, aber Claires Schlag hat nichts mit der unbarmherzigen Schärfe zu tun, mit der der Herr die Peitsche benutzt.

»Stärker«, sagt der Herr, ohne die Miene zu verziehen.

Auch wenn die Mohnblume ihre Besitzerin nur noch erahnen kann, spürt sie doch den wütenden Trotz, der Claire erfüllt. Sie holt ein neues Mal mit der Peitsche aus und schlägt zu – dieses Mal stärker, aber weniger gut gezielt. Die Peitsche landet mit dumpfer Wucht auf ihrem rechten Schulterblatt, doch der Knoten am Ende rutscht wirkungslos ab.

»Gib mir die Peitsche«, sagt der Herr mit schlangengleicher Freundlichkeit. Er streckt die Hand aus. »Ich werde dir zeigen, wie es richtig geht.«

Claire scheint einen Augenblick zu zögern, doch dann geht sie um die Apparatur herum und liefert dem Herrn die lange Ochsenpeitsche ab. Ihre Miene ist die eines geprügelten Hundes, nur in ihren Augen flackert ein stiller Zorn.

Mit selbstverständlicher Geste ergreift der Herr die Peitsche. Er geht um die ausgestreckte Gestalt herum, sodass er links hinter ihr zu stehen kommt, mit genug Raum, das lange Leder ausholen zu lassen.

Sie kann die Figur hinter sich nicht sehen, aber sie hört den Luftzug der Peitsche, eine halbe Sekunde ehe der Schlag auf ihrem

Rücken auftritt. Es ist ein Hieb, wie sie ihn noch nicht erlebt hat: Wie eine eiserne Faust presst sich der Wulst der Ochsenpeitsche zwischen ihre Schulterblätter und lässt sie auf die Metallliege niederschlagen. Heiser schreit sie auf, ein stumpfer Laut aus ihrer niedergepressten Kehle. Sie sieht Claires Gesicht vor sich, die Augen ihrer Besitzerin, dunkel vor Zorn, den zusammengepressten Kiefer und die Fäuste, aus denen die Knöchel weiß hervorstehen.

Der Herr lässt ihr keine Zeit, den Schlag zu verkraften. Schon folgt ein weiterer Hieb, härter noch als der Erste, der sie auf die Liege drückt und ihr die Nadeln des Halsbands ins Fleisch treibt. Sie spürt, wie ihr ein dünnes Rinnsal den Rücken herunterläuft, und ihr wird schwindelig, als sie erkennt, dass es Blut ist – mit nur zwei Schlägen hat der Herr es geschafft, ihre Rückenhaut zu zerfetzen. Ein dritter Schlag folgt dem zweiten, hart und unbarmherzig, als wäre es sein einziges Ziel, der hilflosen Gestalt so viel Schaden wie möglich zuzufügen.

Auch Claire hat das Blut auf ihrem Rücken bemerkt, und ihre Miene zeigt deutlich, was sie darüber denkt: Sie, die das Blut ihres Spielzeugs nur mit größter Sorgfalt hat fließen lassen, die jeden Tropfen liebevoll abgeleckt hat, muss nun mit ansehen, wie ihr Gatte mit der Peitsche die Haut aufreißt, Schlag für Schlag für Schlag, ohne sich um das zerfetzte Fleisch Gedanken zu machen.

Tränen rinnen das Gesicht auf der Metallliege herunter, trockene Schreie brechen heraus, Rotz und Schweiß zerfließen zu einer klebrigen Mischung. Dieses Mal kann Claire ihrer Blume nicht helfen, hilflos steht sie selbst da und muss zusehen, wie der gefesselte Körper von Schluchzern geschüttelt wird. In einem Winkel ihres Geistes wünscht sie sich, dass Claire trotz allem kommen würde, dass sie ihr die Tränen vom Gesicht küssen würde, zur Not gegen den Willen des Herrn – aber sie versteht gut genug, dass Claire das nicht tun kann. Zu stark steht sein Wille über ihnen beiden, zu mächtig erhebt sich seine Autorität, macht sich in jedem Schlag auf den blutigen Rücken von Claires Spielzeug bemerkbar, in jeder Träne, die Claire ihrer Mohnblume nicht abtrocknen kann.

Irgendwann ein dumpfer Knall: Der Herr hat die Peitsche ungeduldig in die Ecke geworfen. Er geht wieder um die Gerätschaft herum, bis er im Blickwinkel der Gefesselten steht, dann winkt er Claire ungeduldig zu sich herüber.

»Lehn dich auf das Bett.«

Claire zögert; wütend zuckt ihr Blick von der Liege zum Herrn hinüber und wieder zurück. Der Herr macht Anstalten zu ihr herüberzukommen, und sie springt auf. Hastig kniet sie sich neben dem Herrn auf den Boden, den Oberkörper auf dem weiten Bett ausgestreckt.

Die Blume muss daran denken, wie sie selbst neben Claire auf diesem Bett gelegen hat, an jenem Abend, ehe ihr ihre Besitzerin die Haare abgeschnitten hat. In hypnotischer Faszination blickt sie hinüber, dorthin, wo der Herr nun mit wenigen rauen Griffen Claires Kleid emporzieht, so weit, dass der nackte Hintern seiner Frau zu sehen ist. Sie erwartet, dass der Herr Claire das Kleid ganz über den Kopf zieht, aber der entblößte Unterleib scheint ihm zu genügen. Während von Claire selbst nur leise, unverständliche Laute des Protests zu hören sind, stellt sich der Herr hinter sie, er zieht seine Hose herunter und macht sich daran, Claire von hinten zu nehmen.

Wieder und wieder stößt der Herr in Claires zuckenden Leib. Er stemmt sich mit den Händen auf ihren Rücken, während sie die Finger hilflos in das Bettlaken krallt und keucht. Es ist das erste Mal, dass die Blume den beiden ohne verhüllende Maske zusieht, und durch ihren Tränenschleier hindurch folgen ihre Blicke dem grotesken Bild. Müde fragt sie sich, ob der Verkehr zwischen den beiden immer so abläuft wie jetzt, aber in Wahrheit weiß sie die Antwort schon. Dieser animalische Deckungsakt ist genausowenig eine gewöhnliche Liebschafts-Szenerie, wie die vergangene Bestrafungs-Aktion eine gewöhnliche Auspeitschung war. Sie spürt ihren zerfurchten Rücken, die aufgepeitschten, blutigen Fetzen, die wie Feuer brennen, die durchbohrten Brüste, gewaltsam an das Metall gepresst. Angestrengt versucht sie sich wieder auf die Situation vor ihr zu konzentrieren, auf den Herrn und Claire, auf alles, was sie von ihrem gedemütigten Körper ablenken kann.

Dann, nach langem Stoßen, nur durchbrochen von dem lauten Atem des Herrn und Claires leisem Wimmern, ist die Lektion endlich beendet. Mit einem Stöhnen erleichtert sich der Herr in Claires gespreizten Schoß. Er steht auf, ohne Eile, und ohne Claire noch weiter zu beachten. Langsam zieht er sich die Hose wieder an, dann dreht er sich um und wirft der gefesselten Gestalt auf der Apparatur noch einen kurzen Blick zu. Seine Augen sind ernst, aber nicht wütend – die Lektion ist erteilt, er hat keinen Grund mehr, Groll gegen die beiden Frauen zu hegen. Noch einmal blickt er sich in dem Zimmer um, dann geht er hinaus, er schließt die Tür und seine Schritte verklingen durch den Gang.

Die nächsten Tage über scheint im Haus wieder alles seinem gewohnten Gang zu folgen. Der Herr begleitet Claire, wenn sie mit ihrer Blume spielt. Stumm steht er an den Balken gelehnt und schaut zu, wie seine Frau die bloße Gestalt abwechselnd quält und liebkost. Der Herr selbst berührt bei diesen Gelegenheiten keine der beiden Frauen. Nur nachts kann die Blume unter ihrer Maske ab und zu hören, wie Schläge und laute Schreie aus dem Nachbarzimmer dringen.

Über die vergangene Begebenheit lässt weder der Herr noch Claire auch nur ein Wort verlauten, sie beide scheinen wieder in vollkommenem Einverständnis zu liegen. Nur manchmal, wenn Claire in ihren Zärtlichkeiten allzu vereinnahmend wird, scheint sich die Miene des Herrn für einen Moment zu verdunkeln, und mit reger Wachsamkeit beobachtet er das Zusammenspiel der beiden. Das metallene Gerät, an das Clemens sie gebunden hat, bleibt weiterhin ungenutzt im Raum stehen, als stumme Erinnerung an düstere Möglichkeiten. Der Anblick der Konstruktion lässt die Blume regelmäßig erschauern, in hilflosem Grauen vor der Allgewalt des Herrn. Ab und zu kann sie sehen, wie Claire die

Apparatur betrachtet, in ihrer Miene ein wütendes Aufblitzen, das sich allzu schnell wieder hinter einer glatten Miene verbirgt.

Weil das Gestell direkt vor dem Andreaskreuz steht, muss sich Claire neue Wege suchen, ihre Mohnblume festzubinden. Sie ist dazu übergegangen, ihr die Hände zu fesseln und sie an einem Haken an der Zimmerdecke zu befestigen, so weit wie möglich von dem metallenen Gestell entfernt. Hier macht sich Claire nun regelmäßig daran, den nackten Körper ihrer Blume zu rasieren, ehe sie mit ihr spielt: Arme und Beine, den Schoß und die Achseln, und auch den blanken, rosig hellen Kopf.

»Schau nur, wie schön du nun wieder aussiehst«, flüstert Claire ihr ins Ohr, nachdem sie die Klinge an der nackten Kopfhaut entlanggeführt hat. »Neu und frisch, wie ein Tautropfen.«

Ihre Mohnblume lächelt.

Claire ist mit der Rasur gerade fertig, als die Blume spürt, wie ihr eine warme Flüssigkeit die Beine herunterläuft. Für einen Moment denkt sie, Claire hätte ihr beim Rasieren in den Schoß geschnitten, aber sie kann keine Schmerzen spüren, und ihr wird klar, dass es ihr Regelblut ist, das dort herabläuft.

Claire hat das herabrinnende Blut nun auch bemerkt, und ihre Miene leuchtet auf. Vorsichtig streift sie an den verschmierten Beinen ihrer Blume entlang, dann hebt sie die Hand und mit einem hypnotisierten Lächeln hält sie ihr die blutigen Finger vor das Gesicht.

»Schau hier, das ist dein Blut. Ich habe es dir nicht nehmen müssen, du hast es mir gegeben.«

Claire fährt ihrer Blume mit den blutigen Fingern über den Mund. Instinktiv öffnet sie die Lippen und beginnt, das frische Regelblut abzulecken. Bei diesem Anblick lacht Claire auf, sie stellt sich auf ihre Zehenspitzen und beginnt selbst, an den blutigen Fingern zu saugen. Die Zungen der beiden Frauen finden sich, und als Claire ihre Hand zurückzieht, bleiben nur noch ihrer beiden Münder übrig, die sich um den metallischen Geschmack streiten. Während sie Claires Lippen noch an den ihren spürt, fühlt die

Mohnblume, wie sich die Hand der anderen wieder zwischen ihre Schenkel schiebt, wie sie mehr Blut einzufangen versucht, um es erneut zwischen ihrer beider Münder zu verteilen.

Wieder und wieder fährt Claire ihrer Blume mit den Fingern zwischen die Schenkel, dann zwischen die Schamlippen, immer tiefer in den Körper hinein. Ihre Lippen hängen aneinander, untrennbar verbunden auf der Suche nach Blut und in der Gier nach dem Mund der anderen. Die Blume fühlt, wie Claires Finger über ihre Brüste gleiten und die durchbohrten Brustwarzen schmerzhaft zusammenquetschen, wie sich die andere Hand ihrer Besitzerin in ihrem Innern öffnet und schließt und ein Feuer zum Auflodern bringt, dass ihr den Atem zu rauben droht.Gewaltsam reißen sich ihre Lippen von Claires los, sie streckt sich auf, nur um Atem zu holen, damit sie Claires Liebkosungen weiter ertragen kann. Dabei fällt ihr Blick auf den Herrn, der hinter Claire am Rande des Raumes steht, und sie erstarrt. Die Miene des Herrn ist finster. Mit verschränkten Armen beobachtet er die beiden Frauen, so als wäre ihre Zärtlichkeit nur darauf ausgerichtet, ihn selbst zu verspotten.

Der Herr hat ihren Blick bemerkt, und nun verzieht sich seine Miene zu einem Lächeln. Er löst die Arme, dann kommt er zu ihnen beiden herüber und berührt Claire an der Schulter. Mit aufgesetzter Freundlichkeit zieht er sie zu sich herüber.

»Claire, warte einen Moment.«

Claire braucht ein paar Sekunden, um sich aus ihrer Erregung zu reißen. Irritiert dreht sie sich zu ihrem Gatten um. »Was ist?«

Der Herr lächelt weiter freundlich, und bei diesem Anblick entspannt sich auch Claires Miene. Ihre Blume kann nichts tun, als der Szene stumm zuzuschauen.

»Mein Engel«, sagt der Herr in aufgeräumtem Ton, »ich musste gerade an etwas denken. Während du dich alleine mit ihrer Fotze beschäftigst, frage ich mich ein wenig, ob ihr Arsch nicht vernachlässigt wird.«

Claires Augen ziehen sich zusammen. Mit neuerwachtem Misstrauen sieht sie den Herrn an. »Du meinst …«

»Schnall sie doch einmal an dem praktischen Gerät dort vorne fest. Ich habe da eine Idee.«

Der Argwohn in Claires Blick ist nun deutlich zu sehen, doch sie traut sich nicht, dem Befehl des Herrn offen zu widersprechen. Mit zusammengebissenen Zähnen wendet sie sich zu ihrer Blume und beginnt, das Seil um ihre Hände loszulösen.

Der Herr lächelt.

Mit losgelösten Händen steht die Blume nun frei im Raum, sie wendet den Blick unsicher vom Herrn zu Claire und wieder zurück. Claires Gesicht ist immer noch unwillig verzogen. Zögernd führt sie ihre Mohnblume hinüber zu dem metallenen Gerät, sie weist sie an, sich vorsichtig auf die kalte Liegefläche zu legen und beginnt, ihre Glieder mit den Drahtriemen festzuschnallen.

Erneut kniet die Blume eng festgeschnallt auf dem Gestell, ihre Beine gespreizt und ihr Oberkörper schmerzhaft an die Liegefläche gepresst. Sie spürt, dass ihr Regelblut weiter zwischen ihren Beinen hervor fließt: Als warmer Schauer rinnt es rechts und links die Metallflächen entlang und tropft zwischen ihren Beinen auf den Boden.

Der Herr nickt zufrieden. In seiner Miene ist nun keine Freundlichkeit mehr zu erkennen, nichts mehr als unbeugsame, grimmige Entschlossenheit. Er geht hinüber und öffnet die Tür zum Flur. »Clemens!«, schallt sein lauter Ruf in den Gang hinaus.

Claire steht neben der Apparatur und streicht mit ihren Fingernägeln abwesend über den nackten Kopf ihrer Blume. Auch wenn sie den Blick ihrer Besitzerin nicht sehen kann, so spürt die Mohnblume doch Claires schwelende Unruhe.

Eilige Schritte nähern sich, und schon tritt Clemens durch die Tür ins Zimmer.

Der Herr lächelt und weist auf die gebundene Gestalt. »Wir haben uns gerade gefragt, ob ihr Arsch nach all der Zeit hier oben wohl noch weit genug ist. Nimm dir ihren Hintern vor und sag uns, was du meinst.«

»Nein!«

Während der Worte des Herrn haben sich Claires lange Fingernägel schmerzhaft in die nackte Kopfhaut ihrer Blume eingegraben. Nun macht sie einen Schritt nach vorne, den Kopf wutentbrannt zum Herrn emporgewandt. »Nicht das!«

Der Herr lässt sich Zeit. Langsam wendet er sich um, er mustert Claire von oben bis unten und zieht die Augenbrauen zusammen. »Was hast du gesagt?«

Unter seinem bohrenden Blick schrumpft Claire zusammen. Sie öffnet den Mund, wie um einen Vorwurf oder eine Entschuldigung hervorzubringen, doch hilflos schließt sie ihn wieder und lässt den Kopf herabsinken.

»Geh nach drüben, in den schwarzen Raum«, sagt der Herr leise. Seine Stimme scheint ruhig, doch die unausgesprochene Drohung lässt seine Frau erbleichen.

Noch einmal scheint Claire aufbegehren zu wollen, sie hebt den Kopf und sieht den Herrn herausfordernd an – dann sinkt ihre zarte Gestalt in sich zusammen. Unter dem unbewegten Blick des Herrn wendet sie sich um und geht durch die Tür hinaus in den Flur. Der Herr nickt Clemens einmal kurz zu, dann wendet er sich ab, um seiner Frau hinaus in den Nebenraum zu folgen.

Hilflos an das eiserne Gestell gebunden, kann sie nicht sehen, was Clemens hinter ihrem Rücken tut. Sie hört, wie er einmal um die Apparatur herumgeht, dann hört sie das Schleifen seiner heruntergezogenen Hosen und sie spürt, wie sich seine nackten Beine von innen gegen ihre Schenkel drücken. Ein leises, hilfloses Wimmern dringt aus ihrer Kehle.

Es tut weh dieses Mal, mehr weh, als sie es in Erinnerung hat. Ihr Hintern ist das Eindringen von Clemens nicht mehr gewohnt, und er macht sich nicht die Mühe, irgendeine Art Hilfsmittel zu benutzen. Als er sein erschlaffendes Glied nach wenigen festen Stößen wieder aus ihr herauszieht, ist sie sich sicher, dass ein Teil des Blutes an ihren Schenkeln aus ihrem wunden Hintern herrühren muss. Sie ist seltsam erleichtert, dass Claire dieses Zwischenspiel nicht hat mit ansehen müssen.

Clemens zieht sich wieder an und geht hinaus, ohne sich weiter um die festgeschnallte Gestalt auf dem Gestell zu kümmern. Er schließt die Tür nach draußen sorgsam ab, so als ob die Gefahr bestünde, dass sie sonst entfliehen könnte, und lässt sie alleine in ihrer schmerzhaft ausgestreckten Lage zurück.

Es vergeht eine Viertelstunde, dann dringen die ersten Schreie aus dem Nebenraum zu ihr herüber. Es ist Claires Stimme, die dort zu hören ist, und doch klingen die gequälten Töne anders als alles, was sie jemals aus der Kehle ihrer Besitzerin gehört hat. Was dort zu ihr herüberdringt, sind nicht die gewöhnlichen Schmerzensschreie einer Bestrafung, auch nicht die Klänge der Wut oder der Empörung. Was nun durch die festen Wände herüberschallt, sind die ungedämpften, ungefilterten Schreie einer alles übergreifenden Panik, Schreie der Verzweiflung und der Todesangst. Dumpf erinnert sie sich daran, wie sie zum ersten Mal auf jenem schwarzen Stuhl saß, ihr Kopf umnebelt von Biss des Belladonna-Safts und ihr Herz von schwarzer Panik umschlungen. Möglich, dass ihre eigenen Schreie damals ähnlich geklungen haben. Mit einem Schaudern schließt sie die Augen und wünscht sich, sie könnte auch ihre Ohren vor den grausigen Tönen verstopfen.

Erst als der nächste Morgen graut, ebben die Klänge aus dem Nebenzimmer langsam ab. Sie hat die gesamte Nacht keinen Schlaf finden können, nicht mit den Schreien, die dort zu ihr herüberdrangen. Nun versucht sie, die Augen zu schließen und trotz ihrer schmerzenden Position auf dem Metallgestell etwas Ruhe zu finden.

Sie ist kaum eingedämmert, als der Klang des Schlüssels in der Tür sie erneut aufschrecken lässt. Die Tür öffnet sich langsam, zögerlich, und hereingeschlichen kommt Claire, auf nackten Füßen und so leise, als wäre sie gar nicht wirklich da. Claire sieht aus wie ein Gespenst: Ihre goldenen Locken hängen wirr herab, ihr Gesicht wirkt eingefallen, und ihre Augen sind blutunterlaufen. Sie trägt ein weißes Nachthemd, doch überall auf dem hellen Stoff sind rotbraune Spuren zu erkennen, Flecken von verkrustetem Blut, die die Wunden auf ihrem Leib betonen, statt sie zu verschleiern.

Ängstlich legt Claire den Finger an den Mund, so als ob die Gefahr bestünde, dass ihre Mohnblume sie verraten könnte. Sie kommt auf die festgebundene Gestalt zu, und jetzt erst erkennt die Blume, dass Claires blaue Pupillen geweitet sind, in der glasigen Unsicherheit des Belladonna-Safts. Mit unsicherer Geste streckt Claire die Hand nach ihr aus, ihre Finger fahren über den nackten Kopf, und ein Lächeln erhellt die verhärmten Züge.

»Wir müssen leise sein, damit *er* nichts hört.« Claire fährt mit der Hand zum Mund, erschrocken über den Klang ihrer eigenen Stimme.

Die Blume sieht ihre Herrin besorgt an. Claires Bewegungen sind unsicher und ihre Stimme lallt, ganz so, als wenn sie noch fest im Griff der Droge gefangen wäre.

Mit unsicheren Bewegungen löst Claire die Drahtschnallen, die ihre Blume auf dem Gestell festgebunden halten. Zärtlich streift sie dabei über die festgebundenen Schenkel und den schmerzenden Hintern. »Es ist nicht gut, dass er das getan hat«, murmelt sie dabei. »Er hatte nicht das Recht dazu. Du bist die Meine – das sollte er wissen.«

Sie hilft ihrer Mohnblume dabei, vorsichtig von dem Gestell herunterzusteigen. Ihre Beine geben unter dem Gewicht ihres Körpers nach und sie sinkt zusammen. Einen Augenblick lang versucht Claire, ihr wieder aufzuhelfen, doch sie ist selbst zu unbeholfen, um das zusätzliche Gewicht zu stemmen. Also kniet sie sich neben ihre Mohnblume auf den Boden, sie nimmt den kahlgeschorenen Kopf in ihren Schoß und streicht ihr mit scharfen Fingernägeln über den nackten Körper.

»Er hatte kein Recht dazu. Nicht über dich.« Ihre Stimme hat einen kindlichen, trotzigen Klang angenommen. »Er sollte dafür büßen müssen.«

Fest graben sich Claires Fingernägel in das Fleisch ihrer Blume und hinterlassen blutig brennende Striemen auf Schultern und Rücken.

Claire sieht, dass die durchbohrten Brustwarzen angefangen haben, erneut zu bluten, und sie beugt sich herab, die blutenden Brüste zu küssen. Ihre Küsse lassen die schmerzenden Brustwarzen nur noch heftiger pochen, doch die Blume gibt keinen Laut von sich. Stumm erduldet sie die schmerzenden Liebkosungen ihrer Besitzerin.

»Er soll es büßen«, murmelt Claire noch einmal müde, in ihrer Stimme die ganze Empörung eines Kindes, dessen Spielzeug unrechtmäßig entweiht wurde. Dann lehnt sie ihren Kopf auf den nackten Schädel ihrer Blume, während ihre Finger weiter fahrig über ihren nackten, narbenbesetzten Leib fahren. Zu einem wüsten Haufen zusammengesunken, kaum einen Schritt von dem Gestell ihrer beider Marter entfernt, schlafen die beiden Frauen unter den Strahlen der frühen Morgensonne ein.

Das Erste, was die Mohnblume sieht, als sie wieder zu sich kommt, ist der entsetzte Ausdruck in Claires Augen. Einen Augenblick lang fehlt ihr jede Orientierung darüber, wo sie ist und was geschehen ist, doch dann hört sie das Geräusch der sich öffnenden Tür, und mit einem Schlag fällt es ihr wieder ein: Der entfesselte Zorn des Herrn am vergangenen Abend, die lange, von Schmerzensschreien durchdrungene Nacht – und Claire, die hereingekommen ist und sie losgebunden hat, gegen den klaren Befehl des Herrn. Claire war benebelt, als sie es getan hatte, unter dem hypnotisierenden Einfluss des Belladonna-Extrakts, doch nun ist sie wieder ganz beisammen. Während sie zur Tür hinüberschaut, sind ihre Pupillen nicht länger von der Droge geweitet, sondern von der ganz realen Panik vor der Reaktion des Herrn.

Die Tür schwingt auf und der Herr kommt herein. Stumm baut er sich vor den beiden am Boden zusammengekauerten Frauen auf, die mit schreckgeweiteten Mienen zu ihm emporschauen.

»Claire, steh auf.« Es liegt keine Drohung in seiner Stimme. Das hat er nun, nach allem was geschehen ist, nicht nötig. Er klingt ruhig, und beinahe erschöpft, so als hätte er selbst keine Lust mehr auf die Auseinandersetzung.

Mit ruhiger Geste richtet Claire sich auf, bemüht, ihre zitternden Glieder zur Ruhe zu rufen. Auf ihrem weißen Nachthemd ist ein neuer rostroter Fleck zu sehen, dort, wo sich ihre Blume mit blutverschmierten Schenkeln an sie gelehnt hatte.

»Herr«, sagt Claire mit zitternder, kaum hörbarer Stimme. Sie räuspert sich. »Herr, es tut mir leid.«

»Zieh dich aus«, sagt der Herr, ohne auf ihre Worte zu achten.

Claire erstarrt. Schützend schieben sich ihre Hände vor den Körper. Ihr Blick wandert zu ihrer Mohnblume herunter, dann sieht sie flehentlich zum Herrn.

Mit einem Nicken beantwortet der Herr ihre unausgesprochene Frage. »Ja, vor ihr. Zieh dein Kleid aus.«

Noch einmal schluckt sie trocken, dann schließt sie die Augen und zieht mit einer raschen Geste das Nachthemd über den Kopf.

Scharf zieht die Blume die Luft ein. Claires Körper, ihr reiner, weißer Mädchenleib, ist vom Hals bis zu den Schenkeln mit dunklen Malen bedeckt. Jeder Zentimeter ihres Leibes, der gewöhnlich unter ihrer Kleidung verschwindet, ist rot oder blau, bedeckt mit frischen Wunden und alten Narben, mit Bissen, Quetschungen und Schnitten, wie die gefleckte Leinwand eines unersättlichen Künstlers. Über ihrer linken Hüfte klafft ein rotes, dickes Narbengeschwulst – das ungelenk in ihr Fleisch geritzte Wappen des Herrn. Claires Mal ist schlechter verheilt als das Zeichen auf ihrer eigenen Haut. Rot glühend glänzen die Linien auf dem wundenbedeckten Körper.

Einige Sekunden lang lässt der Herr ihr Zeit, den Leib ihrer Besitzerin zu mustern. Während dieser Zeit weigert sich Claire, dem Blick ihrer Blume zu begegnen. Krampfhaft hängen ihre Augen am Gesicht des Herrn.

»Du hast also ihre Schnallen gelöst?«, fragt der Herr nun, während sein Blick an Claires Körper entlanggleitet. »Du willst ihr mehr Freiheiten geben?«

Wenn Claire wenige Minuten zuvor noch angesetzt hatte, um Verzeihung zu bitten, so ist dieser Impuls nun vergangen. In brennender Wut funkeln ihre Augen dem Herrn entgegen.

Ohne den Blick von Claire zu lösen, winkt der Herr die immer noch auf dem Boden Kniende herbei. »Du da, komm her.«

Unsicher steht sie auf. Ohne den Herrn oder Claire anzusehen, stellt sie sich neben die beiden und hält den Blick auf den Fußboden gerichtet.

»Hol die Neunschwänzige her. Sie liegt draußen, neben der Tür.«

Mit unsicheren Schritten gehorcht sie seinem Wink, sie geht hinaus auf den Flur und greift nach der neunschwänzigen Katze, die neben der Tür liegt. Das ungewohnte Gefühl der verknoteten Lederriemen in ihren Händen lässt sie erschauern. Eilig geht sie zurück zum Herrn und hält ihm die Peitsche entgegen.

Die Augen immer noch fest auf seine Frau gerichtet, schüttelt der Herr den Kopf. »Nein. Du wirst das übernehmen. Wenn Claire dir gerne mehr Freiheiten überlassen möchte, dann sollst du sie haben.«

Claires Augen werden groß, in unaussprechlichem Grauen blickt sie zu ihrer Mohnblume hinüber. Mit einem Blick, in dem der nackte Wahnsinn funkelt, fleht Claire sie an, sich dem Befehl des Herrn zu widersetzen. Für einen Augenblick ist die Blume sicher, dass Claire alles tun wird, um der Gewalt des Herrn zu entgehen, dass sie bereit ist, ihn oder sich selbst zu zerreißen, sollte es nötig sein. Doch dann ist der Moment vergangen und in Claires Augen bleibt nichts als nackte Angst.

Die Blume spürt einen unerträglichen Druck in ihrer Kehle. Stumm blickt sie von Claire zu dem Herrn hinüber, in der unausgesprochenen Hoffnung, dass einer von beiden sie aus dieser Situation befreien möge.

»Dreh dich um«, sagt der Herr zu Claire. »Lehn dich über das Bett.«

Noch einmal öffnet Claire den Mund, so als würde sie verzweifelt nach Worten suchen, dann presst sie die Lippen zusammen, sie dreht sich um und lehnt sich auf das breite Bett.

Nun wendet sich der Herr zu der immer noch wartenden Gestalt herüber. »Komm her.«

Die schwere Peitsche in der Hand kommt sie einen Schritt näher. »Herr?« Ihre Stimme ist rau und unsicher.

Ohne ihre Frage zu beachten, weist der Herr nur stumm auf Claires nackten Rücken, der vernarbt und wundenbedeckt auf dem Bett ausgebreitet ist. »Los.«

Der kindliche Leib vor ihr zittert in unterdrückter Erbitterung. Noch einmal wendet sie sich zu ihrem Herrn um, sie hofft auf Gnade, auf irgendeine Form der Erleichterung, doch sein Blick ist entschlossen. Hilflos holt sie Luft, sie holt aus und lässt die Peitsche mit einem ersten, dumpfen Schlag auf Claires Rücken niedersausen.

Es ist der Herr, der sie dieses Mal wieder zurückführt und in ihre Ledermaske einschließt. Claire steht währenddessen stumm neben dem Bett, das Gesicht abgewandt, sodass sie von ihrer Besitzerin nichts außer dem striemenversetzten Rücken sehen kann. Das blutige Nachthemd hält Claire nutzlos in ihrer Hand, als wüsste sie nicht, wie ihr der Stoff nun noch helfen sollte. Dann schließt sich das feste Leder über ihrem Gesicht, mit einem Klirren wird die Maske an der Wand festgeschlossen und die Welt versinkt aufs Neue in blinder Dunkelheit.

Die nächsten Tage verbringt sie alleine, ohne dass Claire oder der Herr ihr Zimmer betreten. Ein oder zweimal am Tag kommt einer der Diener herein, er führt sie aufs Klo, gibt ihr zu essen und zu trinken, ohne dass er die Maske dafür öffnen müsste. Sie spürt, wie ihre nackte Kopfhaut durch den Dauerdruck der schweren Maske wundgerieben wird, doch es macht ihr kaum etwas aus. Ohne zu wissen, in welcher Situation sie sich befindet oder was nun mit ihr geschehen wird, verlebt sie die Zeit in fatalistischer Apathie.

Auch aus dem Nachbarraum klingen seit jener Nacht keine Stimmen oder Töne mehr. In ihrer Einsamkeit fragt sie sich hin und wieder, ob der Herr und Claire wohl hier im Haus geblieben sind, ob sie beide wohl überhaupt noch am Leben sind. Der Gedanke lässt sie erschauern. Ihr ist, als wäre sie das einzige Lebewesen auf der Welt.

Es vergeht beinahe eine Woche, bis sich das nächste Mal weibliche Schritte ihrer Kammer nähern – nicht das selbstbewusste Klackern von Claires hohen Schuhen, sondern das Geräusch von nackten Frauenfüßen, die über den Holzboden schleichen. Langsam dreht sich der Schlüssel im Schloss und die Tür öffnet sich. Sie hört, wie leise Tritte zum Bett hinüberwandern, wie sie das schwere Möbelstück umrunden, und dann zu ihr herüber kommen.

Eine weiche Hand – Claires Hand – streicht an ihrem nackten Körper entlang, langsam und unendlich vorsichtig, so als wäre Claire sich in ihrer eigenen Zärtlichkeit nicht sicher. Die zitternden Hände fahren zu ihrem Nacken und machen sich daran, das Schloss der Maske zu öffnen. Unwillkürlich zieht sie die Luft ein – sie erinnert sich daran, was das letzte Mal geschehen ist, als Claire sie gegen den Willen des Herrn befreit hat.

Claire muss ihre Anspannung gespürt haben. Mit beruhigender Geste streicht ihre Besitzerin ihr über die Schulter und flüstert: »Alles ist gut. Er hat es mir aufgetragen.«

Eine nach der anderen öffnen sich die Schnallen der Maske, dann zieht Claire ihr die schwere Lederhülle vom Kopf.

Sie erschauert, als sie sich umwendet und Claire anschaut. Ihre Besitzerin ist ebenso unbekleidet wie sie selbst, nur das feine goldene Kettchen hängt um ihren rechten Fuß. Alleine ihre goldenen Haare sind frisch gewaschen und zurechtgesteckt, so als wollte sie damit von der kläglichen Gestalt ablenken.

Claire reicht ihr die Hand und zieht sie zu sich herauf. Als sie sich gegenüberstehen, verschlägt es ihnen beiden für einen Moment den Atem – mit einem Mal sind sie nicht mehr als zwei nackte Frauen, in Leid und Lust einander gleichgestellt.

Eilig holt Claire Luft. »Komm herüber. Es bleibt genug Zeit, dass ich mich richtig um dich kümmern kann.«

Claire führt sie ins Badezimmer hinüber und lässt ihr ein heißes Bad ein, mit genug Schaum, um ihre magere Gestalt voll und ganz darin zu versenken. Dort kümmert ihre Besitzerin sich nun um sie, wie sie es schon so viele Male getan hat: Claire wäscht ihr den Körper und putzt ihre Zähne, sie rasiert ihren Leib, bis nicht ein Härchen mehr übrig bleibt.

Als sie schließlich frisch gewaschen aus der Wanne steigt, holt Claire ein großes Handtuch und trocknet sie sorgfältig ab. Dann führt sie sie wieder aus dem Badezimmer heraus, hinüber zu dem Metallgestell, das immer noch wie ein dunkler Schatten am Rand des Zimmers steht.

»Du sollst dort hinauf. Er hat es befohlen.«

Claires Stimme klingt sonderbar ruhig, so als würde der Befehl des Herrn für sie beide kaum noch eine Rolle spielen.

Schaudernd folgt sie der Anweisung ihrer Besitzerin, sie kniet sich auf das kalte Metall und lässt zu, dass Claire die Drahtschnallen um ihre Glieder schließt, um ihre Füße, ihre Unterschenkel und ihren Schoß. Claire hängt die beiden Drahtschlingen an dem Nadelband um ihren Hals ein, dann bückt sie sich und schließt ihre Handgelenke an der Unterseite der Metallliege fest.

Als Claire wieder aufsteht und auf sie herabsieht, leuchtet ein sonderbares Funkeln in den blauen Augen. Ihre Mundwinkel verziehen sich zu einem Lächeln. »Deine rechte Hand ist nicht gut befestigt. Wenn du an der Schnalle ziehst, wirst du die Fessel öffnen können.«

Unwillkürlich testet sie die Worte ihrer Besitzerin aus, und wirklich: Die Schnalle um ihre rechtes Handgelenk gibt dem Druck ihrer Hand nach.

»Wenn du die Hand befreist, wirst du keine Mühe haben, auch die andere Fessel zu lösen. Und mit beiden Händen kannst du dich befreien.« Das Funkeln in Claires Blick hat etwas Manisches, es erinnert an ein wildes Tier im Angesicht des nahenden Unwetters. Zärtlich streicht sie der gefesselten Gestalt über den kahlen Kopf. »Aber ich wünsche mir von dir, dass du das nicht tust, hörst du?« Sie lacht leise. »Du wirst dich nicht befreien, unter keinen Umständen. Nicht einmal, wenn *er* dich darum bittet – nicht einmal, wenn er es befiehlt. Du wirst mir folgen, nicht wahr? Du wirst mir folgen und still und hilflos hier liegenbleiben.«

Noch einmal streicht sie der Gefesselten über den nackten Kopf, dann beugt sie sich herab und drückt einen zarten Kuss auf die frisch gewaschene Haut. »Nicht wahr, das wirst du?«, flüstert Claire noch einmal, dann steht sie auf, wendet sich zur Tür und geht hinaus.

Sie bleibt alleine zurück, den Körper an das kalte Metall gedrückt, ihre rechte Hand frei, und den Kopf voll unaussprechlicher Fragen.

Es dauert nicht lange, und der Herr kommt den Gang entlang. Sein fester Tritt wird begleitet von dem sachten Klang von Claires nackten Füßen. Krampfhaft bemüht sie sich, ihre rechte Hand regungslos in ihrer Schlinge zu halten, doch diese Vorsichtsmaßnahme ist überflüssig: Der Herr widmet ihr kaum einen Blick. Entschlossen geht er zu dem Bett hinüber und nickt der nackten Claire zu, sich vor ihn hinzulegen. Eilig bemüht sich Claire, seinem Wink zu folgen. Mit kindlicher Begeisterung breitet sie sich vor ihm auf dem weißen Bettlaken aus, in ihrem Blick ein Lächeln, das zwischen Begeisterung und Manie zuckt.

Trotz aller Wunden, aller Narben und Male sieht Claires nackter Körper auf dem Bett hinreißend aus. Nur einige Sekunden lang blickt der Herr auf den weißen Leib herab, der sich vor ihm erregend windet, dann beginnt er mit zufriedenem Lächeln, sich auszuziehen. Dieses Mal streift er sich nicht nur die Hose herunter. Mit der selbstzufriedenen Miene eines Mannes, der sein Eigentum ganz und gar in Besitz nehmen will, zieht er sich langsam aus, lässt Stück für Stück seiner Kleidung auf den Boden fallen, bis er schließlich nackt neben dem breiten Bett steht. Er wirft der gebundenen Gestalt auf dem Metallgestell noch einen kurzen Blick zu, halb Herausforderung, halb Selbstgefälligkeit, dann besteigt er das Bett und greift nach dem nackten, verführerischen Körper seiner jungen Frau.

Der Herr will Claires Körper sofort in Besitz nehmen, doch sie hält ihn mit einem neckischen Kopfschütteln zurück. Mit sinnlicher Geste richtet sie sich auf, dann lädt sie ihn ein, sich vor ihr auf das Bett zu legen. Sie setzt sich umgekehrt auf seinen Brustkorb, sodass ihr Gesicht seinem hochaufragenden Schwanz zugewandt ist. Mit verführerischer Geste beugt sie sich nun herab, nimmt das pralle Glied in den Mund und beginnt, es mit Lippen und Zunge zu umsorgen. Dabei streckt sie die Hände aus, und ihre langen Fingernägel krallen sich dem Herrn in die Waden. Für einen Moment stöhnt er unwillig auf und greift nach ihrer Taille, doch schon beginnt sie, heftiger an seinem Schwanz zu saugen, und sein Laut verwandelt sich in ein erregtes Stöhnen, seltsam unfreiwillig aus diesem sonst so befehlsgewohnten Mund.

Heftiger und heftiger saugt Claire mit ihren roten Lippen an dem hochaufgerichteten Glied, fester bohren sich ihre Fingernägel in sein Fleisch, immer schneller folgt sein Stöhnen aufeinander. Da hebt Claire mit einem Mal den Blick, und mit blauen Augen fixiert sie ihre hilflos gebundene Mohnblume. Während sie weiter heftig am Schwanz des Herrn saugt, hat ihr Blick einen entschlossenen Ausdruck angenommen. Sie greift mit der rechten Hand hinter das Bett, und als sie die Hand hebt, funkelt eine Spritze zwischen ihren Fingern – nicht der kleine Spritzenkörper, den der Herr sonst für den Belladonna-Saft verwendet hat, sondern eine große Spritze, die sicherlich die zehnfache Menge an öliger Flüssigkeit in sich trägt.

Ihre Blume zieht verblüfft die Luft ein, als Claire die Kanüle über das Bein des Herrn hebt, der in seiner Erregung nichts von alledem mitbekommt. Sie spürt, wie sich ein Schrei in ihrer Kehle regt, ein Schrei, der Erschrecken und Warnung gleichermaßen in sich trägt – doch stumm bleibt der Ruf an ihren Lippen hängen. Zu tief sind alle ungefragten Laute längst in ihr erstickt.

Mit den Nägeln der linken Hand kratzt Claire noch einmal über den Schenkel des Herrn, mit ihrem saugenden Mund entlockt sie ihm ein weiteres Luststöhnen, dann senkt sich die rechte Hand über seinen Oberschenkel und mit einer zärtlichen Geste lässt sie die Spritze in sein Fleisch sinken. Für einen Moment scheint sich das Stöhnen des Herrn zu verändern, seine Hand hebt sich und greift nach Claires Schulter – doch da verdoppelt sie ihre Anstrengungen um seinen Schwanz, und in der hilflosen Erregung seines Orgasmus' lässt er sich zurücksinken, während Claire den gesamten Inhalt der Spritze in seinem Bein versenkt.

Die Mohnblume hat den Effekt des Belladonna-Safts noch nie von außen miterlebt. So weit sie es aus ihrer Position heraus vermag, dreht sie den Kopf hinüber und beobachtet den ausgestreckten Körper des Herrn. In stummer Faszination sieht sie zu, wie sein Atem schneller wird, wie seine Beine krampfhaft zu zucken beginnen und wie sich seine Hände in das weiße Bettlaken vergraben.

Auch Claire hat die Veränderungen beobachtet, in ihren Augen kalte Entschlossenheit. Nun steht sie auf, sie zieht unter dem Bett zwei rote Seilknäuel hervor und beginnt, die Hände des Herrn mit schneller Effizienz zu fesseln und an den Pfosten des Betts festzubinden.

Die rechte Hand knotet sie ohne Probleme fest, und auch am linken Handgelenk hat sie das Seil schon festgeknüpft, als der Herr endlich zu bemerken scheint, was um ihn herum vorgeht. Wütend zieht er an der bereits festgebundenen Hand, dann versucht er, seine linke Hand aus der Schlinge zu ziehen. »Du blöde … blöde Schlampe«, ruft er mit lallender Zunge und versucht, mit der gebundenen Hand nach ihr auszuschlagen.

Claire nimmt den Schlag entgegen und beeilt sich weiter, auch die Schlaufe um die linke Hand festzuziehen. Endlich sitzt der Knoten fest, sie eilt aus dem Griffbereich des Herrn und knüpft das Seil an dem anderen Bettpfosten fest. Nun liegt der Herr mit ausgestreckten Armen auf dem Bett, in seinem vernebelten Zustand unfähig, die hastig geknüpften Knoten zu lösen.

»Du … du dumme Fotze … mach das wieder auf«, keucht der Herr angestrengt, jedes Wort schwerer verständlich als das vorherige. Langsam macht sich Panik in seiner Stimme breit, er scheint zu begreifen, dass etwas mit seinem Körper nicht stimmt. »Mach das wieder auf, oder sonst …«

In aller Seelenruhe geht Claire nun um das Bett herum, sorgsam darauf bedacht, dass sie nicht noch einmal in seine Reichweite kommt. Als sie mit ihrer Arbeit zufrieden ist, wendet sie sich ab und geht zu ihrer festgebundenen Mohnblume herüber. »Du weißt doch, was ich dir gesagt habe, nicht wahr?« Noch einmal haucht sie einen sanften Kuss auf den bloßen Kopf, dann richtet sie sich wieder auf und geht an dem Gestell vorbei zur Tür hinaus. Ihre Blume meint, eine Träne auf der Wange ihrer Besitzerin glänzen zu sehen, doch da ist Claire schon verschwunden. Die Tür zum Gang schließt sich, und sie bleibt alleine mit dem keuchenden Herrn zurück.

Für einige Sekunden ist in dem Zimmer nichts zu hören außer ihren leisen Atemzügen und dem lauten, unregelmäßigen Stöhnen des Herrn. Versuchsweise zieht sie noch einmal an ihrem rechten Handgelenk: Wirklich, es wäre kein Problem für sie, sich aus dem Drahtgeflecht zu befreien. Sie sollte sich beeilen, den Draht nun abzustreifen und ihrem Herrn zu Hilfe zu eilen – und doch ist sie nicht in der Lage, auch nur einen Finger zu bewegen.

Sie weiß nicht, ob der Herr den leisen Klang ihrer Bewegung gehört hat, oder ob er sich aus Zufall gerade jetzt an sie erinnert. Auf jeden Fall richtet er sich angestrengt auf, gerade so weit, dass er sie über den Rand des Betts hinweg ansehen kann.

»Du«, keucht der Herr, die Stimme kaum mehr als ein Flüstern. »Du musst mir helfen. Das Miststück ... sie hat mich vergiftet. Du musst mir helfen ... musst einen Arzt holen.«

Mit einem gequälten Stöhnen sinkt er zurück, die Glieder in stumpfen Zuckungen verkrampft. Ungerichtet zerren seine Hände an den Fesseln und ein feuchtes Gurgeln dringt aus seiner Kehle. Der Klang der schmerzverzerrten Atemstöße lässt sie erschauern.

Der Krampf dauert nur einige Sekunden lang an, dann kommt der Herr mit rasselndem Atem wieder zu sich. Mühsam richtet er sich erneut auf und sucht mit glasigen Augen ihren Blick. Seine Pupillen sind weit, seine Wangen und seine Stirn glänzen fiebrig.

»Du ... du hast mich gehört, nicht war? Antworte. Wirst du mir helfen?«

»Ich kann nicht. Ich bin festgebunden.« Ihre Stimme klingt kratzig. Sie kann spüren, wie ihre Wangen bei der Lüge aufglühen. Der Herr lacht angestrengt. »Ja … das bist du wohl. *Sie* hat dich angebunden, nicht wahr? Sie wird sich fest genug verschnürt haben.«

Sie antwortet nicht. Ein weiteres Mal fühlt sie nach, wie sich ihre Hand in der Schlinge bewegt.

»Linda.«

Der ungewohnte Klang lässt sie zusammenfahren. Unsicher hebt sie den Kopf, um zum Herrn hinüberzusehen. Sein Blick hinter der glasigen Maske ist ernst, seine Stimme klingt schwach, aber fest.

»Linda. Du könntest dich befreien, nicht wahr? Du könntest die Türe öffnen und nach Hilfe rufen. Nicht wahr?«

Der Blick seiner Augen lässt sie erschauern. Beinahe gegen ihren eigenen Willen antwortet sie: »Ja, Herr.«

Wieder sinkt der Herr auf das Kissen zurück. Er hat nicht mehr die Kraft sich aufzurichten. Hilflos, das Gesicht zur Decke gerichtet stöhnt er: »Dann tu es. Rette mich. Ich befehle es dir!«

Wieder wird sein Körper von einem Anfall heimgesucht, mit verkrampften Gliedmaßen windet er sich auf dem zerwühlten Bett. Sie sieht, wie seine Hände in hilfloser Panik an den Seilen ziehen und hört das dumpfe Röcheln, das aus seiner Kehle dringt. Der Geruch von saurem Schweiß durchzieht den Raum.

Als der Krampf abgeklungen ist und er wieder sprechen kann, hat seine Stimme einen flehentlichen Klang angenommen. »Ich bitte dich. Rette mich.«

Sie spürt, wie ihr eine Träne die Wange herunterrinnt. Sie stellt sich vor, was geschieht, wenn sie seinem Befehl gehorcht – wenn sie Claires Anweisung missachtet. Sie könnte ihn retten, sicherlich, und womöglich wäre er ihr ewig dankbar dafür. Er würde sie Linda nennen, und sie würde die Seine sein – es wäre möglich. Es wäre möglich, dass sie beide sich gegenseitig erretten.

Mit gebanntem Blick beobachtet sie das Bündel vor ihr auf dem Bett, diesen großen, schmerzverkrampften Körper, der langsam,

Atemzug für Atemzug, an Leben verliert. Vielleicht könnte sie ihn jetzt noch retten, vielleicht auch noch in fünf Minuten. Vielleicht ist gerade jetzt schon alles zu spät. Sie spürt die lose gebundene Schlinge um ihren rechten Arm, und sie denkt an Claire, die nun irgendwo in dem großen Haus sitzt und darauf wartet, dass der Herr angestürmt kommt, dass er sie zornentbrannt ergreift und mit seinen großen Händen erdrosselt.

Sie denkt daran, dass das nicht geschehen wird.

Langsam, schleichend, strömt das Leben aus dem Körper vor ihr in dem Bett heraus. Bei jedem Atemzug, bei jedem gequälten Keuchen erinnert sie sich daran, was er ihr angetan hat: an die Schmerzen, die er ihr zugefügt hat, daran, wie er sie gedemütigt und entstellt hat, sie in ein namenloses, gesichtsloses Etwas verwandelt hat – und auch an all die Lust, die Erregung und die Befreiung, die er ihr damit bereitet hat.

All die Zeit wendet sie die Augen nicht von ihm ab, nicht als sein Atem zu stocken anfängt, nicht als er röchelnd nach Luft schnappt, sich in Krämpfen windet und schließlich, nach langer Zeit, aufhört, sich zu bewegen. Sie wendet sich nicht eine Sekunde von dem regungslosen Leichnam fort – nicht, bis sich die Tür wieder öffnet, bis Claire hereinkommt, um ihm die Fesseln abzunehmen und die tragische Nachricht des Unfalls im Haus zu verkünden.

Sie bekommt nicht viel von dem mit, was sich in den nächsten Stunden im Haus abspielt. Nachdem der erste Schock verklungen ist, macht sich Clemens daran, sie aus der Apparatur zu befreien. Wenn er dabei bemerkt, dass die Schlinge um ihren rechten Arm nicht so fest gebunden ist wie der Rest der Fesselung, so lässt er sich davon nichts anmerken.

Die alte Haushälterin sucht ihr eine Decke heraus, in die sie sich wickeln kann, während die Hausbewohner die Ankunft von Notarzt und Polizei erwarten. Die Einschätzung des Arztes ist eindeutig: Er geht davon aus, dass der Hausherr an einer Überdosis eines Pflanzentoxins gestorben ist, höchstwahrscheinlich eingenommen als natürliches Aphrodisiakum. Auf seine Nachfrage hin führt Lorenz ihn zu einem Schrank, der mit vielen Flaschen voll Belladonna-Extrakt angefüllt ist, und er nimmt eines der Fläschchen mit, um die Zusammensetzung zu analysieren.

Die beiden Polizisten, die kurze Zeit später ankommen und sich den Hergang erklären lassen, sind von der Situation sichtlich irritiert. Sie nehmen die Daten aller anwesenden Personen auf, auch die der glatzköpfigen, nur in eine Decke gehüllten Frau mit dem glänzenden Halsband, die sichtlich Probleme hat, sich an ihren vollen Namen zu erinnern. Doch als einer der Polizisten sie fragt, ob sie ihre Aussage lieber später machen möchte, schüttelt sie entschieden den Kopf. Mit unsicherer Stimme, die kaum mehr als ein Flüstern ist, erzählt sie dem Beamten, wie sie zugesehen hat, wie der Hausherr sich eine Dosis des giftigen Aphrodisiakums gespritzt hat, wie er mit einem Mal in wilde Krämpfe ausgebrochen ist, und wie sie in ihrem gefesselten Zustand unfähig war, ihm rechtzeitig zu Hilfe zu kommen. Als er das metallene Gestell begutachtet, rümpft der Polizist sichtlich die Nase, doch ohne eine weitere Wertung abzugeben, dankt er der Frau, er notiert sich die Adresse, unter der er sie erreichen kann, und macht sich auf, gemeinsam mit seinem Kollegen die restlichen Hausbewohner zu befragen.

Eine halbe Stunde später sind die Polizisten verschwunden. Auch die Leiche wurde abtransportiert und das Zimmer ist mit rot-weißem Absperrband versiegelt. Claire ist im oberen Zimmertrakt verschwunden. Der Rest der Hausbewohner wandert unschlüssig durch das Haus oder lungert in der Eingangshalle herum, ziel- und rastlos, wie eine Herde, der das Leittier genommen wurde.

Die Haushälterin kommt in die Halle marschiert, in ihren Armen ein Bündel gefalteter Kleidungsstücke. Ihr abwesender Blick zeigt an, dass sie die Kleidung wohl nur herausgesucht hat, um irgendetwas zu tun zu haben. Mit einem ungeduldigen Seufzen geht sie zur Treppe und legt das Kleiderbündel neben der nackten, immer noch in eine Decke gehüllten Gestalt ab, die auf der untersten Stufe sitzt. Ohne ein weiteres Wort dreht sich die alte Frau um und verschwindet wieder in der Küche.

Die Frau, die einmal Linda gewesen ist, rührt sich nicht.

Kurze Zeit später kommt Clemens an, in seiner Hand einen schmalen bronzenen Schlüssel, den er wie ein Relikt vor sich herträgt. Ohne ein Wort zu sagen, bückt er sich herab und schließt den bronzenen Reif um ihren Knöchel auf. Er öffnet das Handtuch um ihre Brust, gerade weit genug, dass er die lange Nadel herausziehen kann, die immer noch durch ihre beiden Brustwarzen gestochen ist. Dann holt er einen Werkzeugkoffer herbei und macht sich daran, das Nadelband um ihren Hals aufzubrechen.

Während er mit der Brechzange arbeitet und die metallenen Dornen dabei weiter in ihren Hals treibt, dringt kein Laut aus ihrer Kehle. Beiläufig denkt sie daran, wie es gewesen wäre, wenn man ihr die Fesseln nur wenige Tage zuvor, unter Aufsicht und Anweisung des Herrn gelöst hätte. Welches Grauen und zugleich welche Gnade hätte wohl in dem Befehl des Herrn, sie loszubinden, gelegen! Nun, da sie selbst den Zauber gebrochen hat, da sie eines Mordes mitschuldig geworden ist, um sich von der Macht des Herrn zu befreien, nimmt sie ihre Erlösung an wie ein ungebetenes Geschenk.

Als Clemens mit seiner Arbeit fertig ist, verschwindet er im Diensttrakt. Als er die Eingangshalle das nächste Mal betritt, ist er in einen dicken Mantel gehüllt, er hat einen Hut auf und trägt eine schwere Reisetasche in der Hand. Ohne sich noch einmal nach seinen Kollegen umzusehen, durchquert er die Halle, er öffnet die Eingangstür und verschwindet.

Der kalte Luftstrom, der den Saal für einen Augenblick durchdringt, bringt ihre nackten Schultern zum Frösteln. Für wenige Sekunden dringt der Geruch von Freiheit, der Hauch einer neuen, wilden Möglichkeit zu ihr herein. Dann ist der Moment vorbei, mit einem dumpfen Klang schließt sich die hohe Tür aufs Neue.

Lorenz hat all die Zeit am Rande der Halle neben einem der Spiegel gehockt und das Verschwinden seines Kollegen regungslos mit angesehen. Nun steht er auf, als ob der Klang der Tür ihn aufgestört hätte, und sieht sich mit aufgeschrecktem Blick in der Halle um.

»Wo ist die neue Hausherrin?«

Als niemand auf seine Frage antwortet, geht er mit langen Schritten die Treppe hinauf, ohne der zusammengekauerten Gestalt noch einen Blick zuzuwerfen. Oben verschwindet er im Gang, wo er weiter laut nach seiner neuen Arbeitgeberin ruft. Eine Viertelstunde später kommt er wieder in die Halle, auf seinem Gesicht die zuversichtliche Miene eines Mannes, der eine neue Daseinsberechtigung gefunden hat. Zielstrebig verschwindet er in der Küche und macht sich daran, der Haushälterin Anweisungen für das Abendessen zu geben.

Die Halle ist leer. Langsam, als müsse sie Glied für Glied zum Gehorsam bewegen, steht sie auf und lässt die Decke zu Boden fallen. Nackt und ungebunden steht sie nun auf der untersten Treppenstufe, ohne irgendetwas oder irgendjemanden, der sie noch zurückhalten könnte. Das hier ist ihre Erlösung, ihre Möglichkeit zur Rückkehr in ihr eigenes Leben. Der Herr ist tot, seine hypnotische Macht über sie ist endgültig versiegt – es war ihre eigene Hand, die in ihrer Regungslosigkeit dafür gesorgt hat. Nun ist es an ihr, sich zu regen, um den so bitter erkämpften Lohn in Empfang zu nehmen.

Sie blickt durch den weiten Saal, hinüber zu der unverschlossenen Tür des Hauses. Sie muss nur ihre alte Kleidung anlegen, die in einem sauberen Stapel neben ihr liegt, durch diese Tür hinausgehen, und sie kann als Linda zurück in ihr altes Leben treten. Unsicher greift sie nach dem Kleiderbündel, dann steigt sie die letzte Treppenstufe hinab – eine zaghafte Probe, wie es wohl sein mag, wieder auf eigenen Beinen zu stehen.

Mit zitternden Knien steht sie auf dem kalten Marmorboden mitten im Saal. Nur noch wenige Meter trennen sie von jener befreienden Tür. Nun ist der Zeitpunkt gekommen, ihr Kleid anzuziehen, sich den Schal um den nackten Kopf zu wickeln und zurück ins Leben zu treten. Sie weiß, was sie tun sollte, und dennoch stockt ihre Hand. Unentschlossen steht sie in der weiten

Halle, eine Minute lang, dann zehn, unfähig, sich zu bewegen, unfähig, ihre alte Haut erneut überzustreifen.

Noch einmal spürt sie ein Frösteln auf ihrer nackten, narbenbedeckten Haut, auch wenn die Eingangstür jetzt geschlossen ist und kein Luftzug mehr zu ihr hereindringen kann. Mit einer beiläufigen Bewegung lässt sie das Kleiderbündel zu Boden fallen. Langsam, wie in Trance dreht sie sich um, sie steigt die breite Treppe hinauf und wendet sich nach dem Gang zu ihrer Rechten. Mit vorsichtigem Schritt, so als würde sie durch Wasser treten, geht sie den langen Gang entlang, bis zu dem allerletzten Zimmer – jenem Zimmer, in dem der Herr einst zugeschaut hatte, wie sie sich sein Zeichen in die Seite schnitt.

Der Raum sieht noch ganz aus, wie sie ihn in Erinnerung hat. Die hohen Wände sind mit Bücherregalen bestückt, auf dem Boden liegt ein dicker Teppich – der einzige Teppich, den sie in diesem Haus je gesehen hat – und am Rand des Raums steht der schwere Schreibtisch mit den Intarsienarbeiten. Und hinter dem Schreibtisch sitzt Claire, in ein langes, dunkelblaues Kleid gehüllt, ihre goldenen Locken sorgsam hochgesteckt. Vor ihr liegt ein Stapel Papiere, in den sie versunken scheint, doch beim Klang der nackten Füße hebt sie den Kopf und sieht der Eintretenden mit ernsthaftem Blick entgegen.

Die nackte, glatzköpfige Gestalt im Zimmereingang schluckt. Unsicher macht sie einen Schritt auf den Schreibtisch zu, dann noch einen. Sie hofft, dass Claire etwas sagen würde, doch der Blick der jungen Witwe bleibt ausdruckslos. Claire hat nicht vor, ihr in ihrem nächsten Schritt den Weg zu weisen.

Sie holt noch einmal Luft wie vor dem Sprung in unergründliches Wasser, dann sinkt sie herab und lässt sich vor Claire auf die Knie fallen. Mit einem sonderbaren, selbstbestimmten Lächeln hebt die Mohnblume den Kopf und sieht an der dunkelblauen Gestalt empor.

»Herrin? Ich bin gekommen.«

Lilly Grünberg
Dein

Bedingungslose Unterwerfung: Um dem Dom ihrer Träume nahe zu sein, muss sie alles aufgeben – wirklich alles

208 Seiten · 9,90 €
ISBN: 978-3942602-21-1

Mit ihrer Gier nach absoluter Unterwerfung durch einen dominanten Top setzt sich Sophie Lorato selbst unter Druck. Auf der Suche nach diesem »Super-Dom« gerät sie an Leo und stimmt seinen außergewöhnlich harten Regeln zu, obwohl sie nicht einmal weiß, wie er aussieht. Und es kommt schlimmer, als sie es sich ausgemalt hat, denn er versteht sein Handwerk und lehrt sie mit allen Mitteln, was es heißt, eine SM-Sklavin zu sein.

Über die Autorin:

Unter verschiedenen Namen hat sich die Autorin in die Herzen der Erotik- und SM-Leser aber auch in die der Fantasy-Liebhaber geschrieben.

Unter dem Namen »Lilly Grünberg« erschien bisher der Roman »Verführung der Unschuld« – in Neuauflage bei Elysion-Books – 2014 gefolgt von Teil 2.

Lilly An Parker

Das Sekretärinnenspiel – Office-Escort

Es ist ein Spiel. Wie weit würdest du gehen?

Grenzenlose Erregung, unvorstellbare Gier, sich immer weiter steigerndes Verlangen. Es ist ein Spiel um Dominanz, Lust und Leidenschaft für diejenigen, die ansonsten alles haben oder haben können: unmoralisch, sexy, der ultimative Kick.

Aber wie lange will Mann widerstehen? Die gutaussehende Sekretärin Joanna lässt sich von einem exklusiven Office-Escort-Service anwerben, um ihre Fantasien auszuleben und den aktiven Part in erotischen Spielen zu übernehmen. Von nun an wird sie an erfolgreiche Businessmänner vermietet, die sich auf ein verführerisches Dominanzspiel einlassen wollen, und bringt sie an die Grenzen ihrer Lust. Eine schmale, exquisite Gradwanderung, die Joanna an den Rand ihrer eigenen Sinnlichkeit bringt.

Taschenbuch
192 Seiten · ISBN:
978-9-942602-15-0

Diverse

Nuancen der Lust

Grünberg |
Ferngesteuert
Um seinem
Freund Steffen
beizustehen,
schlüpft Marvin
für einen Abend
in dessen Rolle.
Doch Marvin ist
Callboy – und
seiner wehrlosen
Kundin gelüstet
es nach ausge-
fallenen Spielen.

Ippensen |
Zartherbe
Wollust
Verzweifelt ver-
sucht die devote

215 Seiten · 9,90 €
ISBN: 978-3-942602-44-0

Künsten träumt,
geschieht das
Unerwartete:
Sie kommt selbst
in den Genuss
einer Verfüh-
rungsstunde der
außergewöhnli-
chen Art.

Jones |
Privaträume
Wegen ver-
meintlicher
Frigidität von
ihren Freundin-
nen „genötigt"
einen Sex-Guru
aufzusuchen,
trifft Leonie auf

Alicia ihren Entführern zu entkommen. Denn obwohl sie einer ganz
besonderen Person zugeführt werden soll, hat die Sub bereits ein Le-
bensziel und einen Traum.

Rabe |
Im Bann des Nachbarn
Seit geraumer Zeit verfolgt die neu-
gierige Leonie die Damenbesuche
ihres Nachbarn. Als sie wieder einmal von ihm und seinen erotischen

den charismatischen Marco. Doch
ist Marco wirklich ein Sex-Guru
und die Lösung ihrer Probleme?

Eden | Der Verehrer
Neu-Single Melanie scheint einen
Stalker zu haben. Oder besser gesagt
einen erotischen Wünsche-Erfüller.
Doch wer ist der geheimnisvolle
Fremde? Ihr Ex Daniel, ihr unaus-
stehlicher Kollege Erik oder ein un-
bekannter Dritter?

Jona Mondlicht

Unverglüht

**Eine Geschichte ... nur eine Geschichte ... über eine ganz
besondere Liebe zwischen zwei Menschen. Über Vertrauen,
Kontrolle, Unterwerfung und Dominanz.**

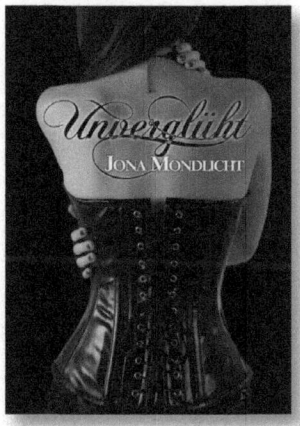

187 Seiten · 9,90 €
978-3-942602-32-7

In eine solche Geschichte schlittert Sarah hinein, als sie in der Ledermanufaktur auf ihre Schuhe wartet und den Erzählungen des Ladeninhabers lauscht. Schon bald fühlt sie sich immer mehr hingezogen zu den aufregenden, lustvollen Geschichten und ihrem Erzähler. Denn sie weiß, dass in ihr die gleiche heimliche Neigung wohnt. Und so bleibt sie schließlich länger als geplant und stellt fest, dass Herr Conrad sie längst durchschaut hat. Er hat ihr seine Geschichten nicht ohne Grund erzählt ...

ELYSION

www.elysion-books.com

Sheelagh McErin
Das Haus der Masken

Niemand ist, was er scheint.

193 Seiten · 9,90 €
ISBN: 978-3-945163-73-3

Um dem Leben auf der Straße zu entkommen, lässt sich Straßenmädchen Kara im prüden England des 19. Jahrhunderts auf einen merkwürdigen Deal ein: Sie unterwirft sich dem undurchschaubaren Master Ash.

Schon bald erlebt sie die Erfüllung seiner erotischen Fantasien als unerwartet lustvoll.

Doch welche Pläne hat Master Ash tatsächlich mit ihr, und was weiß er über den Tod der dreizehn Prostituierten, deren verstümmelte Leichen im Wald gefunden wurden? Nach und nach entdeckt Kara, dass in Ashs Haus niemand ganz der ist, der er auf den ersten Blick zu sein scheint – nicht einmal sie selbst.

www.elysion-books.com